寵妻如令

4

目次

壹之章

狐假虎威

「昨晚三皇弟他們相攜乘畫舫遊河，烜弟將姑祖母的孫女踹下河了？」

一大早，東宮收到了消息，太子抬起手，任太子妃幫自己更衣，詫異地問道。

孟妘隨意應了一聲，幫丈夫穿戴妥當後，又拿了梳子幫他束髮。這些事情原本應該由伺候的宮人來做，不過孟妘要是起得早了，興致上來，也會親手操持，如此倒是更加拉近了夫妻倆的距離。

孟妘進宮已經五年，東宮只有太子妃，並無其他姬妾。除了太子妃把持東宮的緣由外，更有太醫說太子體弱，不宜近女色，太子便理所當然地將那些想往東宮塞人的都擋下。

不是沒人背後說太子妃專寵獨大，但皇帝不管兒子的後院，太后只顧著吃齋念佛，至於皇后，她倒是想管，可惜反過來被太子妃管得服服貼貼的，縱使心裡有怨言，出了幾次昏招被皇帝訓斥後，也不敢再插手了。

所以，現在東宮仍是孟妘的天下，太子也沒想過收什麼姬妾。

孟妘幫太子束上紫金冠，太子起身握住她的手，沉吟著說道：「這事可大可小，慶安姑祖母定然會進宮來說道，屆時妳去皇祖母那兒，能幫一把就幫。」

孟妘朝他笑了下，說道：「你不用擔心，烜弟看起來雖然衝動，卻不是魯莽之人，其中必有內情，也許並不需要我們出手。」

看到她的笑容，雖然很淡，卻讓他極為珍惜。

擁有這樣的笑容，一生難求，他怎麼會使之消失呢？

又握了握她的手，太子方離開東宮去上朝。

跟著太子的徐安手裡捧著一個食盒，這是太子妃讓人準備的早膳，朝會後食用。

孟妘在一群宮女的伺候下更衣洗漱，等她用完膳，睡得臉紅撲撲的皇長孫才醒過來。

揉著眼睛的皇長孫看到母親，便朝她伸出小胖手，結果被他娘親拎起來，親了親他的包子臉，便開始餵他喝奶。

除非很忙碌，否則丈夫和兒子的事，孟妘都會親力親為。沒有人告訴過她要這樣做，母親是尊貴的長公主，不需要特地去伺候迎合男人，她是在生活中自己摸索過來的。夫妻間的感情要經營，不能一味付出。特別是她所嫁的男人未來會是天下之主，兒子會繼承父親的位置，皆需要好生經營感情。

而親自為他們打理貼身瑣事，最是能增進夫妻和母子感情，如春風細雨般潤物無聲，悄無聲息地融入他們的生活中，讓他們習慣了她的存在，之後再也無法離開她。

餵小傢伙吃完早膳，孟妘便兇殘地將兒子手裡拽著的甜糕拿開，不理會他嘟著嘴裝可憐的模樣，幫他擦乾淨小臉，換上喜慶的衣服，然後就抱著兒子往太后的仁壽宮去。

在去之前，孟妘使人去跟皇后說一聲，不去鳳儀宮了。

昨晚的事情，知道的人不多，能得到消息的人更少，這宮裡能在第一時間得到消息的，除了文德帝，便是太子了。

太子以前也沒這般消息靈通，畢竟在宮中有忌諱，等到孟妘嫁過來，將東宮整頓過後，又重操舊業，說道些京中勳貴府裡的小道消息。文德帝即便知道，也以為這是兒媳婦的小愛好，自是睜隻眼閉隻眼。

孟妘之後在收集小八卦時，便偶爾讓人將一些隱祕的重要消息夾雜著一起上報。她做得隱晦，根本捉不住她的小尾巴。太子得知自家的太子妃有這樣的本事時，呆滯了很久。

由於前一晚的事還沒傳到宮裡，所以孟妘抱著兒子來仁壽宮，用的是皇長孫想念曾祖母的藉口，皇后、鄭貴妃等嬪妃們也就沒有第一時間過來湊熱鬧。

孟妘帶兒子向太后請安完，剛坐下不久，慶安大長公主進宮來了，正往仁壽宮而來。

慶安大長公主身上的首飾不多，看起來極為精神俐落，面上掛著慣常的笑容，看不出什麼心思，讓人覺得她今兒應該不是進宮來告狀的。

「這一大早的，慶安怎麼來了？」太后笑著詢問這位小姑子，「人老了，應該注意身體，多休息才對。」

慶安大長公主向太后行禮，又受了太子妃的家禮，誇獎皇長孫養得好後，方坐在宮女搬來的凳子上，笑道：「晚上覺少，心裡積了事，實在是睡不著，便進宮來看皇嫂了。」

比起慶安大長公主的精神矍爍，太后蒼老了許多，一雙眼睛也添了幾分混濁，不若幾年前那般清亮了。聽到慶安大長公主的話，太后奇道：「孩子都長大了，妳只需要享福就行了，能有什麼心事？」

慶安嘆道：「就是我那幾個不成器的小輩，如今還有幾個未訂親的孫女，我這是為她們的親事著急。姑娘家不同小子，親事更要慎重，就怕誤了她們一生，回頭哭都來不及。」

太后理解地點頭。

「昨日上元節，本想著菲兒和芳兒很快要訂親，以後不能如未出閣的姑娘那般自由，便讓她們去看花燈，誰知……」她簡單將昨日遊畫舫時小孫女被衛烜踹下水的事情說了一遍，接著傷心地道：「姑娘家的身子嬌弱，這河水正寒，在那水中泡一泡，以後指不定會留下什麼體寒的毛病。昨晚她回來後便發高燒，直到現在還未退，我看著都心疼，也不知道烜兒怎地就這般狠心……」

太后皺眉，不開心地道：「烜兒是好孩子，定然不會做這種事，是不是有什麼誤會？」

慶安大長公主道：「確實是有誤會，我都羞於向皇嫂啟齒了……」

「哎喲，到底是怎麼樣了？」太后忙問道。

正扶著兒子走的孟妘也看向慶安大長公主，眼裡有探究，心裡突然覺得，這位姑祖母比他們想像的還要聰明睿智，怕今天的事情不好收拾了。

「這事說來我也臊得慌，就怕皇嫂笑話我。當年烜兒隨他父王到鎮南侯府給我賀壽，卻不想這孩子和菲兒玩了幾次，後來恰巧救了菲兒一命，讓菲兒記住了。唉，也是菲兒不好，因著那次救命之恩，她便念念不忘，對烜兒有點心思，昨兒見到烜兒時激動了些……」

太后笑道：「烜兒長得好，那是少有人比得上的，莫怪小姑娘們都上心。」

孟妘和慶安大長公主聽到她這種自誇的話，嘴角都抽了下，只當沒聽到。

慶安大長公主繼續道：「我也不說什麼了，只是烜兒怎地就這般狠心將菲兒推下水呢？縱使不念舊情，也要看在同是親戚的分上，不該將自家表妹推下河。想到菲兒如今在床上受苦，雖知道是她自己作的，我心裡仍是難受得緊……」

「這……」

孟妘見太后動容，又看了眼慶安大長公主，心知慶安大長公主這步棋走得真是好，沒有說衛烜的不是，首先便羞愧自省，然後示人以弱，反而襯得衛烜蠻橫無禮。

所幸太后還是護著衛烜的，只讓人去將衛烜叫過來問清楚，若是有不對便道歉。

宮人很快回來通報，不僅瑞王世子來了，瑞王和皇帝也過來了。

慶安大長公主皺了下眉頭，又不著痕跡舒展開來。

文德帝會來也在預料之中，昨晚發生的事，一大早便呈到御案前，慶安大長公主是皇帝的姑母，也是文德帝敬重的長輩，聽說她進宮，知道她所為何來，自然是要見她的。

文德帝帶著弟弟和侄子進來，文德帝坐到太后下首，其他人依次而坐。

「聽說姑母今日進宮，朕也有好一陣子不見您了，特地過來和姑母說說話。」

慶安大長公主笑道：「皇上這話可真是折煞我了，今兒我進宮來，著實有幾分羞愧，本不想讓你知道的。」

文德帝故作不知地問道：「不知姑母說的是什麼？」

慶安大長公主少不得將昨晚的事情說一遍，最後羞赧地道：「她小姑娘家的，因為惦記著烜兒當年的救命之恩，才會激動了些，但要讓她做什麼出格的事，她倒是不敢的，不然我第一個就要打斷她的腿。」

文德帝撫著手中的羊脂玉扳指，沒有說話。

瑞王咳嗽一聲，說道：「姑母，這可不能怪烜兒，妳也知道他的脾氣，他就是個被我們寵壞了的孽障，有時候行事難免衝動，可想來他也不是故意的。姑母便原諒他一回吧，不知外甥女現下如何了？」

瑞王這話說得太理直氣壯，饒是慶安大長公主知道他的德行，表情也不由僵了下，方憂心忡忡地道：「昨晚回來就發起高燒，今兒我出門時還沒退燒，也不知道如何了。」

瑞王聽完立刻擺出愧疚的模樣，說道：「可請太醫了？我府裡有些名貴的藥物，稍後就讓人送去給外甥女補身子。說來，昨兒外甥女得衛珺那孩子救起，不知姑母有什麼章程？」

慶安大長公主看了眼不說話的文德帝，便知他是打算護著衛烜了，心裡有些失望，也讓她看清楚了一些事，當下馬上改變策略，故作無奈地道：「雖說當時是情急之下不得不為之，可是這男女授受不親，也得有個說法。珺兒這孩子我見過幾次，是個優秀的，與菲兒算是匹配，我正打算過陣子就和靖南郡王通個氣。」

這時，文德帝終於開口：「衛珺這孩子確實不錯，難得姑母能看上，也是他的福分。」

說著，他故意沉吟了下，又道：「靖南郡王府也該立世子了。」

慶安大長公主趕緊起身行禮，「那真是再好不過了。」

如此，皆大歡喜。

眾人面上笑意盈盈，笑得一歲的皇長孫轉頭瞅來瞅去，終於發現有一個人沒笑，便歡快地撲了過去，拽住他赭紅色的衣袍下襬。

衛烜摸了摸皇長孫頭上軟軟的毛髮，對慶安大長公主道：「那可要恭喜姑祖母了。昨日的事情也是烜兒一時激動，將七表妹當成了……不過後來烜兒回去想過了，終於想起當年的事情，實在是不知道怎麼說。」

慶安大長公主眉心跳了跳，目光對上衛烜那看不出情緒的眼睛，「烜兒的意思是……」

「當年救七表妹的人其實不是我，而是我的小廝路平。當時七表妹受到驚嚇，神智不清，就以為是我，沒想到七表妹會一直放在心上。今日她能與衛珺結緣，也算是大喜事。」

在場的人頓時一陣無語。

原來是個烏龍。

慶安大長公主的老臉有些發燙，原來是自己的孫女在唱獨角戲，現在被人當眾戳破，讓她老臉都丟盡了。

原本她今日進宮來，除了想幫孫女討些好處，更是想要以退為進，讓皇帝對衛烜產生厭惡之情，誰知皇帝要護著他。也不知這衛烜到底做了什麼，讓皇帝這般維護。

慶安大長公主還是了解文德帝的，他不會如此無緣無故偏寵一個人，即便那人是親侄兒，唯有要立一個靶子或者是這人對他十分有用，他才會這般偏袒。

她又想起衛烜這兩年來時常有事無事出京遊玩，隱約明白了些事。

總之，雖然進宮的目的沒達到，但也因此明白了衛烜在皇帝心中的地位，倒算是個意外的收穫，慶安大長公主臉上的笑意深了些。

眾人又說了會兒話，文德帝便離開了。

衛烜乖乖跟著走，也不知他和文德帝說了什麼，最後這事便不了了之。

瑞王則因為皇兄沒有顧及姑母的面子責罰兒子，也很愉快地走了。

總而言之，莫菲白遭了一回罪。

當三皇子從妻子那裡得知慶安大長公主使人送來的消息時，臉色變了變，目光陰鬱。

莫茹抿著唇，沒有說什麼，心裡仍介意丈夫昨晚設計娘家妹子一事。她知道成大事者不拘小節，可是他卻偏偏要利用莫菲的心思來設計衛烜，如此行事，毫無大丈夫應有的心胸。

幸好現在結果不算差，不然莫菲就要被毀了，說不定會連累她們這些莫家姑娘的名聲。

只是，想到靖南郡王府裡的情形，她忍不住擔心莫菲嫁進去要受罪了。

「父皇……難道就這麼偏袒他？」三皇子著實不解，「連姑祖母都沒辦法？」

莫茹聽到他疑惑不解的話，不由說道：「父皇素來偏寵衛烜，除非衛烜做些大逆不道之事，父皇根本不會理會，你也別再試圖拉他下來了。」

說到這裡，她又是氣悶，覺得堂妹這罪白受了。

「妳懂什麼？」

三皇子覺得和個頭髮長見識短的婦道人家說不清，心裡也正憋屈著，不想見到妻子這怨懟的嘴臉，便甩袖而去，留下莫茹差點氣得掉眼淚。

阿菀也正想著宮裡的事，可惜前幾天剛進宮，今日沒有由頭再去。

等到傍晚，衛烜回來了，阿菀上下打量了他一遍，問道：「沒什麼事吧？」

衛烜彎腰在她臉上親了親，用手刮了下她的鼻子，笑道：「妳要相信你相公，而且，比起姑祖母，在皇伯父心中，我更有用。」

阿菀終於明白衛烜為何如此有恃無恐，原來是非黑白全看那位的心情，也讓她明白為何衛烜會如此堅定要往上爬，而不滿足於當一個無所事事的紈絝世子。

衛烜擁著她的肩膀，溫聲道：「莫七和衛珺的親事已經定下，過不久就會傳出兩家訂親的消息，到時候……」

「怎麼了？」阿菀不解地問。

衛烜笑了笑，「沒什麼。」

他自不會告訴她，她上輩子就是在靖南郡王府中去世的，所以，這輩子他想看看莫菲能在靖南郡王府撐多久，他們最後會是如何下場。

看著他們慢慢失去心中重要的東西及信仰，遠比直接出手打擊更令人感到愉悅。

如衛烜所言，過了幾日，便傳出靖南郡王請旨冊封長子為世子，文德帝允之的消息。

京中凡是知曉靖南郡王府中齟齬的人都覺得奇怪，實在想不出被繼妻把持而顯得昏聵的靖南郡王，原本一直晾著長子，為何會突然請旨封世子？而那些知道上元節那一晚事情的人並不奇怪，皆認為這是文德帝對慶安大長公主的補償。

果然，在靖南郡王長子被封為世子後不久，又傳出了靖南郡王世子衛珺與鎮南侯嫡女，亦即慶安大長公主的孫女訂親的消息。

此時的莫菲，依然臥病在床。

她病了好些天都不見好轉，整個人渾渾噩噩的，時而清醒時而迷糊，囈語不斷。

慶安大長公主知道孫女這是心病，她過不了心裡那關。

她自小心心念念的人不僅認不出她，甚至在她前去尋他時，狠心將她踹下河，讓她一腔情意付諸東流，她如何不傷心難過？

慶安大長公主也是有氣的，覺得衛烜越來越讓人看不透，且戾氣過重，若是不好好約束，將來若真讓他得勢，怕是會成為世人的災難。

然而，皇帝護著，太后和稀泥，又有瑞王攪局，慶安大長公主只能無奈退讓。

等孫女清醒後，她便尋了個時間開導孫女，務必要在八月初的婚禮前讓她忘掉衛烜。

正月下旬時，阿菀收到了堂姊羅寄瑤的拜帖。

懷恩伯府的那群堂姊妹中，和阿菀關係最好的便是這位大堂姊，難得她遞拜帖，雖不知道什麼有事情，不過自然是要見一見的。

羅寄瑤到了王府，去向瑞王妃請完安，便被阿菀身邊的大丫鬟青霜引進了隨風院。

這是阿菀出閣後，羅寄瑤第一次來瑞王府探望她，一路走來，瑞王府的亭臺樓閣、假山流水，果然獨具匠心，美不勝收。

到了隨風院，丫鬟婆子們恭敬地叫著「莫太太」，又道世子妃早早讓她們在這兒迎接。

將這一切看在眼裡，羅寄瑤終於鬆了一口氣，面色也自然了些。

就在這時，羅寄瑤突然見到兩隻白鵝大搖大擺地翹著屁股走過，不禁啞然失笑。她知道這是阿菀養的兩隻寵物，阿菀好幾次帶著去參加宴會，與福安郡主孟妡養的那兩隻白鵝成為京城中的獨一份。

幾個丫鬟簇擁著阿菀迎了出來，阿菀上前挽著羅寄瑤的手臂，說道：「大姊姊怎地過來了？可是來看我的？天寒，快進來坐。」

羅寄瑤跟著走進廳堂，丫鬟打起簾子，一陣清香的暖氣撲面而來。

等到用熱水淨了面，抱著暖手爐，喝著熱茶時，羅寄瑤已經渾身無不熨貼了，甚至感覺連頭皮和神經都舒爽起來，一時懶洋洋的不想動。

喝了半盞茶，又和阿菀說了會兒家常，羅寄瑤終於道出此行來的目的。

「姊姊今兒來，一來是想和妳說說體己話，二來是同妳說一聲，三妹妹病了。」

「三姊姊病了？」阿菀吃了一驚，同時想起了初二回娘家時羅寄靈夫妻未回的事情，直覺內有隱情，不然羅寄瑤不會特地過來尋她。

羅寄瑤咬了咬下唇，「劉家對外是如此說的，可是……」她沉著臉又道：「我前兒打發人去劉家問，才知道三妹妹小產了，劉家竟然想瞞著，後來三妹妹派人告訴我我才知道。可恨那劉家人還說是三妹妹在夫家爭強好勝，連有了身子也不知道，不小心滑了一跤便沒了。三妹妹的性子我還是清楚的，她雖然和二嬸一樣是個會來事的，可該軟時也會軟，哪會真的這般硬氣去攪和，我倒是聽說劉夫人前陣子給三妹夫身邊的一個丫鬟開了臉提做姨娘……」

阿菀聽得直皺眉，著實不喜妻妾爭寵的戲碼。

羅寄瑤也知她不愛聽，卻得硬著頭皮說。她知道康儀長公主夫妻感情和睦，二叔羅曄除了妻子，身邊並無姬妾姨娘，公主府後院再乾淨不過，而阿菀嫁入瑞王府後，與丈夫衛烜感情甚篤，只有彼此。

阿菀見她為難，便知她今日為何會來，當下笑道：「自我出閣後，與姊妹們許久未見了，聽聞三姊姊生病，自是要去探望。明日大姊姊是否有空，不若我們一起去看看三姊姊。」

羅寄瑤握著阿菀的手，欣慰又感動地道：「若是三妹妹見妳去看她，定會很高興的。」

阿菀笑著接話道：「咱們姊妹間不需要如此客氣。」

見她爽快，羅寄瑤倒是不好說衛烜和三妹夫劉峻的過節了，而且這過節聽來也挺是無語的，說出來還會汙了耳朵，若要羅寄瑤來說，她只有一句話，衛烜囂張得好。

又說了半天的話，羅寄瑤終於滿意地離開了。

送走了羅寄瑤，青雅端了一盅廚房特地煲好的湯過來，放到阿菀面前，說道：「世子妃，這三姑娘真是可惜了，大姑娘倒是個好姊姊，實屬難得。」

阿菀見她憤憤然，又對羅寄瑤多有讚賞，不由笑道：「大姊姊自小是個愛操心的。」

羅寄瑤這樣的秉性確實難得，知道這世道做女人不容易，所以極為關心家裡的姊妹們，能幫一把就幫一把，這便是阿菀二話不說便答應去探望羅寄靈的原因，也不介意羅寄瑤此舉是要借自己的勢。

阿菀雖然與堂姊妹們相處的時間不多，可是有血緣關係在，知羅寄靈過得不好，自然要去幫她出這個頭。懷恩伯府中，除了公主娘，便屬阿菀的身分最高，由她出馬再好不過。

決定了明日要去東城副指揮使家探望羅寄靈，阿菀便親自去瑞王妃那兒和她說一聲。

瑞王妃聽說阿菀娘家姊妹病了，還關心地問了一句，阿菀便揀了些要緊的說。雖然只有幾句，但瑞王妃很快便明白了其中的隱情，特意寬慰了阿菀幾句。

「咱們做女人的就是苦，一生都要繫在一個男人身上，出嫁前靠父親，出嫁後靠丈夫，若是父不慈，夫不敬重，苦果只能自己嚥。除了那些不爭氣的，有些人縱使想要爭一爭，卻無人幫助，破不了那困局，下場更淒涼……」

瑞王妃不知想到了什麼，面露悵然之色。

這模樣嚇到了坐在一旁聽母親和嫂子說話的衛嫤，衛嫤忙小聲喚了聲娘親。

瑞王妃回過神，看到女兒這小白兔般的怯弱模樣，更想嘆氣了。

阿菀一時不知道怎麼安慰她好。

衛嫤緊張得直揪裙襬，見母親和嫂子看著自己嘆氣，更加無措了。

此時瑞王妃和阿菀不約而同心想：以後一定得好生把關，給她挑個合適的夫婿！

晚上衛烜回來，見阿菀一如往常般迎上來，可是情緒不太高，不由皺起眉頭。

「聽說今日妳娘家姊妹過來，可是有什麼事？」衛烜邊換衣服邊問道。

「是有些事。三姊姊病了，明日我和大姊姊去看看她。」阿菀絞了巾子遞給他洗臉，回答得有些漫不經心。

衛烜想了想，實在是想不起阿菀娘家姊妹長什麼樣子，對她們嫁的丈夫也沒啥印象，便決定不想了，明日叫路雲跟著，若是有人怠慢阿菀，直接開打就是。

這阿菀還沒出門，凶殘的世子爺就開始想著如何給人排頭吃了，也不想想以阿菀現在的身分，小小的一個東城副指揮使如何敢怠慢？就算不看阿菀的身分，光是知道阿菀背後有他這麼個煞星，也只有誠惶誠恐的份。

說完了娘家事，阿菀想起今兒在瑞王妃那裡苦惱的事，便對衛烜抱怨道：「你從小就是個熊孩子，將嫤妹妹嚇得像小白兔，她這種性子，以後出嫁了少不得會被人欺負。」

衛烜不以為意地道：「這有何難？就給她找個喜歡她這種柔順性子的夫婿好了。再者，有我在，誰敢欺負她？」好歹他上輩子也養過她一段時日，這輩子因為心理年齡比較大，弟弟妹妹在他眼裡就跟後輩差不多，他也沒有狼心狗肺地不管兩人死活。

見他說得煞氣騰騰，阿菀很是無語。說不定等衛嫤一訂親，這位大爺就會直接帶人上門將未來妹夫恐嚇一遍。不過，有他在，確實沒人敢欺負衛嫤，這便是這時代出嫁女重視娘家的原因。娘家父兄強悍，她們才能得婆家尊重，過得舒心些，不然婆家有的是手段搓磨。

翌日，阿菀特地裝扮一番，便讓人套車出門了。

出門前，看到院子裡那兩隻悠哉的白鵝，乾脆順便帶著一起走。

天氣一改過去幾日的陰雨連綿，難得放晴，早春的陽光灑在街道的行人身上，驅除了過去幾日陰雨天帶來的陰晦，使得人們的心情彷彿也明媚了許多。

阿菀撩起車簾一角往外看去，看到春日和煦的陽光，心情也跟著明亮起來。

正在這時，馬車停了，外面響起隨行侍衛的聲音。

「世子妃，劉府到了。」

路雲看了眼阿菀，揚聲問道：「景陽伯府的大少奶奶可到了？」

車夫聞言看了下，正巧看到巷子口一輛馬車趕了進來，趕緊答道：「到了。」

路雲見阿菀點頭，率先下了馬車，拿出瑞王府世子妃的拜帖遞過去給侍衛，讓侍衛去敲門。另一邊，羅寄瑤到了東城副指揮使的宅邸前，聽車夫說瑞王世子妃的車隊也是剛到，方鬆了口氣，忙帶著丫鬟下車迎過去。

「六妹妹。」羅寄瑤低聲喚著。

阿菀下了馬車，微笑地道：「大姊姊來得正是時候。」

姊妹倆正說著，劉府的大門打開了，管家滿臉是汗地迎了出來，身體彎得極低，無比諂媚地將她們迎了進去。

羅寄瑤的表情有些複雜，與現在相比，她先前過來探望三妹妹時，可以說是被冷待了。她自己也明白，瑞王府此時如日中天，衛烜深得太后和皇帝寵信，旁人是沒辦法比的。

兩人進了劉府二門前，便見劉夫人帶著長媳及其他媳婦一起迎了出來。

劉夫人有著容長臉吊梢眼，臉上塗了很厚的脂粉，看起來是個精於算計的中年婦人，甚至有些刻薄相。其長媳劉大少奶奶和婆婆有幾分相似，一看那雙眼睛，便知不是吃虧的主兒。

聽說劉大少奶奶是劉夫人的娘家侄女，如此倒也能說得過去了。

阿菀心想，又是表哥和表妹的組合，她已經麻木了。

兩人都以熱情而恭敬的態度，親自迎著阿菀一行人進府。

只是，看到跟在阿菀身後的青雅、路雲懷裡抱著的白鵝時，劉府上下的笑容皆很勉強。

眾人剛才得知瑞王世子妃親臨時，全都嚇了一跳，畢竟他們這樣的人家與勳貴根本沒什麼往來，至多與親家懷恩伯府有接觸而已，以致於瑞王府於他們而言，是像天一樣的存在。

即使知道兒媳婦羅寄靈有個長公主的嬸娘，還有個嫁進瑞王府的堂妹，劉夫人也沒有太過放在心上，誰讓康儀長公主平素是個低調無作為的，也就是空有長公主的身分，並不怎麼管事。而那嫁入王府的壽安郡主據說是個病秧子，不輕易出門，更是不用在意。

沒想到瑞王世子妃竟會登門，劉夫人忽然感到忐忑不安。

只是忐忑歸忐忑，仍是得打起十二分的精神迎接，因為這位世子妃的身後可是站著一個鬼見愁的世子爺，那位可是連眾皇子也得忍讓幾分的。

羅寄瑤撇了下嘴，她以前可沒見過這對婆媳這般恭敬，忍不住又暗暗埋怨，二嬸真是糊塗透頂，怎捨得將女兒嫁到這種地方來？

「我聽說三姊姊病了，不知她怎麼病了？」阿菀開門見山地問道。

劉夫人的表情微僵，然後鎮定地道：「說來也是湊巧，前陣子寄靈這孩子與她們房裡的一個丫頭置氣，卻不想自己懷了身子也不知道，便不小心流掉了。想到那個孩子，我真是心疼得緊……」說著，劉夫人故作傷心地拿帕子拭了拭眼淚。

羅寄瑤聽得一股怒氣直往胸口湧，皮笑肉不笑地道：「伯母，我怎麼聽到的不是這麼回事？不是說三妹夫房裡一個不安分的姨娘作妖，害得三妹妹摔了一跤才小產的嗎？聽說當時三妹夫也在。」

劉夫人的頭皮快炸了，這時又聽到那個傳聞中的病秧子郡主冷淡的聲音傳來：「到底三姊姊是和丫頭置氣，還是和三姊夫房裡的姨娘置氣？」

劉夫人：「……」

劉大少奶奶見婆婆兼姨母冷汗涔涔，馬上機警地道：「莫大奶奶聽錯了，其實那只是個笨手笨腳的丫鬟罷了。」

「哦，既然這樣，那我倒是要瞧瞧是什麼樣大膽的丫鬟。」

阿菀輕描淡寫地拋下這句話，便和羅寄瑤往羅寄靈的院子行去。

劉夫人不安地帶著她們過去，邊對大兒媳婦使眼色，讓她趕緊去安排。也不管那死蹄子是不是小兒子心愛的小妾了，先讓瑞王世子妃消消氣再說。今日瑞王世子妃上門，明擺著就是要給羅寄靈撐腰，她不會沒那眼色讓她不快，只好犧牲兒子喜歡的小妾了，大不了日後再找個比裘香更好的給小兒子。

由於這些天連續下著春雨，空氣還有些濕潤，來到羅寄靈的院子，只見地上的落花敗葉猶然可見，當腳下踩過枯了的桐花時，劉夫人見到瑞王世子妃的眉頭皺了起來，趕緊道：

「世子妃別見怪，想來是那些不規矩的下人知道寄靈那孩子這些天病了，所以就懲懶了，改明兒便換些勤快的過來。」

阿菀聽罷，眉頭終於鬆了。

短短的一段路，劉夫人陪盡了笑臉，心裡開始後悔先前幫著小兒子護著那害羅寄靈小產的姨娘裘香。裘香原本是她身邊伺候的丫鬟，她素來疼愛小兒子，見裘香事事妥貼，便將裘香送到兒子身邊伺候。裘香長得柔媚，小兒子甚是寵愛她，在羅寄靈進門一年後抬為姨娘。

裘香是她房裡出來的，比小兒子院裡的其他姨娘略有不同，連兒媳婦羅寄靈也得避讓幾分。以前劉夫人還有幾分自得，覺得用裘香牽制羅寄靈，不讓她霸著小兒子，也算是在小兒子房裡安插了個眼線，現在卻後悔得不得了。

阿菀懶得理會劉夫人，進到內室，一眼便看到倚在床上蒼白消瘦的女子。

羅寄靈整個人死氣沉沉的，讓她很是心酸。她從沒有一刻像現在這般慶幸，能得到父母的寵愛，還有個待她如珠似寶的未婚夫。

「六妹妹身子羸弱，這種天氣怎麼好出門來？若是世子知道，可要惱我了。」羅寄靈面上帶笑，抓著阿菀的手卻緊得手指骨都泛白了。

羅寄瑤見她這模樣，如何不知道她這是作戲給劉夫人看，意在提醒劉夫人，別因為阿菀體弱便小瞧她，她的丈夫可是瑞王世子。那人生起氣來，敢帶人直接闖進閣老家砸東西。

果然，劉夫人的臉色難看了幾分，心裡越發不安了。

阿菀坐在床前，溫言軟語地與羅寄靈說話，詢問著她的身體情況。劉夫人婆媳乾巴巴地在旁陪著，邊聽她們說話，邊吊著一顆心。

羅寄靈說：「讓六妹妹看笑話了，姊姊模樣不雅，沒得汙了妳的眼睛。只可憐我那孩兒，好不容易才懷上，卻不想……」她嘆了口氣，「罷了，逝者已矣，說再多也是徒勞。」

見她如此，阿菀忽地冷硬道：「妳且放寬心，我今日既然來了，便要為妳做這個主，難道一個謀害了主子的丫鬟也處置不得？」說著，她特意看了劉夫人一眼。

劉夫人陪笑道：「這是自然。」說完，她轉頭叫大兒媳婦將那害人的丫鬟給帶上來。

阿菀安撫地拍了拍羅寄靈的手。

羅寄靈看著婆婆和長嫂膽顫心驚的模樣，心中一酸，差點掉下淚來。

雖然昔日與姊妹們有摩擦，但是當她落難時，也只有她們會顧念著自己。連自己的母親都只會勸她要忍耐，等改日分了家就好。可公婆如今春秋鼎盛，等分家還不知要等多少年。她都快要被搓磨沒了，哪裡指望得上分家？

然而，今日阿菀過來，倒是讓她有了些想法。

很快的，一個丫鬟打扮的女子被帶了進來，甫一進來，她便跪下來磕頭道：「少奶奶，都是奴婢的錯，奴婢願意做牛做馬給小少爺陪罪……」

羅寄靈見裘香一反前幾天得意張狂的模樣，哭得梨花帶雨，心中膈應得不行。裘香是換了一身丫鬟的行頭，可也許是太匆忙，手腕戴的雕花纏金絲玉鐲忘了取下。

羅寄瑤開口道：「伯母，妳們府上的丫鬟可真是闊氣，那玉鐲不便宜吧？」

劉夫人婆媳也看到了裘香身上未取下來的首飾，不僅是手上，耳朵上還有丁香耳環，兩人不禁尷尬極了，不知道說什麼好。

幸好羅寄瑤也不想揪著這點小事不放，只將這膽大妄為的姨娘交給羅寄靈處置。

羅寄靈笑了笑，「按府裡的規矩，這等膽敢謀害主子的丫鬟，須杖責四十大板，再驅逐出府。」既然婆婆說了這是丫鬟，她便也不客氣了。

有阿菀這位世子妃鎮著，劉夫人即便覺得小兒媳婦狠毒，不給自己面子，也沒辦法保下裘香，只得當作聽不到裘香的呼救聲，由著粗使婆子將裘香押到外頭的院子裡行刑。

不過，裘香才喊了幾聲便停住了。

「住手！妳們在做什麼？」一個暴怒的男聲突然響起，「妳們誰敢打她？啊……」

那個男聲話未說完，就慘叫起來，接著傳來嘎嘎嘎的鵝叫聲。

一個丫鬟跌跌撞撞地跑進來，稟報道：「夫人，不好了，少爺被鵝給咬了！」

劉夫人嚇得猛然起身，剛走了兩步，才想起那兩隻白鵝是瑞王世子妃帶過來的，當下止住了步子，回頭看向阿菀。

阿菀神色淡然，垂眸看著手中的茶盞，彷彿沒有聽到一般。

劉夫人心中恨極，瞪向床上的小兒媳婦，誰知往日時常往她身邊湊著奉承她的小兒媳婦竟然撫著胸口道：「娘，我前兒才小產，大夫說需要在屋內養足一個月，見不得風。」

劉夫人這回真是恨得不行了，又聽到小兒子的叫聲太淒慘，再也顧不得其他，逕自跑了出去。劉大少奶奶見婆婆出去，雖然有些害怕，可擔心婆婆事後算帳，只得硬著頭皮跟上。

片刻，又加入了兩人的尖叫聲，可見兩隻白鵝的凶殘。

羅寄靈聽著丈夫的慘嚎，終於忍不住落下淚來，拉著阿菀的手，嗚咽地道：「六妹妹，我好難受，我不知道要怪誰……娘親為什麼要將我嫁過來？明明我已經那麼努力討好他們，孝順公婆，伺候丈夫，從未起過壞心，為何他們還是這般對我……」

羅寄瑤眼眶微紅，「三妹妹，別哭了，難得六妹妹來看妳，妳可得拿出個章程來。」

阿菀也道：「大家都知道我沒什麼本事，就會狐假虎威。三姊姊有什麼主意儘管說，妹妹會為妳做主。」

阿菀這話聽得羅寄靈噗哧笑了出來，「那就多謝六妹妹了。」她好像沒有聽到外頭的動靜一般，對阿菀說道：「這次多虧六妹妹了。」千言萬語，不足以表達她的感激之情，只能拉著她的手不放。

姊妹三人說了一會兒話，外面終於沒動靜了。

阿菀知道路雲只是要給劉家人一些教訓，不會鬧得太凶，便也沒怎麼在意。

因此，當一個灰頭土臉的男人闖進來時，阿菀很冷靜地看著他。

「放肆，沒見到我家世子妃在此嗎？」

「什麼世子妃？」狼狽不堪的劉峻，氣得指著羅寄靈道：「好你個羅氏，妳就這麼見不得裘香好，竟然要打死裘香！我告訴妳，妳敢碰裘香一根寒毛，就馬上給我滾回妳的懷恩伯府去！我這裡廟小，容不下妳這尊大佛！如此不賢善妒的賤人，我真是瞎了眼……啊！」

劉峻被跟著進來的路雲一腳踹得跪到地上，痛得慘叫一聲。

阿菀冷冷地道：「原來一個謀害主子的丫鬟也發落不得，這是哪門子的規矩？誰定的規矩？既是如此，我們羅家的姑娘也不必留在這裡了，省得被個賤人害了還要說不賢！來人，給三姊姊收拾東西，咱們走！」

「世子妃！」

劉夫人大急，顧不得自己狼狽的模樣，趕緊跪下來求情。今日無論如何都不能讓瑞王世子妃接走羅寄靈，不然丈夫這個東城副指揮使也要做到盡頭了。

可惜劉峻是個蠢的，還在旁邊撂狠話，說羅寄靈是懷恩伯府硬塞過來的，走了就不要回來，最後路雲一巴掌甩過去，讓他疼得說不出話來。

青雅帶人飛快收拾好羅寄靈的衣物，還命人抬了頂軟轎過來。

路雲用厚披風把羅寄靈裹得嚴嚴實實，接著一把抱起她將她送入軟轎中，然後在劉夫人的拚命挽留中，阿菀帶著羅寄靈等人離開了劉府。

看到劉夫人追著阿菀的儀仗出來，劉府附近的人家全都探頭探腦，竊竊私語。

劉夫人腿腳一軟，幾乎站立不住，幸好劉大少奶奶眼疾手快地扶住了。

劉峻一瘸一拐地走了過來，恨恨地道：「讓她走，走了就不要回來！」

劉夫人呆滯的目光緩緩移回小兒子臉上，接著她突然揚手，用力給了他一巴掌。

劉峻不可思議地看著她，「娘，妳打我？」

見他此時還未意識到發生什麼事，劉夫人一口氣喘不上來，終於暈厥過去。

至於羅寄靈，從阿菀開口讓下人收拾東西起，她便一直保持沉默。先前是母親要她忍耐，如今有人為她撐腰，她為何還要忍耐？

羅寄瑤被阿菀這般乾脆俐落的強勢作風弄得有些懵，只是看到羅寄靈悶不吭聲，再看到不知悔改的劉峻，她忽然覺得阿菀做得很對。與其留在這裡被人糟蹋，還不如回娘家。

出了劉府的巷子，聽到阿菀吩咐車夫直接回公主府時，羅家兩個姑娘都愕然了。

接著，繼續沉默。

羅寄瑤和羅寄靈都不笨，懷恩伯府的人對這事沒什麼反應，便知他們不是被瞞著，就是默許劉家欺負自家的姑娘。羅寄靈想起上回母親來時的情況，心裡隱約有些明白，只覺得痛苦不堪，不願意相信母親會做這種事，而羅寄瑤希望是前者，她希望懷恩伯府是被瞞著的。

若是懷恩伯府知情，為了府裡那些出閣或未出閣的姑娘，都得有所表示，若不然只會讓自家姑娘被人輕慢瞧不起。這不僅是臉面的問題，還是伯府的姑娘在夫家能不能挺直腰桿的問題。其他家族出嫁的姑奶奶遇到這等事，父兄若是得知，打上門的都有。

今日阿菀強硬地將羅寄靈帶走，也算是一種娘家變相打上門的做法。

回到公主府，康儀長公主得知女兒回來相當高興，等聽說女兒帶著兩個堂姊一起來時，略有些驚訝，連忙走了出去。

阿菀拎著裙子跑到她面前，「娘，三姊姊現在身子有恙見不得風，快給她準備客房。」

康儀長公主蹙眉，「靈丫頭？她怎麼了？」雖然疑惑，不過見女兒笑臉迎人，看起來很有精神，自也是高興，便讓人將羅寄靈的轎子直接抬去客院。

客房燒起了地龍，路雲方將羅寄靈抱到鋪好被褥的床上。

「娘，事情是這樣的……」

康儀長公主聽完女兒做的事，又見女兒期盼地看著自己，不由笑著道：「做得好，咱們羅家的姑娘豈容人如此糟蹋？若是下次還有這種事，妳只管放手去做，不必委曲求全。」

雖然手段粗暴了些，但依她女兒現在的地位，她的確不需要耍什麼心計。

「三嬸……」羅寄靈眼裡含淚，哽咽地道：「謝謝您。」

康儀長公主拍拍她的手，柔聲道：「既然阿菀將妳送過來，妳便在這裡好生養身子，其他的事不用多想。」

羅寄靈先是抽噎，然後放聲大哭，將所有的委屈宣洩出來。

母親只會叫她忍耐，叫她討好公婆，在她最痛苦的時候，仍是要她忍耐，連家裡的姊妹們也比不上，如何不教她心寒？

寬慰羅寄靈一番後，擔心她身子受不住，康儀長公主忙吩咐她好生歇息，便帶著女兒和侄女羅寄瑤一起離開了。

出了客院，康儀長公主打發人去懷恩伯府報信，瞧瞧二房到底是個什麼意思。

康儀長公主自是看得出這事透著古怪，羅寄靈在夫家被婆婆丈夫搓磨，懷恩伯府竟然沒有收到消息。若非羅寄瑤因為年初二的事情，派人去看她，也不會知道這事。

「三嬸，您是說，二嬸她隱瞞這事？」羅寄瑤一臉錯愕，「三妹妹是她的親生女兒啊，二嬸怎麼能這樣？劉家這般對待三妹妹，難道她不生氣嗎？」

「這我可不知道了。」康儀長公主微微一笑，沒有多說什麼。

正說著，下人來報，說是駙馬羅曄回來了。

羅曄早上出門訪友，友人恰好出門，他在幾個詩社轉了一圈，覺得沒什麼趣味，便去珍寶齋給妻子買了根髮釵回來。誰知回到府裡，卻聽下人說阿菀今兒打上了東城副指揮使的家，將羅寄靈帶回公主府裡，弄得他一頭霧水。

羅曄並未覺得阿菀囂張，自家孩子知禮懂事，絕對不會無緣無故生事，定是劉家做錯了什麼，女兒才會出面將人帶回來。

果然，聽妻子說了劉家的事，羅曄氣憤地道：「豈有此理，當我羅家沒人了嗎？」然後又稱讚女兒：「阿菀做的對，咱們得要硬氣，不能讓人小瞧，免得人人都覺得咱們好欺負！」

阿菀大言不慚地道：「阿爹說的是，我也覺得自己做得很好！」

羅曄繼續抱怨：「這個劉家真是沒規矩，也不知道二哥腦子裝了什麼，竟允了這樁親事！主子被下人害了，居然不罰下人，反而還護著，這是什麼破規矩？真是丟人至極！莫怪那劉義山一把年紀，還龜縮在這位置上，簡直是草包……」

羅寄瑤聽得很無語。三叔這話好多槽點，令她不知從何吐槽起。

康儀長公主母女倆倒是淡定，還附和了幾句，讓羅曄覺得妻女真是明理。

懷恩伯府那邊很快來了人，來的是二老爺羅明夫妻，還有羅寄靈的胞妹羅寄悠。

方進門，羅明便問道：「三弟、三弟妹，靈丫頭怎麼了？我聽說世子妃將她接來公主府了。」他擦著汗，不敢指責阿菀此舉魯莽，只能小心翼翼地問緣由。

顧氏很是不安，因康儀長公主在場，又礙於阿菀的身分，不好說什麼，心裡卻是埋怨，想要跟丈夫一起去看女兒。

「二哥、二嫂，靈丫頭她今兒折騰半天也累了，方才歇下，還是先別去打擾她。」康儀長公主說著，嘆了口氣，「說來也是劉家不對，靈丫頭真是可憐……」

「二哥，這事不能算了！」羅曄氣憤地一股腦兒將侄女的遭遇道出來。

羅明震驚不已，「三弟說的可是真的？真有此事？」

羅曄冷笑道：「今兒瑤丫頭和我家阿菀在劉家親眼所見，還能騙人不成？可憐靈丫頭被劉家如此作踐，咱們竟然從未得知，還以為她過得極好。」

羅明火冒三丈，轉身便朝妻子怒吼：「妳這個婆娘當初是怎麼說的？不是說靈丫頭只是小恙，休養幾日便好嗎？怎麼沒說靈丫頭是被姨娘害得小產？妳還是不是她親娘？」

顧氏囁嚅道：「這也不是什麼大事，而且劉家也表達了歉意……」

「呸！」羅明啐她，突然想起了什麼，氣得指著她道：「劉家表示的歉意便是妳收的那筆銀子吧？我還奇怪那銀子是怎麼來的，原來是從劉家拿的。為了這麼點銀子，妳竟然看著靈丫頭在劉家受苦，她到底是不是妳生的，妳就這般狠心？」

顧氏被丈夫當眾指著鼻子罵，也來了氣，反駁道：「老爺，你這話可不對了，這事劉家雖然做不對，可是哪個女人不是這般過來的？靈兒她自己看不慣女婿的姨娘，衝動了點，才會出事，我還不是為了女兒好，畢竟她是劉家的媳婦，以後要在那裡過一輩子的，才會勸她多忍耐……」何況那筆銀子不是小數目，以後正好給兒子娶妻用。

羅明冷笑道：「妳還有臉說？那妳怎麼不忍耐？我可沒忘記當年袖紅是怎麼沒的。」

「老爺！」顧氏大窘。

不好插嘴夫妻事的羅曄等人，覺得他們越說越不像話，康儀長公主趕緊咳嗽一聲，羅曄也忙道：「行了，二哥，有什麼事情你們回府再議，然後拿出個章程來。靈丫頭這事絕對不能這般算了，不然外人豈不是當咱們羅家好欺負？連那些出嫁的姑娘都要心寒了。」

羅明沉著臉點頭，他雖然無能了點，可劉家做得太過分了，若沒作為，可就要給人看笑話了。為了自己的面子，自然不能輕易作罷。

顧氏瞥了小叔子一眼，心裡諷刺道，懷恩伯府算什麼？早就沒落了，連個有實權的小官都比不上，空有名頭罷了，這也是她勸女兒忍耐的原因。她好不容易才攀上東城副指揮使家，指不定親家老爺劉義山很快便能轉正，到時靈丫頭就有風光的時候了。

她沒想到的是，阿菀竟然會為女兒出這個頭，弄得她這個做親娘的裡外不是人，讓她覺得阿菀根本是多管閒事。

羅明不好打擾女兒歇息，便帶著妻女兒回府，而且他知道妻子這次做的不對，若是把女兒接回懷恩伯府，恐怕也沒法好好休養，不如讓她留在公主府。

懷恩伯府老夫人聽了這事，也氣得不行，狠狠斥責了顧氏一番。

顧氏不敢頂嘴，卻依舊沒覺得自己有錯。她也心疼女兒，但更心疼唯一的兒子。兒子訂親少不得要花一筆錢，懷恩伯府哪撥得出銀子來？加之他們二房又是庶出，定要削減一些。為了給兒子辦個風光的婚禮，她當然得另外想法子。

這次劉家理虧在先，她拿了劉家給的補償，不好再揪著劉家的錯處不放，自是得勸女兒忍耐，沒想到這事被阿菀捅了出來。

「讓劉家親自過來向靈丫頭賠罪，不僅要他們恭恭敬敬將靈丫頭請回去，還要約法三章，省得那婆娘有事沒事地搓磨靈丫頭。」老夫人冷聲道。自從孫女成了瑞王世子妃，她便覺得腰桿直了不少，不願意再委屈家裡的姑娘們。

羅明點頭應喏。

「既然世子妃將靈丫頭送到公主府，便讓她在那裡養身子吧。公主行事周全，想來靈丫頭在那裡也方便些。」說著，老夫人看了顧氏一眼，擺明不滿她此次的做法。

羅明和顧氏回到自己的院子之後，又開始吵了起來。

顧氏慣會來事，以前沒少壓制丈夫，今日被丈夫幾次在人前削了面子，著實氣得不行。老夫人是婆母她不敢說什麼，回到房裡就和丈夫吵了起來。

羅寄悠縮在窗邊，聽著裡面父母的爭吵。母親的死不悔改，令她心寒。若是她未來的丈夫也像三姊夫那樣狠心絕情，她到時候該怎麼辦？

如果沒有身為瑞王世子妃的六妹妹前去為三姊姊撐腰，三姊姊的事母親是不是就要瞞到底，任由三姊姊被劉家搓磨至死？

在羅明夫妻回懷恩伯府報與老夫人時，半日時間，瑞王世子妃在東城副指揮使劉家的囂張行徑也經由好事者傳了開來，阿菀這個病秧子再次出名，而且不是因病而出名。

正在宮裡當值的衛烜聽到一個已經入值金吾衛的曾經的跟班來跟他說這事時，只是挑了下眉，然後笑了。

跟班名叫周拯，能進金吾衛長相自然不差，卻有些投機取巧。他是承恩伯府的嫡孫，幼年時曾經在昭陽宮讀書，在被迫選擇陣營時，果斷投靠衛烜，是衛烜身邊得力的跟班之一，不過得到的好處卻是不少，這也是讓他死心蹋地跟著衛烜走的原因。

「世、世子，你笑什麼？」周拯結結巴巴地問，實在是消受不住這位爺的笑容。

「你說我笑什麼？」衛烜反問道。

周拯眼珠轉了轉，馬上道：「嘿，我明白了，這劉家算什麼東西，也敢讓世子妃生氣，特別是那個劉峻，年前還被世子爺您折騰了一頓，沒想到他忘性這般大！世子爺，要不要咱們哥幾個去堵他，給他一點顏色瞧瞧？」

衛烜反而詫異道：「劉峻怎麼了？」他的記憶裡沒這號人物。

周拯知他瞧不上劉峻，記不住是應該的，便提醒道：「去年年前您和榮王殿下在雪中溜馬時，恰巧路過天香樓，不小心將天香樓的招牌打下來，差點砸到一個人，那個人當時出言冒犯您，被咱們兄弟幾個收拾了一番。」

衛烜摸著下巴，「確實有這事。」

不過，天香樓？嘖！雖然他不去那種地方，可也知道那裡是男人的銷魂窟。

「當時那個不長眼的蠢貨就是劉峻了。」周拯補充道。

天香樓背後的勢力很不一般，可勢力再大，對上衛烜和榮王這兩個皇子皇孫，也只有避讓的份。天香樓的招牌被這位世子爺一鞭打下來，差點砸到正好從天香樓裡出來的劉峻。

衛烜並不將劉峻放在眼裡，壓根兒沒有正眼看他，而劉峻也被衛烜身邊的那群紈絝給打怕，連年初二和妻子回娘家的事也推了，就怕這位世子爺認出他。

了解了事情的經過，衛烜將吃了一半的點心遞給他，「賞你了。」

周拯只一眼便看出這點心是呈到御案上的，因為那裝點心的盤子只有皇帝能用，頓時感到受寵若驚，根本不介意這是衛烜吃不完丟給自己的。

衛烜用帕子擦擦手指上的點心屑，對周拯道：「你去問問今天有誰不當值？」

聽到這話，深諳紈絝之道的周拯立刻報上一群人的名字，並且恭敬地道：「世子有什麼吩咐儘管跟我說。」

衛烜朝他勾勾手，低聲說了幾句，然後道：「行了，去吧。」

等周拯樂顛顛地離開後，衛烜看天色差不多，決定去和皇上告假，打算提早出宮。

不遠處的三皇子正好衛烜和周拯分開，看衛烜那樣，就知道有人要遭殃了。雖不知是誰惹著這位爺，但他很有興趣，想看看能不能找到可乘之機。

等三皇子聽說了某位世子妃的行徑後，不由默然。

即便他想要讓衛烜不快活，但在劉家這事上，還真挑不出瑞王世子妃的錯來。若是她知道娘家姊妹的處境卻什麼也不做，反而會讓人瞧不起，認為她不顧念親情。倒是劉家，私德不修，寵妾滅妻，若是真鬧開來，東城副指揮使劉義山可沒好果子吃。

劉義山……

跟著三皇子的內侍見三皇子的神色，便知三皇子是要放棄劉義山了。

其實三皇子沒將這事放在心上，反而對另一件事上心。

去年五皇子呈上的血經讓他們的父皇終於心軟，想來五皇子應該能提前幾天出來。雖然被關了近一年，但三皇子相信弟弟吸取了這次的教訓，以後行事必會更謹慎。

這一年來，三皇子也感覺到了衛烜的步步緊逼，還有太子明著被他打壓，實則卻不痛不癢，讓他意識到，若是不採取些行動，他就要被太子推到前頭了。對於一位正值春秋鼎盛的帝王來說，皇子太能幹，絕非好事。

所以，他現在迫切需要五皇子的幫襯。

另一邊，今日難得休沐在家歇息的宋硯，聽說了瑞王世子妃的舉動，表情僵了下。

他正在書桌前練字，一滴墨汁落在宣紙上，很快暈染開來。

宋硯想起了那年某位年紀不大的小姑娘，帶著一隻凶悍的白鵝，逼得他退讓。

接著，那位世子為她出頭，差點陷安國公府於萬劫不復。

這對夫妻真是可怕！

他默默想著，小姑娘如今長大了，待羽翼豐滿後，還不知會做出什麼事情來。

至於衛烜，他的目的是什麼呢？

「少夫人！」

聽到門邊小廝的叫喚聲，宋硯抬頭，見到如水般溫柔的女子沐浴著春日的暖陽帶著丫鬟走了進來。春光落在她身上，令她彷彿與春光融為一體，讓人看得無法移開眼。

「阿硯，在忙嗎？」衛婼溫軟地笑問。

宋硯瞥了眼妻子身後的丫鬟，對上那丫鬟瞥來的媚眼，眸光微冷，上前扶住妻子。

「不忙。妳怎地來了？孩子沒鬧妳？」

「孩子被母親抱去了，我正好偷個閒。聽說你最近很忙，我讓人煲了湯給你補身子。」

宋硯朝她笑了笑，揮手將那丫鬟斥退，與妻子二人單獨留在書房裡。

❤ ❤ ❤

衛烜離開皇宮，帶著一群金吾衛去五城兵馬司的衙門坐了下，然後大搖大擺地走了。

等他離開，五城兵馬司的指揮使左仲親自過來。

一看到他，劉義山臉色很難看，心知這次被小兒子害慘了。

劉義山回家後劉峻會如何，衛烜並不關心，他親自去公主府接妻子了。

進了公主府，衛烜先去向岳父和岳母請安，卻被羅曄拉到書房說話。他回頭看向和康儀長公主坐在一起的阿菀，只見阿菀朝他微微一笑，他只得苦逼著臉，跟著羅曄走。

在書房裡，衛烜蔫頭蔫腦地接受了岳父「愛的教育」。

羅曄旁徵博引、引經據典，讓衛烜明白如何做一個德才兼備的人，能為君王分憂的人，而這些的前提是，必須對老婆好，不要像劉峻那貨一樣寵妾滅妻。

衛烜嘟囔著，不用岳父教，他就會對阿菀很好很好，同時也將劉峻那廝恨得牙癢癢的，暗自決定要給那傢伙一個教訓。

好不容易聽完岳父的教誨，衛烜終於被允許接老婆回家。

馬車駛出公主府，阿菀見他蔫蔫的，伸出手指戳了戳他的臉，笑道：「你怎麼無精打采的？小心阿爹看到了又要說教。」

衛烜將她拉到懷裡，下巴擱在她的肩膀上，鬱悶地道：「姑父越來越嘮叨了。」

阿菀噗哧笑道：「你不是很會忽悠人嗎？直接忽悠他不就行了？」

「不行，他是妳爹。」

聽到他的話，阿菀眨了眨眼睛，然後笑了。

回到瑞王府，兩人去正房向瑞王妃請安，沒想到瑞王今日提早回來了。

瑞王面沉如水地坐在那兒，先是看了兒媳婦一眼，臉色有些僵硬。今兒他難得提前從軍營回京，卻在街上聽說兒媳婦帶人打上東城副指揮使家，將堂姊強勢接回公主府。

瑞王實在無法相信乖巧的兒媳婦會是個強勢的主兒，這讓他不禁擔心，兒媳婦會不會在發現兒子的隱疾後大鬧起來？

不行，得盡快找人治療熊兒子的隱疾！

過了幾日，瑞王特地空了一天，一大早將兒子帶出京城。

衛烜跟著父親打馬離京，不耐煩地問道：「要去哪裡？」

「別急，很快就到了。」瑞王耐心地道：「還有二十里。」

衛烜望了下前方的路，眉頭皺起來。老頭子神祕兮兮的，讓他有種不太好的預感。

他的預感很快應驗了。

他們來到京郊五十里處的一個不起眼的別莊，那裡有位年輕的所謂的「神醫」。

衛烜面無表情地看著瑞王。

為兒子操了大半年心的瑞王，沉重地對熊兒子說道：「你別看郁大夫年紀不大，他對治療隱疾很有經驗。本王可是通過很多管道才找到他，把他安置在這裡，絕對沒人發現。」

衛烜：「……」

「為了不對不起你死去的母妃，你可不能諱疾忌醫。」瑞王用力按了按熊兒子的肩膀，防止他惱羞成怒，拂袖而去。

衛烜臉皮抽搐了下，聲音從牙縫間擠了出來：「你說誰諱疾忌醫？」

「你啊！」瑞王尷尬地道：「去年你和阿菀成親，到現在都沒圓……咳咳咳……」

「臭老頭！」衛烜終於忍無可忍地朝父親揮了拳頭。

等衛烜和瑞王從莊子折返回京時，也將郁大夫帶回來了。

衛烜問了一句：「可會治不孕？」

郁大夫遲疑著回答略有研究，衛烜便拍板決定帶他走。

瑞王：「……」

郁大夫原是江南人士，被瑞王輾轉找來，孤家寡人一個，何處皆可安身，便這麼乾脆地被衛烜領回家了。而這時，阿菀趁著春光大好，正和小姑子一起在池塘邊釣魚，邊釣魚邊聽著青霜轉述劉家的事。

阿菀將羅寄靈接回公主府後，讓人送了些補身子的補藥過去，便沒怎麼理會這事。懷恩伯老夫人既然發了話，便會為羅寄靈作主，不需要她再出這個頭。她倒是聽到外面針對她的流言，但並未放在心裡。

她雖然沒有理會，卻也讓青霜留意著，有狀況就來回報。

阿菀相當厭惡劉峻這種寵妾滅妻的渣男，那天的事，讓她著實惱恨。

「今兒聽說三姑爺又臥病在床了。」青霜抿著嘴笑道：「那天世子妃將三姑娘接回公主府後，晚上劉大人回府，對三姑爺動了家法，翌日便讓劉夫人將三姑爺院裡的通房姨娘和丫鬟都發賣了，只留了那個叫袠香的姨娘送去給三姑娘處置。」

阿菀撇嘴，處置什麼？處置了反而讓劉峻更怨恨嗎？這並不是處置一個姨娘的問題，而是劉家的問題。

「不過，三姑娘讓人將那袠香好好地送回去了，還將劉大少奶奶帶去的補品退還。昨日三姑爺身子好些了，被劉夫人押著去向三姑娘賠罪，三姑娘沒見他們。」

阿菀點點頭，覺得三堂姊是個硬氣的，不像其他女人，丈夫賠個罪就原諒他們。

「還有啊，昨日三姑爺回去的路上，被一群地痞攔住，狠揍了一頓，聽說今早還下不了床。」青霜笑嘻嘻地說。

阿菀：「……」好糾結，這地痞出現得太巧合了，真不是某位世子爺的手筆嗎？

呃，或許不是吧，那位世子爺才沒空理會小人物。

阿菀難得真相了，世子爺根本不用親自出手，有的是人幫他收拾劉峻，甚至連劉義山父子幾個也沒好過，這就是有一群紈絝跟班的好處。

正聽著青霜說劉家的倒楣事，衛烜和公公回府了，還帶回一個年輕的大夫。

衛烜將郁大夫丟給管家安排，逕自過來尋阿菀。見她們正在釣魚，也有了些興致，當下讓人拿釣竿給他。

「聽說你們帶了個大夫回來，是怎麼回事？」阿菀遞了杯水給他。

「父王找來的。府裡沒大夫，若是有點小病小痛，要拿帖子去太醫院請太醫，來回耽擱時間不說，也容易受罪，所以就留個大夫在府裡，好方便使喚。」衛烜答得懶洋洋的，堅決不告訴阿菀他老爹幹的烏龍事。

任哪個男人被誤認為不舉，都不會高興。

等到夕陽西下，回到院子時，阿菀發現衛烜特別地黏人。

「做什麼？」她防備地問道。

衛烜拉阿菀上床，揮手將帳子放下，欺身壓了上去，然後抓著她的手果斷地往身下某個地方覆去，以期證明自己能力非凡。

阿菀：「……」

粗重曖昧的喘息聲良久方歇，昏暗的碧紗帳內，少年少女衣衫凌亂，四肢親密地交纏在一起，空氣中還瀰漫著曖昧的麝香味。

「你、你發什麼瘋啊？」阿菀囁嚅地問道，粉嫩的臉頰此時嫣紅一片，猶如塗了胭脂。

被刺激到的世子爺絕口不提今兒的事，只呢喃道：「阿菀，過了秋天，我們就圓房。」

阿菀沉默了下，然後咳嗽一聲，低不可聞地答了個字。

豎起耳朵聽個正著的世子爺，激動得將阿菀撲倒。

兩人鬧了一場，最後漫無邊際地聊起天來。

「很快就要到五皇子的婚禮了，三月澧表哥也要成親，五月是懷恩伯府的五姊姊，七月底是靖南郡王府世子和莫七姑娘的婚禮……」阿菀算了算，「今年成親的人家真多。」

衛烜暗暗撇嘴，那些都是討厭的人，他根本不想聽，而在他的記憶裡，今年確實事情多，想到自己可能很快又要離京，不禁有些鬱悶。

❤ ❤ ❤

二月中旬，五皇子大婚。

婚禮前幾日，他終於能離開幽禁他的宮殿。

嚴格說來，五皇子被罰閉門思過一年挺冤的，富貴人家的弟子多半有些小毛病，豢養孌童，用漂亮的小廝助興是常態，大家心照不宣。只是文德帝少年時期吃過先帝所豢養的孌童的苦，特別氣恨這種事，更不允許自己的兒女有這樣的癖好，於是五皇子便撞在了槍口上。

五皇子出來後，三皇子一派的門人及與其交好的大臣紛紛備禮給五皇子祝賀。

太子也在東宮備宴，宴請諸位兄弟，為五皇子壓驚。

衛烜當然在太子宴請的名單中，雖他不是皇子，但是文德帝曾說過，衛烜雖不是皇子，卻可以與皇子們以兄弟相稱。

因有文德帝在上頭盯著，太子很體貼地以兒子的名義請文德帝來喝兩杯。文德帝拒絕了，可是所有皇子聽了這事，皆捧場地去了。即便知道太子請了衛烜，仍是硬著頭皮出席。

文德帝自是樂意見他們兄弟和睦。

太子妃也給三皇子妃、四皇子妃兩位妯娌和阿菀下帖子，請她們到東宮一聚。

這一日，東宮賓主盡歡。

太子舉起杯子，對面容比一年前消瘦，情緒卻更內斂的五皇子道：「過幾日就是你的大喜日子，大哥身體不好，便以茶代酒敬你。」

五皇子故作感激地道：「謝謝太子哥哥。」

其他的皇子們，除了幾個小的，全都陸續上來敬酒。

輪到衛烜時，他懶洋洋地看著五皇子。

五皇子背脊有些僵硬，衛烜那眼神像是在打量他的毒蛇。

要說他這輩子最恨的人是誰，當屬衛烜無疑。也不知道自己和衛烜是幾時結上的仇，自有記憶以來，便對他充滿羨慕嫉妒恨等等情緒。羨慕他不是皇子卻輕易得到皇祖母和父皇的寵愛，嫉妒他被養得如此不知天高地厚，恨他一事無成，卻能得到天下最珍貴的寵信。

又不知道是從何時開始，衛烜不再像以前那個被寵壞的孩子，不再好哄騙，甚至在不知不覺中針對他們這一系的人。

如今，他落得這下場，雖未有證據，卻直覺認為與衛烜有關。

五皇子心中千迴百轉，面上卻未有什麼變化，雙方都笑咪咪地喝酒。

見兩人沒有吵起來，眾人都暗暗鬆了一口氣，連已經準備好要拉架的太子和三皇子也互相對視一眼，然後極有默契地移開視線。

外頭男席上因為皇子眾多，十分熱鬧，而殿裡已婚的女人只有四個，又不知道說什麼好，氣氛一時間顯得清冷。

孟妘是個不開口則已，一開口就讓人捶心肝的，大家有志一同寧願她就坐在那裡當個吉祥物就好。莫茹正擔心著剛風寒痊癒的獨子，只因太子妃下帖子不好拂了她的面子，只好放下兒子進宮與宴，此時自然神思不屬。四皇子妃因丈夫出門前警告過，便不敢輕易搭話。最後是阿菀，她進宮純粹是陪襯，於是她很心安理得地坐在一旁吃點心玩皇長孫。

皇長孫一歲了，雖還未能走得穩當，卻對外面的世界充滿嚮往，喜歡抓著人的手，讓人帶他出去玩。現在他的胖爪子就抓著阿菀，仰著包子臉，睜著大眼睛瞅著她。

阿菀被萌到，屁顛屁顛地牽著皇長孫在殿內走，不像另外兩位皇子妃那般拘謹。莫茹和四皇子妃皆忍不住看向完全不受影響的瑞王世子妃，覺得她的心真寬。

莫茹見阿菀如此放鬆，便知她與太子妃的關係很親近。這位出嫁後，丈夫愛寵、公婆和善、姑嫂和睦，前陣子拂了東城副指揮使的臉面卻安然無事，讓廣大的女性同胞羨慕不已。懷恩伯府是個三流世家，愣是因為出了個幸運地尚了公主的兒子，又出了個嫁入瑞王府的孫女，如今有誰敢小瞧懷恩伯府的姑娘？

四皇子妃同樣豔羨，不由帶著點逢迎的口吻說道：「世子妃的氣色比過年時好多了。」

阿菀朝她笑了笑，「大概是因為近來天氣好的緣故吧。」

皇長孫被阿菀牽回來，便扶著旁邊的桌椅跌跌撞撞走過去，撲進母親懷裡。孟妘順勢將他抱了起來，讓宮人拿了水來餵他。

看到皇長孫健康可愛的模樣，莫茹和四皇子妃少不得又羨慕一番，順便和太子妃聊起了育兒經，阿菀這個沒有生養過的只能乾巴巴地坐在旁邊聽。

四皇子妃笑道：「不知什麼時候能聽到世子妃的好事，到時候咱們也來交流一下。」

阿菀很自然地接口道：「可以啊！」

莫茹和四皇子妃看了她一眼，兩人都摸不準她是什麼意思，於是不好再說什麼，又繼續和孟妘談論起教養孩子的趣事。

酒宴結束後，諸位皇子陸續告辭離開。

阿菀也和衛烜一起坐馬車回瑞王府。

路上，阿菀拿沾了水的帕子幫衛烜擦臉，先是摸摸他酡紅的臉，然後塞了茶葉讓他嚼著去酒味，一邊罵道：「酗酒傷身，都叫你不要喝那麼多了，待會兒不准發酒瘋。」

衛烜軟綿綿地歪在她身上，將責任都推給了五皇子，「他定是居心叵測，才會拚命灌我酒，想將我灌醉好讓我出醜！」

阿菀：「……」

「妳們在殿裡聊了什麼？我聽宮人說，妳們幾個女人聊得可開心了。」

「別胡說！」阿菀拍拍他的頭讓他抬起，幫他擦脖子上的汗漬，「不過是說些育兒經。」

「育兒啊……」衛烜嘀咕著，「再過十年吧……」到時候衛焯那傻孩子也該娶妻生娃了，阿菀就可以養個孩子防老了。

衛烜又想起了一件事，和阿菀說道：「對了，我將郁大夫派去給岳父和岳母看身體了。」

阿菀奇怪地問道：「太醫院有太醫定期去公主府請平安脈，也沒聽說他們身子有什麼問題，你讓郁大夫過去做什麼？」

「哦，也沒什麼，聽說這個郁大夫會治不孕症，所以讓他去瞧瞧。給岳父和岳母找點事情做，省得他們因為妳不在而覺得寂寞。」

阿菀：「……」

三皇子帶著弟弟離開東宮，親自將他送到了他的寢宮，又特意叮囑了一番。

五皇子突然開口道：「上回是我大意了，以後不會再這樣了。」

三皇子拍拍他的肩膀，嘆道：「父皇素來討厭那等事情，你以後莫要再犯了，好生和五弟妹過日子方是。」

五皇子低低地應了一聲，神色不定。

三皇子離開後，五皇子面露獰笑。

這次確實是他大意了，但是沒有下次了。

回到書房，看著別人從別人送的禮盒夾層中取出來的字條，他的臉色陡然變得陰沉。

衛烜那廝竟然將他藏在別莊中準備獻給太后的人劫走了。

五皇子氣得臉色鐵青，這事還是他被幽禁時發生的，偏偏因為他無法與外界聯絡，直到此時方才知曉。

如此，他便確定了衛烜自己其實也知道在他們皇祖母的心中，他不過是劣質的替代品罷了。想到衛烜可能會因此感到難受，一種變態的愉悅感油然而生。

這種猜測讓五皇子因為衛烜將人劫走而生出的怒氣少了許多，他將字條丟進火盆裡燒掉。

既然他能找到第一個，便能再找出第二個。

貳之章 易嫁風波

轉眼便到了五皇子大婚的日子。

雖然五皇子被文德帝罰在宮中閉門思過一年，不過他到底是皇帝的兒子，又有鄭貴妃和三皇子在，戶部和禮部、工部不敢怠慢皇子府的建造，五皇子府還是如期建成，只是比不上三皇子府和四皇子府罷了。

而婚禮便是在新建成的五皇子府舉行。

五皇子妃何氏是工部尚書何大人的孫女，雖然因為去年那事情，何府對五皇子頗有微詞，可到底皇命難違，又有文德帝親自勸慰，只得認下這門親事。

新人拜完堂，阿菀便隨著宗室女眷們去看新娘子，提前讓新娘子認認親。

因為妝粉太濃，所以新上任的五皇子妃長相只能隱約看出輪廓不錯，性情如何，在這種時候自是看不出來，不過看到有個婦人暗暗諷了一句，被她不軟不硬地頂回來，阿菀便覺得這位五皇子妃不是個好欺負的。

回到瑞王府，阿菀邊照顧醉鬼衛烜，邊和他交流在婚禮上的所見所聞。

阿菀說了五皇子妃的可能性情，衛烜則說了他鬧婚禮的過程，估計五皇子今晚根本無法入洞房，「既然他喜歡玩男人，不如成全他……嘿嘿！」某人潮紅的臉露出陰冷的笑容。

阿菀：「……」

正準備細問，突然發現那個說了不得了的話的某人已經醉癱在床上，讓抓耳撓腮想知道他到底做了什麼陰險事的阿菀想潑他冷水弄醒他。

由於心裡擱了事，阿菀第二天竟然奇蹟似的難得早起。

扒開羅帳往外看去，只見某人正躡手躡腳地穿衣服。

早起的阿菀還迷糊著，衛烜聽到動靜，轉身一瞧，便見阿菀愣愣傻傻的，反而添了幾分可愛，有別於她平時淡然的模樣，讓衛烜看得心尖微顫。

衛烜三步併兩步走過去，坐到床邊，將阿菀擁到懷裡，親了幾下，柔聲說道：「天色還早，妳要不要再睡一會兒？」

阿菀呆呆地看了他半天，方道：「我記得等會兒還要進宮，今日是五皇子妃進宮謝恩的日子……」說著，她突然清醒，慢吞吞地問道：「對了，昨晚你說的那話是什麼意思？」

「什麼話？」

阿菀打了個哈欠，「你昨晚說『既然他喜歡玩男人，不如成全他』，這是什麼意思？」

衛烜吃了一驚，「我有這麼說嗎？是不是妳聽錯了？或者是我喝醉了，語無倫次？」然後他誠懇地對她道：「妳知道，我酒量不好，我昨晚……應該醉了吧？」

阿菀：「……」

在她的注視下，衛烜表情更無辜了，只是心裡七上八下的，擔心阿菀繼續追問下去，怕會汙了她的耳朵。

在他上輩子的記憶裡，五皇子確實是個好男色的，而且特別喜歡玩弄那些被餵過祕藥的孌童，五皇子府的後門不知被送出了多少慘死的孌童屍體。因為當時三皇子得勢，五皇子又有心機，少有人能發現他的這種癖好。即便有人發現，也因懼於鄭貴妃之勢，當作沒看到。

衛烜會注意五皇子這個癖好，是因為昨日剛出閣的五皇子妃何氏。

家風清正的何氏，實則烈性剛強，她上輩子慘死前，竟然將十個被餵了藥的高大侍衛同自己的丈夫五皇子關在一個房間裡，五皇子被折騰得差點身敗名裂。可惜當時所有人的目光都聚集在太子薨逝之事上，又有三皇子及時為他善後，這事方沒有被捅到皇帝面前。

衛烜頗欣賞何氏的手段，也是因為她臨死之前算計了五皇子，才讓他的人得到了足夠的證據，之後才能在為阿菀報仇的時候將他往死裡抹黑。

上輩子他死的時候，五皇子和三公主已經被他送去地獄向阿菀賠罪懺悔了，三皇子倒是還活得好好的。之後的事，他多少能預料到會是如何，可惜自己看不到。

衛烜自然不會和阿菀細說這種事，他也不欲阿菀多思多慮，免得像上輩子那般壞了身子，可阿菀卻是不吃這套。

阿菀盯他半晌，見他不動聲色，忍不住伸手掐了一下他的腰。

衛烜的肌肉瞬間繃緊，卻不敢移開。

他堅持不說，阿菀只能作罷。衛烜一向軟硬不吃，她也使不出撒潑打滾或利誘的作態，只能嘆了口氣，乖乖起身去穿衣服。

衛烜殷勤地捧了她的衣物過來，親自幫她穿戴，還趁機毛手毛腳。

今日是五皇子夫妻進宮謝恩的日子，順便讓何氏拜見宮裡的貴人及與妯娌們見禮，本來與阿菀這個世子妃無關，誰讓文德帝讓衛烜與皇子們兄弟相稱，擺明了是拿衛烜當兒子看待，是以阿菀這個世子妃也算得上是皇子妃們的半個妯娌，連太后也默許，旁人更不能多話。

何氏比阿菀年長一歲，氣質嫻雅，鵝蛋臉、柳葉眉，臉上掛著恰到好處的笑容，十分符合世人對大家閨秀的認知。其性格卻是軟中帶硬，旁人敬她三分，她便還三分，若是犯她三分，她同樣還上三分。

這樣的性子其實挺好相處的，只要不犯到她。

阿菀頗欣賞何氏，可惜衛烜與五皇子不合，她不便和何氏深交。

何氏在宮女的引導下，有條不紊地向正殿中的人請安敬茶，從太后到皇后、太子妃，然後是鄭貴妃這位嫡親婆婆、四妃、明妃等等，又與同輩們見禮。一圈兒下來，絕對會累死人，特別是經歷過洞房的女子，那更是一種煎熬。

然而，五皇子妃除了有些累，臉色還算是正常。

臉色正常，反而顯得不正常。

就如同當初瑞王第一眼便看出熊兒子和兒媳婦沒有洞房一樣，只要有經驗又有心的人，皆能從中尋出一點蛛絲馬跡，於是，除了幾個未出閣的公主和什麼都不懂的皇長孫，其他人都看出了其中的問題——何氏昨晚並未承歡。

鄭貴妃臉色頗為僵硬，想起早上聽人說，昨日衛烜帶人給小兒子灌酒，將他灌得酩酊大醉，進新房的時候，還是讓下人扶進去。她心裡再次將衛烜恨得牙癢癢的，連帶看向阿菀的目光也有些不善。

其他人故作不知，何氏到底剛為新婦，看不出其中的門道，大方地謝過諸母妃的賞賜。

接著，輪到和妯娌們見禮。

「見過太子妃和兩位皇嫂，還有壽安弟妹。」何氏笑道：「以後咱們就是妯娌了，若是我有什麼不周之處，望幾位皇嫂提點一二。」

「應該的。」太子妃冷淡地道。

莫茹笑得極為親切，拉著她的手道：「早就盼著五弟妹進門了，沒想到五弟妹是如此秀靈的人，五弟能娶到妳真是福氣。」

五皇子妃有些羞澀，朝她笑了笑。

阿菀淡定地坐著，皇長孫趴在她的膝上，正伸著小胖手抓她壓裙子的玉佩玩。阿菀擔心他將玉佩塞到嘴裡，不得不專心盯著，以致於沒怎麼正經看旁邊的女人們寒暄。

何氏對阿菀笑道：「皇長孫和壽安弟妹玩得真好，小孩子純真，能識出好壞，可見壽安弟妹是個和善人。」

這恭維真是讓人聽了舒服，阿菀再次確定了這位五皇子妃的性格，不禁暗暗惋惜她配了五皇子那貨。皇帝真是造孽，糟蹋了這麼好的姑娘。

「我沒有五皇嫂說的這麼好啦！」阿菀故作羞怯地低頭，一隻手果斷地將皇長孫搶到的玉佩拽走。皇長孫一口咬上來，正好咬到她的手腕，嚇得旁邊的宮女差點跳起來。

滿周歲的小包子已經長牙，上面兩顆牙，下面四顆，等皇長孫鬆嘴時，阿菀手腕上赫然出現了牙印。阿菀看了看，也一口啃上皇長孫白嫩嫩的小胖手。

小包子的眼睛瞪圓，然後猛地笑了起來，以為阿菀在陪他玩咬手遊戲。

莫茹等皇子妃看得眼皮猛跳，心說那可是太子的兒子，皇帝和太后最寵愛的皇長孫啊，她怎麼有膽子咬下去？大家下意識轉頭看向孟妘，誰知她十分淡定地喝著茶，眼皮也沒撩一下，當下便明白了，這種事情沒少發生。

瑞王世子妃與皇長孫的關係好，他日若皇長孫長大成人，太子也順利登基……幾人心裡倒抽了口氣，看向正笑咪咪地與皇長孫互咬的瑞王世子妃，幾個女人都覺得瑞王世子妃正在下一盤好大的棋。

何氏與妯娌們說過話後，對幾位妯娌有了個大概的印象，其中讓她印象最深刻的是，瑞王世子妃這半個蹭來的妯娌。一時間很難將她定位，唯一能確定的是，她有個名聲不好但聖眷正隆的丈夫，連帶著她也妻憑夫貴，無人敢小瞧她。

太后近來精神不好，眾人只聊了一會兒便散了。

太子、三皇子、四皇子、五皇子、衛烜相攜過來接各自的妻子，也趁機見見五皇子妃。見完禮，太子便將妻兒接走，阿菀也跟著衛烜走了。

衛烜握了握她的手，走前趁機看了五皇子一眼，五皇子臉色僵硬地迎向新婚妻子，腳步是虛浮的，眼神陰沉，根本沒一絲新婚該有的喜悅。倒是何氏看向丈夫時還算是有點新婦該有的羞澀，想來這個時候她對丈夫還懷抱著幾分期盼。

衛烜牽著阿菀上了宮中轎輦，未再關注他們。

離開皇宮後，兩人坐在馬車裡，阿菀趴在衛烜肩頭，小聲地說著剛才在宮裡的見聞。她已經養成這種習慣，每次進宮都要將自己的觀察告訴他，讓他有個概念。

「我還以為妳今天只顧著和皇長孫玩，什麼都沒注意。」衛烜有些嫉妒皇長孫。

阿菀白了他一眼，「哪能啊，說得我好像沒腦子一樣！」然後又細聲細氣地說：「今日的五皇子妃精神氣真是好，昨晚五皇子是不是醉得不省人事被抬進新房的？」

「應該是吧。」

兩人大眼瞪小眼，彼此都明白其中的意思。

「我覺得她看起來很不錯，溫婉不失大氣。」配五皇子真是糟蹋了。阿菀剛才也注意到五皇子臉上並沒有喜色，腳步都有些虛浮，不知道是不是宿醉。

衛烜淡淡一笑，沒說什麼。

等馬車行了一段路，阿菀發現不是回瑞王府，不禁問道：「去哪兒？」

「回公主府，去見見岳父和岳母，難道妳不想他們嗎？」衛烜在她臉上親了親，不經意發現她白皙的手腕上有紅印，頓時皺起眉頭，「這是怎麼了？哪裡傷著了？」

阿菀的皮膚保養得極好，連一點瑕疵也看不到，還散發淡雅的香味——被幾個宮廷嬤嬤折騰出來的，如絲綢般讓男人愛不釋手。也因為如此，出現點異樣就很明顯。

「我也不知道，可能是不小心碰著了。」阿菀淡定地將袖子拉下來。

衛烜狐疑地看她，抓著她的手翻來覆去地看著。

等到公主府時，衛烜已經找出原因，臉頓時黑得像鍋底，想要將皇長孫抓起來打屁股。竟敢咬他的女人，就算是皇長孫也該打！

女兒和女婿過府來看他們，康儀長公主夫妻十分高興。若是女兒獨自回來，可能會被人說閒話，有女婿帶著就不一樣了。

於是，衛烜又被興奮中的岳父大人拎走了。

阿菀挽著公主娘的手，奇怪地道：「娘，阿爹是在興奮什麼啊？」

「不必理他，多半又是前朝孤本字畫的事，烜兒慣會尋這些東西來討他歡心。」康儀長公主不以為意地道：「倒是你們今天進宮了吧？五皇子妃是個什麼樣的？」

她更關注新上任的五皇子妃。

阿菀將自己對何氏的印象說了下，便見公主娘眉眼柔和地道：「看來是個不錯的姑娘，實在是可惜了……」

阿菀不知道公主娘可惜什麼，但她知道公主娘定然不是她想像中的那種可惜。

等丫鬟上了茶點，阿菀突然湊近她，小聲問道：「娘，那位郁大夫如何？可有用？」

康儀長公主正在喝茶，聽到女兒的話，猛地嗆了下。

「……虧你們想得出來！」康儀長公主無奈地道：「我都這把年紀了，哪裡還會想這種事？養妳一個，我這輩子已經滿足了。」看著女兒從小小的一團，一年一年長成大姑娘，她很有成就感，雖然遺憾不能再生一個，可也滿足了。

這可不是她的主意，阿菀覺得自己真心冤枉，但想到衛烜的一片心意，阿菀又很感動。誠如衛烜所說，自她出閣後，父母確實孤單，若能再生養一個就好了。

不管有沒有用，能將康儀長公主夫妻留在京城裡就好。

阿菀不知道衛烜私底下在幫皇帝做什麼事，可是偶爾從衛烜流露出來的隻言片語中，知道以後大夏朝可能不會太平靜，北地、南邊和東南沿海都有隱患，父母還是留在京城裡的好。外面可能會有危險，她哪裡放心得下？

「娘，您今年才三十來歲，哪裡老了？」阿菀不以為意地道。不管公主娘能不能生，先找個藉口將他們留在京城一兩年。一兩年內，應該就有結果了。

康儀長公主笑著戳了下她的頭，「胡說！好些像我這般年紀的，都當祖母了！」

「您真的不老啊，您和爹站在一起，說你們二十都有人相信。」

三十多歲哪裡老了？頂多算是高齡產婦。

「娘，您這些年跟著柳綃打拳，身子不是好很多了嗎？看著都年輕了幾歲，指不定真會有什麼奇蹟呢！」她以前就知道公主娘還想再生一個，便挑著好話說，雖然是不是真的能生，她並不是那麼在意。

康儀長公主只當女兒在安慰她，不怎麼放在心上，轉而說起了在客院休養的羅寄靈。阿菀既然來了，少不得要過去看看她。

她們到來的時候，羅寄靈正在繡荷包，見兩人相攜而來，趕緊起身，對於阿菀的關切，更是感激地道：「多謝六妹妹關心，我的身子已經養得差不多了，大夫說再過些天就可以痊癒，沒有落下什麼病根。」說著，她再次向康儀長公主行禮，多謝她這段日子的細心照顧。

女子小產如同坐月子，不僅見不得風，還得仔細調養，否則將來容易落下病根，於子嗣有礙。若是還在劉家，根本沒法安心休養。

想到這裡，羅寄靈垂下眼眸，不再去想劉家的事。

這些天她想了很多，她知道自己得拿出個章程來。

她想要和離，可是母親……

離開客院後，康儀長公主嘆道：「靈丫頭心性不錯，可惜有那樣的母親。」

接著，便將羅寄靈想要與劉峻和離，卻被顧氏阻止的事同女兒說了。顧氏堅決不答應讓女兒和離，甚至放話，若是羅寄靈敢和離，她便不認這個女兒。顧氏是個會來事的，若是鬧起來，連老夫人也壓不住她，至於羅明，那就更別提了，大多數時候只會聽妻子的。

阿菀皺眉，「二伯母真是……那怎麼辦？老夫人如何說？」

康儀長公主似笑非笑地道：「老夫人自然是想要讓我出面壓一壓二嫂，可惜二嫂這次是鐵了心，我也不好去做那惡人。」

聽到這裡，阿菀不由埋怨起祖母，自己壓不住，就想要借公主娘的身分行事，也不想想無論是什麼結果，最後二房都會怨上自己娘親。雖然公主娘不會太在意，可指不定誰會在她駙馬爹面前說三道四，沒得影響了夫妻感情。

阿菀忍不住抱怨了一句：「二伯母怎麼能這樣？三姊姊不是她親生的嗎？」她實在無法理解，怎麼會有這樣的母親？

「這也不算什麼，世人重兒子，只有兒子能傳宗接代，所以為了兒子，妳二伯母只能捨了女兒。」康儀長公主嘆了口氣，又摸了摸女兒紅潤的臉龐，心說，若是她也有兒子，斷斷不會為了兒子毀了女兒的前程。每個孩子都是她的心頭寶，她定會為他們好生謀劃。

在公主府待了大半天，又陪著康儀長公主夫妻用了晚膳，阿菀和衛烜才回府。

回到府裡，衛烜將郁大夫叫過來問事。

「防凍瘡的藥材做得怎麼樣了？」

「世子放心，差不多了。」

「山林瘴氣……」

「……」

阿菀站在槅扇外，隱約聽到了幾句不怎麼清楚的話。很快，某位世子爺話鋒一轉，轉到了郁大夫鑽研的不孕藥物上。

阿菀很無言，為什麼她會覺得郁大夫的所謂專治不孕症只是他順帶的呢？其實他並不精通這種病症吧？

等郁大夫離去，阿菀方走進來，就見盤腿坐在炕上的衛烜不知道在想什麼，連天色已晚，也未叫丫鬟進來掌燈。

聽到聲音，衛烜下意識抬頭。發現是她，目光才緩和下來。

「怎麼不讓人點燈？」阿菀故作不知。

「哦，沒注意到。」衛烜下了暖炕，拉她回房，讓丫鬟準備熱水要沐浴。

阿菀被他拉著進了淨房，不由挑了下眉。

這是又要她當小丫鬟伺候他了？

看他一臉期盼，阿菀真想問他到底是什麼毛病，竟然不讓別人近身，也不知道他在防個什麼勁兒。上回有個丫鬟不小心跌倒，離他近了些，竟差點被他踹死。

心裡雖埋怨，她還是擼起袖子，親自上陣，幫他洗頭。

過了幾天，阿菀聽說羅寄靈終於退讓，答應不與劉峻和離。

而羅寄靈之所以答應，是因為顧氏以死相逼。

羅寄靈想和離，卻無法真的在母親以死相逼的情況下堅持己見。當阿菀和羅寄瑤去看她時，羅寄靈整個人都陷入了灰暗的狀態中，表情平靜得可怕。直到看見兩人，才忽然用手掩著臉哭了。哭得嗚嗚咽咽的，聽得人十分難受。

「一切都會好的。」羅寄瑤只能這樣安慰她，「這次劉家得了教訓，不敢再輕易欺辱於妳，老夫人也說了，到時候會要求劉家分家，就算不分家，劉夫人也不能再將手伸得那麼長，而三妹夫那裡……」

「別跟我提那個人！」羅寄靈恨恨地道。

「好，不提。」

最後，羅寄靈還是回了劉家，而劉家也答應懷恩伯府提出的條件。在劉家大傷元氣後，到底是保住了劉義山的職位，只是這輩子可能就只到這裡了。

三月初，羅寄靈是被康儀長公主讓人護送著回去的。當初浩浩蕩蕩離開劉家，如今也浩浩蕩蕩回來，而且還是劉家客客氣氣將她迎回的。

羅寄靈沒想到的是，迎接她的會是臥床不起的丈夫，以及乾乾淨淨的小院子，姨娘通房全都沒了，丈夫也像霜打的茄子一樣，躺在床上養病，時不時叫嚷幾句疼，脾氣壞得讓小丫頭們都不願意到他面前伺候了。

「死丫頭，沒見爺痛得難受嗎？」劉峻朝羅寄靈身邊的丫鬟吼道：「還不去給爺叫個大夫來？」他不敢再吼羅寄靈，也不敢再像當初放狠話那般底氣十足。

如今他是被人打怕了，只要出了家門，就會被人揍。不管是身分比他高的紈綺子弟，還是京城裡的地痞流氓，或者是巡邏的官差，總是趁人不注意時對他下黑手，哪裡疼往哪裡揍。這讓他意識到，他娶的女人背後有個凶殘的妹子，那位妹子身後還有一個更凶殘的煞星。

那丫鬟看了羅寄靈一眼，見羅寄靈點頭，才小跑著出去。

劉峻目光躲躲閃閃的，不敢正視她，由她站在床前看自己，他只好將被子拉高蓋住頭。

大夫過來開了藥，劉夫人過來察看，小心翼翼地看著羅寄靈臉色。羅寄靈沒什麼反應，就像個局外人一般，也不開口說話。婆母來了，行完禮便站在旁邊。

夜色降臨，劉夫人不放心地離開了，丫鬟婆子們全都在門外候著，羅寄靈終於有了動作，她慢慢走到床邊，在劉峻驚恐的目光中，突然拿出一條帕子纏在手上，然後攥起了拳頭，朝劉峻的臉揍了過去。

一時間，慘叫聲傳得老遠。

劉家上下都被這慘嚎嚇著，卻沒人敢像以往那般隨便闖進去。劉夫人聽得心碎，想去看看發生什麼事，卻被丈夫用可怕的眼神瞪住，連大兒子也臉色不豫地看著她。

「老爺，峻兒他……」

「這畜生都做出那種事，還不許他媳婦出氣？」劉義山粗聲粗氣地道：「若非妳這婆娘目光短淺，寵壞了他，他何以變成這樣？老子都被他害得這段日子不得安生！從今以後，誰也不准去找小兒媳婦說事，她要做什麼，便由她高興！」

劉義山說完，起身甩袖離開，根本懶得再搭理小兒子的事。

而阿菀到底還是擔心羅寄靈，在她被接回劉家時，也派了人去看她。

被派去的是青霜，青霜慣會察言觀色，又擅打聽消息，讓她去摸劉家的底最是適合。阿菀就怕劉家好了傷疤忘了疼，會故態復萌，須好生敲打才行，也讓那些娶了羅家姑娘卻怠慢的人瞧瞧，這上頭還有她這位世子妃鎮著，看誰敢欺負她的姊妹。

等到青霜回來，聽了她回報劉峻的下場，阿菀摸了摸鼻子，發現三堂姊原來也是個彪悍的。或者她本是溫柔的姑娘，卻硬生生被逼成了這樣。

總之，劉峻被家暴了。

青霜忍著笑說：「三姑娘說，請世子妃不用擔心她，她以後會過得更好。」

阿菀點點頭，只覺得羅寄靈真是女中豪傑，給了她機會，她便會好好地抓住。

不說劉峻的事，到了三月，便是康平長公主之子孟灃的婚禮。

婚禮定在三月初八，阿菀開始琢磨著給孟灃的賀禮，期間還回了娘家一趟，發現公主娘對孟灃的婚禮也很慎重，還時常被康平長公主請去幫忙參詳有沒有什麼疏忽的地方，姊妹倆都忙得不行，阿菀只好找孟妡一起說話。

「我哥終於要娶嫂子了，我娘總是不安心，就怕那位……」孟妡指著皇宮的方向，小聲說道：「會來搗亂。」

阿菀皺眉，「應該不會吧？皇祖母不是看著嗎？她出不來的，皇上也不會由著她亂來。」

孟妡撇嘴道：「她出不來，不是有人能幫她嗎？」說著，她又指向五皇子府的方向，「他私底下做些什麼膈應人的事情，皇上也管不了。」

阿菀想了想，說道：「放心，我讓阿烜注意一下。」

孟妡拍著手道：「那樣再好不過了！」

只是她們都沒想到，三公主等人沒來搗亂，卻另有人作妖，讓婚禮差點沒法如期舉行。

阿菀和孟妡聊了一會兒，便先回了瑞王府。

衛烜正坐在院子的桃樹下，路平似乎在稟報著什麼事，見她進來，路平猛地閉上嘴巴。見衛烜擺擺手，他連忙向阿菀行禮然後退下。

衛烜朝阿菀笑笑，阿菀回了一個笑容，兩人牽著手，在桃樹下的小路散步。

「你今天回來得真早。」阿菀偷偷瞄了他一眼。

衛烜笑道：「今兒我讓人頂班，去忙點事情。」接著他又說：「聽說妳回公主府了，怎麼這麼快就回來了？我還想著要去接妳回家呢！」他很喜歡在她回娘家時，老遠地跑去接她。

阿菀想，若是放到現代，他定是個好丈夫，每天按時接妻子上下班，並不以為苦。

「我娘被康平姨母拉去幫忙，我和阿炘說了會兒話便回來了。阿炘說她有些擔心澧表哥的婚禮被人破壞，你看能不能讓你那群朋友幫忙在暗中看顧，別讓人使壞。」

衛烜滿口答應了。

待得阿菀累了，衛烜便背她回屋。

阿菀趴在他肩頭看桃花，一陣風吹來，下起了桃花雨。她伸手幫他將頭髮上的花瓣拂開，和他天南地北地胡侃著。氣氛太輕鬆，以致於她會不小心說出一些現代的物事。衛烜體貼地沒有追問什麼，只是細心地逐一記在心裡。

他對她的每一句話總是仔細聆聽，尤其是緣於她宿慧的東西。

晚上，兩人躺在床上，衛烜將她摟到懷裡，用有些忐忑的聲音告訴她，他又得出門了。

「去哪？」她下意識地問道。

「先去南邊，再去東部沿海。」衛烜輕輕摸著她的頭髮，老實告訴她，並沒有欺瞞她。他可以騙任何人，唯獨不會騙她，最多忽悠一下，「若是趕得及，五六個月就能回來。」

阿菀一聽，心又揪了起來。

「什麼時候走？」

「孟澧的婚禮過後就走。」

剛說完，手臂便被人狠狠咬了一口。偏他肌肉硬梆梆的，她反而咬痛了自己。

聽到她的悶哼聲，衛烜伸手捏住她的嘴巴，用手指摸著她的牙齒，擔心她傷了牙。

可等發現她瞪圓眼睛瞪著自己，衛烜莫名臉紅了，突然發現自己這舉動讓人想入非非，至少他自己便想入非非。結果全身的熱氣往身下某處彙集而去，他忍不住緊緊抱著她。

「喂！」阿菀不知道他突然發什麼神經，心中因分開在即的不捨，被他莫名其妙的舉動給弄沒了，頓時沒好聲氣，特別是發現他竟然起了反應，讓她很想問他，他到底在搞什麼？

「該睡了。」

衛烜將阿菀的頭往懷裡壓，默默回想著近期的事，終於也迷迷糊糊跟著睡著。

轉眼到了孟灃大婚那日。

一大早醒來，阿菀的眼皮就跳個不停。

俗話說，左眼跳財，右眼跳災，她兩隻眼睛一起跳是怎麼回事？

還未想明白，腰便被人摟住，然後扒拉到了懷裡。

衛烜的四肢纏了上來，像毒蛇似的，將她纏得死緊，然後就這麼摟著她繼續睡。

阿菀這才發現，每天比自己早起的人此時還在賴床，忍不住推了推他，「快起來，你還要進宮，快遲到了！」說著，無語地察覺有根棍子正頂著自己。

天天經歷這麼一回，她已經從一開始的僵硬到現在的淡定，甚至能大膽地伸手擋了。

「今天休息……」衛烜充滿睡意的聲音傳來，「咱們接著睡。」

阿菀被他纏著，不知不覺又睡著了。

等他們醒來，天色已經大亮。

幸好不是每天都賴床，不然阿菀真是要被這位世子爺帶壞了。

用過早膳，阿菀讓人將給孟灃的賀禮拿過來檢查，衛烜也將路平叫過來吩咐了幾句。

阿菀用手按了按又跳了幾下的眼皮，再次嘀咕，這到底是生理反應，還是真有不好的事情要發生？她情願相信這是自然的生理反應。

「怎麼了？」衛烜細心地發現她的異樣，以為她眼睛怎麼了，忙伸手拉住她察看。

「沒什麼，就是眼皮跳了幾下。」阿菀說道：「我有種不好的預感，你說……」她低聲道：「會不會有人破壞灃表哥的婚禮？」

衛烜仔細看了看她的眼睛，捲翹的睫毛像兩把小刷子，眨得他的心也跟著顫動，半晌才道：「妳想多了，不會有什麼事，我已經派人盯著了。」

見他信心滿滿，阿菀勉強相信了。

可惜，衛烜雖然有所安排，卻沒將手伸到柳侍郎府後院。基於尊重孟灃未來的妻子，他也不屑幹這種事情，於是，阿菀的預感應驗了。

今日是柳侍郎長女出閣的日子，所嫁之人是康平長公主的長子。孟灃身分矜貴不說，也是文德帝寵信的外甥，雖然比不得衛烜，可孟灃滿十五歲時，便被文德帝欽點入金吾衛，甚至當眾曾說過：「朕得明珠二人，心甚慰之。」

明珠二人，便是衛烜和孟灃，由此可見孟灃前途不可限量。

這麼個尊貴的人，最終成了柳侍郎的女婿，可不是讓世人對柳侍郎羨慕嫉妒恨嗎？

柳侍郎也頗為自得。

今日是他嫁女兒的日子，雖然對大女兒沒有小女兒那般寵愛，可也希望長女有個好歸宿，加之女婿的身分給力，那更是錦上添花，滿意了十二分。

從賓客上門開始，柳侍郎滿臉喜氣遮也遮不住，唯一的遺憾是，這樣令人滿意的女婿卻不是小女兒的夫婿。

然而，柳侍郎的滿意在吉時即將到達，女兒就要被扶上花轎時被人打斷了。

打斷的是柳夫人。平時從容的柳夫人，此時滿臉蒼白，疾步走來抓住了柳侍郎，只見她嘴唇微微顫抖著，彷彿受到了巨大的驚嚇。

柳侍郎有些不悅，不知大方得體的妻子為何在人前如此失態。

「妳是怎麼了？」柳侍郎不高興地低聲道：「吉時就要到了，妳怎麼不在彤丫頭那兒？」

「老爺，出事了！」柳夫人將柳侍郎拉到一旁，「你快去看看，霞兒她、她……」

柳侍郎道：「今兒是清彤出閣的日子，怎麼扯上霞兒了？莫不是她還惦記著這事，還是她身體不舒服了？」他到底還是疼小女兒的，聽到這裡，便想去看小女兒，可是吉時快要到了，一時間有些遲疑。

柳夫人勉強朝周圍的人笑了笑，然後拉著柳侍郎快步往大女兒的院子裡走，邊走邊說道：「彤兒昏迷不醒，霞兒她竟然要代姊出嫁……」

先前她去看大女兒時，發現大女兒的院子很安靜，喜娘、丫鬟等都守在外頭，大女兒則一身鳳冠霞帔，頭頂蓋頭，坐在桌邊。

初看罷，她覺得這大女兒的身形怎地這般像小女兒，便不顧旁邊丫鬟的攔阻，掀了那蓋頭，沒想到竟看到蓋頭下是小女兒的臉。

她知道清彤和孟灃訂親時，清霞為此鬧了一場，甚至責怪她這個當母親的不疼她，竟然生生將孟灃這樣好的女婿拱手讓人，氣得她頭疼不已。

柳夫人是個難得的明白人，雖是繼室，卻待前頭夫人生的女兒十分寬和，並未像別的繼母那樣搓磨繼女。在她眼裡，長女不過是個姑娘家，養大了多備一份嫁妝便罷。她若是嫁得好，也能給自己的兒子多一份助力，再者，她很清楚，這樁親事之所以會落到繼女頭上，是因為巧合，旁人再眼熱，也改變不了既定的事實。

因此，小女兒哭鬧不休時，柳夫人絲毫沒有動搖，可她沒想到自己養的好女兒，竟然會生出代姊出嫁的念頭，甚至已經搶先出手。

若是她沒有因為懷疑而掀了蓋頭，是不是就換親成功了？若真成了，以後柳府還不知如何被人笑話，繼女以後也一定嫁不出去了，或者會變成姊妹倆共事一夫，畢竟繼女當初可是和孟灃有了身體接觸，不嫁他便沒人能嫁了。

柳夫人真真是氣得肝疼，她怎麼會有這般蠢的女兒，竟然會有這樣惡毒的想法。

柳侍郎聽到柳夫人的話，大吃一驚，心疼地道：「霞兒怎地如此糊塗？她就不怕被人發現而失了名聲嗎？」

柳夫人閉了閉眼，只覺得額頭一陣抽疼。

她知道丈夫寵小女兒，站在自己這繼室夫人的立場，這確實是對她極有利，她也樂見這種情形，但她沒想到丈夫會將女兒寵得刁蠻任性、膽大包天，更沒想到都到這種地步了，他竟然還想維護小女兒，而不是訓斥她。

柳夫人突然無比後悔，還不如當初將她和大女兒一起留在老家渭城給老太太教養，至少大女兒性格雖不圓滑，卻憨得討男人喜歡。孟灃不正是喜歡她這性子，時常送東西來嗎？

「老爺，現在不是說這話的時候，來接新娘子的花轎就要到了，到時候可不能讓人看出什麼異常來，不然咱們就要丟臉了。」柳夫人忍耐地道。

柳侍郎點頭，也想到若是姊妹易嫁的事情被人知道，柳府的名聲便要丟盡了。

夫妻倆匆匆忙忙來到柳清彤的閨房，幾個丫鬟圍著穿著嫁衣的柳清霞，防止她做出什麼事情，而柳清彤渾渾噩噩地被人扶著，雖被人強行弄醒，可依然意識模糊，身體綿軟。

扶著柳清彤的丫鬟是柳夫人身邊的大丫頭，她在內室發現昏迷的柳清彤時，柳夫人便知要糟糕，便叫了心腹丫鬟和婆子守在這裡，她親自去請老爺。

柳清彤的貼身丫鬟全都餵藥昏迷著，唯有一個清醒的此時正驚慌失措地站在角落發抖，這便是一開始被收買的丫鬟。

雖然不知道柳清霞是如何做到這一步的，可是觀之有條不紊，可見計畫許久，才能將所有人都藥翻，瞞天過海。

「娘！」柳清霞臉頰漲紅，嫁衣套在她身上，胸前鼓鼓的，下襬卻有些短，這是以柳清彤的身形訂做的，穿在她身上自然不合身。

「娘，妳為什麼要這樣？女兒、女兒……」柳清霞激動地說：「女兒真的很喜歡他，憑什麼姊姊可以，我卻不行，我也想要嫁……」

話還沒說完，便被一個甩來的巴掌打斷。

打她的人是連站都站不穩的柳清彤。

因為身子虛軟無力，那一巴掌連平時一成的力氣也不到，但她天生力大，仍是讓柳清霞的臉迅速紅腫起來。

「清彤！」柳侍郎頓時大怒，「妳是姊姊，怎可打妹妹？」

柳清彤瞇著眼睛，好一會兒才認出眼前的人是她父親。她有氣無力地叫了一聲爹，想要說什麼，卻因無力難以成言，可是她的眼裡有著對他的失望。

被甩了一巴掌的柳清霞反應過來，她撫著紅腫的臉，暴跳如雷，「妳竟敢打我？妳算什麼東西？只是個鄉下來的土包子，也敢打我？」她狀若魔瘋，就要撲向柳清彤。

柳夫人忙上前將她攔下，見小女兒神色猙獰，仇恨地看著大女兒，心中一突，下意識地也揚起了手……

啪一聲，柳夫人的一巴掌，不僅阻止了柳清霞的瘋狂，也讓柳侍郎驚住了。

柳清霞捂著臉，不可思議地看著母親。

柳侍郎趕緊上前護著小女兒，朝妻子怒道：「妳打她做什麼？她可是妳的親生女兒！」

柳夫人的表情痛苦，聲音卻很平穩：「老爺，就因為她是我親生的我才打，不然我早就不理她了。來人，二姑娘病了，將二姑娘扶到隔壁廂房去歇息，給大姑娘上妝。」

在場的丫鬟婆子都是柳夫人的心腹，可是她們見老爺在此，並不敢貿然行動。

在柳侍郎要為小女兒說話時，又聽得柳夫人道：「老爺，今兒是大姑娘和康平長公主的大公子大喜日子，花轎就要到了，您還在猶豫什麼？還不快將二姑娘帶下去？」最後一句話是對丫鬟婆子們說的。

柳侍郎官居正三品，以他現在的年紀，也算得上是年輕有為，雖然其中還有靠家族出力的原因，可大半也是他自己努力方能爬到這位置。為官多年，他並不是笨蛋，自然能聽明白夫人的話，他不過是習慣了疼寵小女兒，不願意見她受委屈罷了。

這會兒他也想起和大女兒結親的人是誰，可不能容許小女兒如此胡鬧，若是傳出去，可不只是笑話，讓康平長公主生氣，那才糟糕。小女兒這種行徑，已經是大逆不道了。

「爹，我不……」柳清霞還想說什麼，被一個婆子上前捂住嘴。柳清霞咬了她一口，繼續掙扎地喊道：「娘，妳就不能當作看不到嗎？我是妳女兒，妳難道不想看著我好嗎？只要我嫁過去，孟公子就是妳的親女婿，妳就面上有光，而且都是柳家的女兒，為什麼你們只念著大姊，卻不顧我？你們明明知道我一直仰慕孟公子……」

柳侍郎皺眉，「休得胡說，快將二姑娘帶下去！」

「爹……」

「還不快動手！」柳夫人厲叫道。

這下子大家再沒顧忌，幾個婆子和丫鬟一起上前合力將柳清霞按住，堵了她的嘴，拉了下去。柳侍郎很是心疼，卻怕她再胡鬧，只得閉上嘴，轉頭看向大女兒。

柳清彤正被人扶著重新梳頭上妝。

「清彤。」柳侍郎忍不住上前，低聲道：「別怪妳妹妹，她只是被寵壞了，為父會去說說她。今日是妳的大喜之日，女婿就要來接妳了，妳別多想……」他的聲音突然頓住，只見大女兒正用那雙黑白分明的大眼睛靜靜地瞅著他，眼中寫滿對他的失望。

過了一會兒，她忽然覺得手背上有濕意，她以為自己不知不覺落淚，卻發現站在旁邊為她挽髮的繼母眼眶微紅，淚水滴落到自己手上。

柳夫人察覺自己失態，連忙用帕子拭淚。

柳清彤垂下眼簾，今日她固然被傷透了心，可教出那樣女兒的繼母心裡想必更難受，畢竟這個女人素來好強，雖未有什麼壞心思，卻是想要將兒女教好，為他們博個好前程，此時女兒幹出這種醜事，若是傳出去，就別想說親了……

這時，有小丫頭跑進來說道：「花轎已經到了！大姑爺來接大姑娘了！」

屋裡又是一通忙亂，柳侍郎慌張地道：「快，先去攔一攔，這裡還未準備好……算了，我自己親自去！」

「亂什麼，都給我安靜！」柳夫人厲聲道，同時對往外走的丈夫道：「老爺，吉時誤不得，你先去迎一迎姑爺，新娘一會兒就到！」

柳郎侍點點頭，快步出去。

蓋上蓋頭前，柳清彤看到繼母臉上僵硬的笑容，心裡有些不是滋味。親生父親怠慢她，本應該刻薄她的繼母卻是個寬厚的，讓她不知道說什麼好。這讓她恍惚想起小時候趴在祖母膝頭上，祖母用帶著些許老繭的手摸著她的臉說，人心難測，有好有壞，要用心去看……

她用心去看了，也用心去迎合，可是父親仍是不喜歡她，妹妹也不待見她……果然是人心難測啊！

恍恍惚惚間，她被人扶了出去，直到一雙有力的手臂扶住她的腰，支撐著她虛軟的身子，她才猛然回神，聽到周圍劈里啪啦的鞭炮聲，還有人們高聲的呼喊。

「新郎官迫不及待了！」

「孟少爺，你太猴急了，可不要學衛烜那小子啊！」

「關我什麼事情？」

「哎喲，不關你的事，當初你不是正好做了個榜樣嗎？」

「就是就是……」

一群人跟著起鬨，柳侍郎夫妻站在旁邊，表情都有些不自然。柳侍郎擔心孟灃會發現什麼異樣，柳夫人同樣擔憂，便對兒子使眼色。

柳清明不知道發生什麼事，可是先前見父母往大姊的院子趕，吉時到時，新娘並未第一時間出來，還需要兩個強壯的丫鬟扶著……種種跡象都讓他有了不好的預感。

同樣有不好預感的還有孟灃，顧不得周圍人的取笑，他直接接過新娘子。看那身形就是自己的未婚妻，可仍是不太確定，當下伸手不著痕跡地摸了下她的小手，摸到她指腹間的薄繭，才確定是她本人。只是見她虛弱得幾乎站不穩，他的心又提了起來，不由筆直地望向柳侍郎夫妻，目光甚是凌厲。

柳侍郎越發不自在了。

這時，柳清明仗著人小，上前道：「大姊夫，大姊以後就交給你了，你要好好待她。」

孟灃點頭，正欲說什麼，袖子被扯了扯。他低頭看著被蓋頭擋住臉的嬌妻，終究沒有再開口，而是將她打橫抱起，在眾人的驚呼聲中，新自抱著她上花轎。

迎親隊伍繞著皇城走，雖不及上個月五皇子妃出閣時的排場，卻也是極奢華熱鬧，所用儀仗皆是皇帝欽點，以示對其之寵愛。

看熱鬧的百姓擠滿了街道兩側，臨街酒樓的二樓雅室裡，一個中年男子坐在窗邊，看著下面迎親隊伍走過，聽著下屬的回報。

「……柳夫人讓人將柳二姑娘關起來，將行動不便的柳大姑娘送上了花轎。」

中年男子喃喃道：「可惜了。」

稟報的人作地痞打扮，他遲疑地問道：「先生，您看這事……」

「既然這裡失敗，那就算了，不是還有……」

話還沒說完，門又被敲響，有個長相平凡的男子走進來，飛快地道：「不好了，方先生，您先前安排的衝撞迎親隊伍的人被一群錦衣公子抓起來了，屬下隱約聽說那些公子好像是金吾衛的人……」

方先生霍然起身，然後又坐了下來，長嘆一聲，說道：「算了。」面上雖然如此說，心裡卻明白，五皇子若是知曉他的安排被人連番破壞，怕是要生氣了。

方先生也納悶，柳夫人怎地如此不開竅，這麼好的親事竟然不緊著自己的親生女兒。若是其他婦人，早就將錯就錯，事後就算被人笑話，可是能得孟灃這等好女婿不是更好嗎？
虧得他們好不容易買通柳二姑娘身邊的人幫她出主意，又幫她找了藥，卻不想還是沒成，果然女人就是不濟事。
方先生將桌上涼掉的茶一口飲盡，付了茶錢走人。
誰知他剛出酒樓，便被人攔住。
攔他的是一個穿著圓領錦緞綢衣的年輕男子，他笑著拱手，語氣卻一點也不客氣。
「這位是方先生吧？聽說你是江南望族方家的名士，久仰大名了。方先生如此大才，應該慎重地選擇英主方是，怎麼能去為那種心胸狹隘之人幹這等傷天害理之事？方先生請隨在下走一趟吧。」
方先生直覺不妙，對方帶來的人已經上前將他圍住，防止他逃跑。
「你是何人？」方先生問道。
「在下衛玨。」
方先生瞳孔微縮，衛玨不是五皇子身邊的人嗎？
直覺這人有異，原欲脫身的方先生安靜下來，由著衛玨強行將自己帶走。

❤ ❤ ❤

聽說花轎到了，阿菀便被孟妡拉過去，坐在安排好的位置上觀禮。
當看到新人進來時，孟妡咦了一聲，低聲對阿菀說：「她好像身體不適。」
阿菀也很認同，柳清彤平時活蹦亂跳的，還沒見過她虛弱的模樣，可是此時她卻被兩個丫鬟扶著行禮，看著就感覺不對勁。

康平長公主夫妻也心知有異，不過見兒子臉上的笑容未變，便也不吭聲，笑容滿面地接受了兒子和兒媳婦的跪拜。

新娘子一被送入洞房，孟妡立刻拉著阿菀，小聲道：「走，咱們去看看她。」

阿菀轉頭看了一眼人群處，恰好見衛烜看過來，可惜隔著屏風，也不知他看沒看清楚。柳清彤的異樣，阿菀直覺衛烜是知情的。

孟妡和阿菀都不用應付賓客，第一時間趕到新房探望新人。

孟家的女眷還沒到來，新房裡伺候的丫鬟除了幾個陌生的，其他都是公主府的，便沒阻止她們。阿菀與柳清彤見過幾面，記得幾個跟著柳清彤的丫鬟，結果發現不是現在陪嫁過來的，不免感到狐疑，又看到無力地倚著床柱的柳清彤，心裡便肯定了幾分。

「大嫂，妳怎麼啦？」孟妡關心地問。

柳清彤朝兩人笑了笑，勉強地道：「沒什麼，只是累著了。」

孟妡哦了一聲，心知就算有什麼，現在也不好開口，等有空再問兄長，接著又和柳清彤說了幾句話，提點道：「待會兒會有幾位伯母和堂嫂過來和妳說話，妳能撐得住嗎？」

柳清彤知道這規矩，忙道：「多謝福安妹妹，我應該可以。」說著，她暗暗掐了下自己的手，疼痛讓她精神多了。她得撐住，不能給孟灃丟臉。

吃完酒席，天色差不多了，眾人紛紛告辭離去。

阿菀和衛烜也跟著瑞王夫妻離開。

臨走前，康平長公主拉著阿菀的手，笑著說道：「自妳出嫁後，阿妡一個人著實寂寞，天天都念著妳，妳有空就多過來走動走動。」然後又和瑞王妃開玩笑道：「我家那猴兒被我們慣壞了，就愛黏著她幾個姊姊，妳別見怪。壽安是我看著長大的，我將她當女兒一樣看待，自是喜歡看她們姊妹處得好。」

瑞王妃很自然地接口道：「瞧妳這話，我如何會見怪？她們姊妹幾個相處得好，我也是高興，改日讓福安也來我們府上玩。」

等將客人都送走，康平長公主終於鬆了一口氣。

不過，想到拜堂時新娘子的異樣，她心中又生出了幾分怒意，也不知自己這個先帝嫡女是不是過得太窩囊了，才會讓人時時打壓惦記。

與駙馬說了幾句話，她轉身去了小女兒的院子。

孟妡還沒睡，正伏案在寫著什麼。

看到母親過來，孟妡趕緊扯了張紙覆住剛才寫的東西，然後朝她乖巧地笑著。

康平長公主似笑非笑地看著小女兒這種此地無銀三百兩的行為，也不揭穿她，由著她上前將自己扶到臨窗的榻上坐著。

「娘，這麼晚了，您怎麼過來了？」孟妡接過丫鬟遞來的蜜水，殷勤地呈給母親，又體貼地道：「大晚上喝茶會睡不著，您喝點蜜水，養好精神，明天才好喝兒媳婦的茶。」

康平長公主笑著接過，然後揮手讓伺候的丫鬟都退到外頭，方問道：「妳和壽安去瞧妳嫂子的時候，可發現什麼沒有？」

孟妡就知道母親會問這事，當下便道：「嫂子看起來很虛弱，和平時不太一樣。她說她是累著了，可是看起來不像是累的。」

康平長公主聽罷，便知其中另有隱情。或許這隱情出在柳家，可若是醜事，自不好宣諸於口。她忍不住嘆了口氣，好不容易娶進來的兒媳婦，她也不想去做那惡婆婆。

只是她可以不拆穿，卻不代表不會去查，當下對女兒囑咐幾句。

孟妡拍著胸脯保證道：「娘放心，交給我，保證完成任務！」

看著小女兒一臉孩子氣的模樣，康平長公主又想嘆氣了，她苦著臉說：「妳什麼時候能長大？妳看壽安都嫁人了，和烜兒的感情不知道有多好，怎麼妳還像個小孩子？這樣我如何幫妳說親？再不訂親，妳明年就要十七了，適齡的公子都給人挑走，妳只有挑剩的份……」

孟妡扭著身子道：「若是歪瓜劣棗，我才不要呢！大不了我以後待在家裡讓你們養，大嫂看著是個寬厚人，她不會趕我的！」

「妳是想氣死我嗎？」康平長公主咬牙切齒地擰她的臉。

孟妡熊慣了，當下一頭埋在母親的胸前，「您罵我也沒用，反正若是我瞧不上眼，我就不嫁！想讓我嫁，得讓我瞧上才行！」

也因為孟妡這般耍賴，才會及笄至今都還沒說親，讓康平長公主急得不行，最後還是素來有主意的康儀長公主勸她，說指不定孟妡的姻緣不在京中，她才緩和幾分。

若不在京中，那不就是要遠嫁他處？

康平長公主又發愁了，她捨不得將小女兒嫁到外地，怕她在自己看不到的地方受苦。

比起康平長公主為兒女事煩惱，瑞王府又是另一番景象。

瑞王也同瑞王妃說起拜堂時新娘子的異樣：「不管是什麼事情，到底不好，改日妳讓人去打探打探，別讓孟灃那孩子吃虧了。」

瑞王頗欣賞孟灃這個外甥，總覺得自家熊兒子若是有孟灃那樣的風儀，他這輩子就滿足了。抱著這種移情的心態，自然是怎麼看怎麼覺得孟灃順眼。

瑞王妃笑著應下，心裡也納悶著，不知是不是柳家出了事情。

可以說，有點腦子的都會聯想到定是在柳家出事，就不知道是什麼事了。

瑞王夫妻倆猜測著，阿菀卻比其他人幸運，她直接從衛烜這裡了解到來龍去脈。

夫妻倆在丫鬟的伺候下洗漱完畢，如往常般窩在床上敘話。衛烜很喜歡這種天地間彷彿只有彼此的親暱氣氛，可以做一些更親密的事。

等阿菀聽衛烜說完柳二姑娘做的事時，瞪大了眼睛，低聲道：「她怎就這麼大膽？不怕灃表哥來迎親時，會認出兩人的身形不一樣嗎？」

「誰知道！」衛烜對其他女人從來不上心，也不理會她們怎麼想。

當然，這其中涉及的陰謀，衛烜沒有和阿菀明說，反正五皇子已經蹦躂不起來，只會私底下搞些小破壞，總得讓他有些行動好吸引外界的注意力，尤其看他自以為無人知道的沾沾自喜蠢樣，也挺愉快的。

衛烜根本沒將他放在心上。

現在就讓他好生過日子，等時機到了，他也沒必要留了。

阿菀聽他語氣散漫，不禁感到好笑，當下湊過去親了下他的嘴角，結果被他追上來，壓著她的唇好好地吮吸了一會兒才放開她。

「聽說柳侍郎極疼愛柳二姑娘，表嫂不是在他跟前長大的，不如弟弟妹妹那般得寵。」阿菀嘆了口氣，「幸好柳夫人是個明白人，方沒有釀成大錯。」

阿菀可以想像，若是柳夫人也鬼迷心竅，公主府和柳府恐怕都要成為笑柄了。不過，就算成為笑柄，笑過之後，得益的還是柳家，畢竟公主府是親家，孟灃那樣出色的女婿也是自己家的，並沒什麼差別，只是可惜了柳清彤。

衛烜沒有說話，手指沿著阿菀的頸椎處慢慢往她背部撫摸而下，感受著那種屬於女子的柔美曲線，接著突然說道：「今春妳好像沒有生病了。」

阿菀正在想事情，被他的神來一筆弄得愣了下，呆呆地應道：「好像是這樣……」

然後，她又被吻住。

衛烜彷彿很激動似的，摟著她又親又啃，喘息著道：「以後若無事，我也陪妳練拳。」

說完，他伸手摸著她的腰肢，往下滑去……

「呵呵！」阿菀毫不留情一巴掌拍了過去，「睡覺！」

衛烜只得乖乖摟著她入睡。

❤　❤　❤

孟灃的婚禮圓滿地結束了，但是很多人心裡都泛嘀咕，想知道那天到底發生什麼事，可惜無論是公主府還是柳家，都沒有漏出絲毫口風。只是在柳大姑娘三朝回門後，柳二姑娘隔日便被父母送回老家渭城，聽聞是住在老家的柳老夫人身體有恙，才將小女兒送回去盡孝。

阿菀聽罷，想起柳清彤明亮的目光，不禁暗暗點頭。能教養出柳清彤這樣的姑娘，想必柳老夫人也是個明理睿智的婦人。若是能讓柳老夫人教導，想必柳清霞應該會改好。不過，柳清霞已經及笄，到了說親的年齡，此時被送回老家，對她的親事極不利，就不知道以後她會有什麼樣的際遇了。

這也算是柳家對公主府的交代。

阿菀很快將柳家的事丟開，開始為衛烜收拾出行的行李。

衛烜這次出門，可能是要花的時間太長，他並未尋什麼遊山玩水的藉口，而是直接由瑞王出面，說是讓他去處理瑞王封地上的事，以此作為對他的鍛鍊。

這個藉口很讓人信服，連皇帝都批准了。

阿菀嘆了口氣，心裡有幾分失落。

習慣了衛烜的日日相伴，她竟然捨不得他了。

糾結中的阿菀卻不知道衛烜也在暗暗努力著，讓她習慣自己的陪伴，讓她一心一意地依賴自己。男人就是好這口，喜歡被心愛的人依賴。

這次阿菀沒有像去年那般幫衛烜收拾了兩車行李，不過該帶的也都帶了，一個包袱塞得有條不紊，明明東西很多，看起來卻不累贅，連衛烜看到時都驚訝了一下。

阿菀難得驕傲了一把，去年被人笑話後，她便琢磨著如何用最小的空間裝下更多的東西。成天琢磨來琢磨去，自然就琢磨出來了。

衛烜拎著阿菀準備的包袱，感動地抱著她親了好幾下，神情有些複雜。

「我離開後，妳若是無聊，可以回娘家住個幾日，父王和母妃不會說什麼的，還有……」他遲疑了下，又道：「郁大夫那邊，妳幫我看著。」說完，附到她耳邊，將他吩咐郁大夫做的事情說與她聽，讓她有個概念。

他相信阿菀能明白，她不像某些內宅婦人那樣無知，這可能緣於她上輩子的見識。

果然，阿菀只是略微詫異，便明白他讓郁大夫研究的藥物有什麼用處。

這個世界上，他只信任阿菀一人，也唯有她才能讓他如此毫無顧忌地將他的祕密道來，何況他們還已經成了夫妻。

「等郁大夫研究出來，妳便將處方交給孟灃。」衛烜又道：「孟灃會去安排。」

阿菀點頭，心道，郁大夫已經被這位世子爺當成醫藥研究技術人員了，整天被壓榨，著實有點可憐，不過這也是他自己撞上來的，誰讓他當初說自己會治不孕症呢！

衛烜離開後，阿菀萎靡了好幾天，因為有衛嫤這個萌妹子陪著，才又很快振作起來。

她開始捧著帳冊計算，有計劃地對去年讓人在北地買的那些土地進行改造，甚至還放出一筆銀子，請專門的人去打理北方的地，並從下面管事傳回的資訊來分析那些地怎麼利用。她不是專業的人才，但她有大把的銀子，而且沒看過豬也吃過豬肉，提些意見，讓下面的人去折騰完全沒問題。

於是，等到五月時，終於聽到了好消息。

五月的京城簡直像是個大蒸籠，阿菀覺得即便讓她在這裡再過上個十年，她也習慣不了這種炎熱的天氣。也或許是父母將她嬌養得太過，讓她稍微不舒服就受不住。

天氣一熱，阿菀苦夏的症狀就無法避免，整天懨懨的，吃不下東西，雖然陪嫁的廚子極懂她的口味，變著花樣整些清爽的吃食給她吃，可也無濟於事。

瑞王妃看在眼裡，心裡嘆氣，便和王爺商量去莊子避暑。

瑞王無所謂，「由妳決定吧。」

待到傍晚，兒媳婦過來請安，瑞王看到阿菀時，忍不住詫異地道：「壽安好像清減了許多，是又病了嗎？」

這個「又」字用得真是不好，瑞王妃暗暗瞪了他一眼，擔心阿菀會多想。

幸好阿菀心寬，對瑞王這位舅舅兼公爹，雖不說了解八分，也有五分，自是知道他沒有其他意思，便笑了笑，沒有說什麼。

「瞧您說的，天氣熱了，莫說壽安，就是我和焯兒、嫤兒都受不住。」瑞王妃說道。

瑞王一點就通，恍然大悟為何王妃突然說要去莊子避暑，雖然覺得這個兒媳婦嬌氣得不行，可誰讓熊兒子喜歡呢？若是熊兒子回來發現他媳婦因他不在家，被人怠慢，指不定又要上火。他一上火，就有人要倒楣。

瑞王暗自撇嘴，也不知道這個等式是什麼時候開始的。

於是，瑞王道：「既然這樣，明日咱們便去莊子裡住吧。」

衛焯高興地蹦過來，「父王，我也要去！」

「去什麼？你好生在宮裡和太傅讀書！」瑞王瞪了他一眼。

衛焯眼珠轉來轉去，問道：「若是皇伯父也去皇莊避暑，太傅跟著過去的話，我們是不是也能去了？」

「自是這樣。」

衛焯馬上高興起來，跑去站到阿菀面前，抬起白嫩嫩的臉朝她直笑，關心地詢問她的身體如何，又道若是有什麼需要儘管和他說，大哥不在，他有責任照顧好一家老小，結果這話逗得一屋子的人都忍不住笑了起來。

「你才多大，能成什麼事？」瑞王不客氣地嘲笑他。

看衛焯被打擊得蔫蔫的，阿菀搖搖頭，暗忖這位舅舅果然是個不會教孩子的，怨不得衛烜敢和他對幹，以後恐怕還要加個衛焯了。

阿菀坐了一會兒，因公爹和小叔子都在，她不好久待，便先告辭回自己的院子。

瑞王望著她的背影，心中生出幾分陰霾。

熊兒子一去便是兩個月，至今沒有消息傳回來，也不知他現在如何了。

決定去莊子避暑後，當晚瑞王妃就讓丫鬟婆子收拾東西，阿菀也讓隨風院的人準備。

翌日一早，衛焯被送進宮裡，瑞王便將老婆、女兒、兒媳婦一起送去了莊子。

莊子距離京城只有半日多的路程，騎馬來回不過是三個時辰。莊子建在山坡下，一條溪水貫穿而過，溪邊建了涼亭水榭，又鋪了鵝卵石，溪水流過，清可見底，方便了阿菀和衛嫤姑嫂二人在午後過來玩水。

來到莊子後，阿菀的精神果然好了許多，每天帶著小姑子在莊子裡折騰。莊子很大，又沒有太多規矩束縛，每天吃著新鮮的野味和蔬果，搗鼓著消暑飲品，興致一來，還可以莳花弄草，其樂無窮。

衛嫤再次成了阿菀的小尾巴，只覺得每天跟著大嫂有許多新奇事可做，眼睛都不夠用。瑞王妃笑盈盈地由著她們耍，甚至吩咐下人，世子妃想做什麼都要滿足她，讓阿菀感覺比未出嫁前還要自由輕鬆。

衛烜趁著休沐時過來，吃了一碗澆了西瓜汁的乳酪刨冰，又聽說姊姊和嫂子去溪邊捉魚蝦做燒烤，當下愛上來莊子玩，巴不得皇帝趕緊來皇莊避暑，他也好過來跟著姊姊和嫂子吃香的喝辣的。

然而，今年文德帝沒來，衛烜覺得他的心都要碎了。

皇帝雖然沒來，但在五月中旬時，太子帶著太子妃、皇長孫過來了。聽說是皇長孫因天氣太熱精神不好，太后心疼他，便讓太子夫妻帶皇長孫過來避暑。

阿菀和瑞王妃連忙準備，一起去了皇莊的太清苑探望。

她們到達皇莊時，宮人說太子正帶著太子妃在荷花池邊的水榭釣魚。

兩人一過去，果然見到太子坐在樹蔭下，拿著釣竿垂釣。已經會走路的皇長孫挨著父親，總想伸手去搆魚竿，還用一雙黑葡萄般的大眼睛瞅著太子，響亮地叫了一聲爹。

太子笑得更溫柔了，他將兒子摟到懷裡，用臉蹭了下他的小臉。

孟妘則坐在旁邊的遮陽傘下鋪著的竹椅上，小竹桌擺了一溜的瓜果飲料，她捧著一杯清涼的西瓜汁，悠閒地小口啜著。

見到阿菀和瑞王妃到來，太子牽著兒子起身，孟妘也跟著站了起來。

互相見完禮，太子對瑞王妃笑道：「您和弟妹怎地過來了？天氣熱，妘兒，妳帶她們到殿內去涼快涼快。把灝兒也帶回去，他該睡午覺了。」

皇長孫已經撲到阿菀懷裡，伸手就要抓她腰間的荷包。荷包上用金線繡了一隻唐老鴨，那逗趣的樣式及鮮豔的色彩，吸引了小包子的注意。

阿菀摘下荷包，遞給小傢伙，得到了小包子一個歡快的笑容。

孟妘知道太子是給她們說話的空間，也沒有拒絕，抱著兒子，帶著兩人回轉。

皇長孫抓著母親的手，扭身朝太子揮手。

太子也對他揮了揮手，然後繼續坐下來釣魚，背影透著悠然閒適的氣息。

阿菀看了他一眼，覺得古怪，驀然想起前幾日衛烜過來時和她說的話。

他說最近皇伯父有些喜怒不定，宮裡人人自危，連太子都被罵了，反倒是三皇子處處壓太子一頭。宮人猜測也許是天氣熱，皇帝心情不好，太子恰巧撞了上來，才被遷怒，畢竟太子的聰慧是朝臣有目共睹的，連三皇子都有所不及。

文德帝今年沒來皇莊避暑，脾氣又變得不太好……這讓阿菀不得不聯想到此時不知去向的衛烜。是不是他傳回什麼壞消息，讓皇上心情不好呢？而太子突然帶太子妃來皇莊避暑，明面上的理由，除了無知的百姓，其他人都是不信的。

或許太子是在避鋒芒，儘量縮減在文德帝面前的存在感。

一路胡亂想著，很快到了一個清涼的大殿，殿內涼風習習，那種天然的涼意驅散了外面的炎熱，讓人感覺極為舒服，連皇長孫也精神起來，又轉身去扒阿菀壓裙的玉佩。

瑞王妃坐在一旁笑道：「小殿下好像又長高了，不過怎麼又去扒你堂嬸的東西了？」

皇長孫根本沒在聽，只顧著和阿菀搶玉佩。

孟妘答道：「因為只有阿菀會這麼陪他玩，其他人見他要就給，太無趣了。」

瑞王妃聽罷，含蓄地笑了笑，暗忖其他人可沒阿菀這膽子，敢逗著皇長孫玩。有時瑞王妃真是看不懂這個兒媳婦，看似嬌怯，卻敢逗弄皇長孫，甚至對著火爆的衛烜也很從容，不經意便將他牢牢抓在手中。可有時她又過於安靜，萬事不沾手，彷彿在避諱著什麼。

阿菀聽到孟妘的話，恍然大悟，一時無語地盯著正趴在她身上的小包子。

沒辦法，她就是克制不住想要逗這種萌物。

瑞王妃和孟妘閒聊幾句，轉而說到了宮裡的太后、皇后的身體情況。知道她們都好，瑞王妃露出欣慰的模樣來。

坐了一會兒，瑞王妃起身去偏殿更衣，孟妘讓宮女引她過去。

瑞王妃一走，阿菀便蹭到孟妘那裡，低聲問道：「二表姊，你們怎麼來了？」

孟妘淡淡地道：「哦，也沒什麼，前些日子太子很忙，又病倒了。父皇和皇祖母憐惜，便讓太子來皇莊休養。」她端著茶喝了一口，又道：「有些事情避避也是好的。」

阿菀眨了眨眼睛，若有所思。

這一尋思，皇長孫趁機一口咬住她的手，搶走了玉佩。

「你是狗嗎？」孟妘見兒子又咬阿菀，忍不住斥了一句。

小包子無辜地看著母親。

阿菀笑道：「沒關係，不疼的，而且我的手已經洗乾淨了。」她每回和皇長孫玩，都會將手上的飾品摘掉，洗乾淨手才和他玩。

瑞王妃更衣回來，見阿菀和太子妃談笑風生，不由看了眼兒媳婦，心中了然。

在皇莊待了一下午，待傍晚涼爽些，瑞王妃方才帶著阿菀離開。

回到莊子裡，便聽說瑞王將小兒子拎過來了。

兩人進屋時，瑞王和衛焯正在喝冰鎮酸梅湯，邊喝邊抱怨天氣如何熱云云。

「王爺怎麼來了？」瑞王妃笑著問道。

阿菀上前向瑞王請安，接著坐到一旁，接過丫鬟遞來的綠豆湯慢慢喝。

「京城熱得不行，我也待不下去，朝中那群老傢伙吵得讓人頭疼。」瑞王繼續抱怨。

阿菀和瑞王妃剛從太子那兒回來，也聽太子妃說了朝堂上正在吵什麼，不外乎是鹽稅改革的事，從開春吵到現在，為此還有許多官員落馬，陶閣老差點就要被逼著致仕，最後明妃求情才作罷，如今也沒吵出個什麼章程來。

這時，衛嫤帶著丫鬟端了兩份淋了煮得粉綿綿的甜紅豆冰沙進來，看得父子倆喜笑顏開，瑞王直誇閨女貼心。

「是大嫂教我做的。」衛嫤也不居功。

瑞王看了阿菀一眼，心說兒媳婦倒是個心靈手巧的，最近吃了很多以前未見過的新鮮消暑吃食，幾乎每樣都少不了她的功勞，不由點頭道：「兒媳婦也是閨女，都很貼心。」

瑞王妃聽得忍俊不禁，心裡卻明白，瑞王這是愛屋及烏罷了。

一家子坐著說了會兒話，瑞王話鋒一轉，對阿菀道：「康平姊姊和康儀妹妹也過來避暑了，妳明日可以去看看她們，過去住幾天也無妨。」

阿菀很是驚喜，忙起身謝過。

既然公婆都同意她回娘家小住，阿菀當然不會蠢得將這種機會往外推。回到自己的院子後，便喜孜孜地叫路雲和青雅收拾行李，明日她要去小青山。

晚上，阿菀懷著興奮的心情入睡，結果半夜被爬床的人給纏得熱醒。

阿菀做了個惡夢，夢到了一條西方魔幻世界裡的那種會噴火的火鱗蟒蛇纏住自己，那條蟒蛇粗長的身體捲成一圈一圈地將她纏得緊實，她覺得自己全身上下熱得都要冒煙了。

惡夢加上身體的不適，簡直是精神肉體的雙重折磨。

她終於被折騰得醒來，一時間分不清夢和現實，呆滯了半晌，然後轉頭看到了造成她做惡夢的罪魁禍首，當下毫不客氣地將他推開，「熱死了，滾遠一點！」

她的起床氣有些重，只差對他拳打腳踢了，可惜那點力氣沒能讓他感覺到痛，他的手臂一收，反而將她抱得更緊，然後含糊地道：「阿菀乖，天還沒亮，繼續睡……」

「熱，睡不著……」阿菀嘟噥地道。

衛烜沒有睡實，伸手摸摸她的額頭，摸到了一手汗，便扯來一條乾淨的巾帕幫她擦了擦汗，接著把她按在懷裡撫弄了會兒，方聲音沙啞地道：「我去洗個澡。」

起身的時候，他身體某處的腫脹摩擦著她雙腿間的私祕處，隔著薄薄的褻衣，那種感覺非常清晰而曖昧。

阿菀頓時清醒，第一個反應是：他怎麼會在這裡？幾時回來的？

隔壁淨房很快響起嘩啦啦的水聲，顯然衛烜正在沖冷水。這種大熱天，對於血氣方剛的少年來說，一桶冷水沖下去還比較涼快。

阿菀擁著被子坐起身，瞪著窗外流瀉進來的月光。

衛烜很快回來了，他上床摟住她，她沒有拒絕，反而扒開他的衣服，自己貼了上去。

因為剛沖了冷水，衛烜此時的皮膚像溫溫涼涼的溫玉，抱著十分舒服。

阿菀難得主動，衛烜笑咪咪地伸手將她抱住，仰躺到床上，讓她趴在自己身上。

「你怎麼回來了？」阿菀打了個哈欠，詢問道。

「路過京城，明天就得走了。」

「……」

白高興一場的阿菀決定繼續睡，而且很快便睡著了。

只是不知睡了多久，被她當成溫玉一樣趴著的人身上又開始熱得像火爐，她氣得拋棄了他，自己抱了涼被縮到角落，貼著牆面而睡。對方一貼過來，她在睡夢中毫不客氣地踹去一腳，也不知踹到了他哪裡，只聽到他低喘了一聲。

衛烜無奈地起床又去沖冷水，十分懷念冬天她整個人像隻小貓咪縮到他懷裡的日子。

果然，沖了冷水澡回來後，她馬上拋棄那面被她貼得變熱的牆，再次滾到他身上，甚至伸腿豪邁地搭在他的大腿上，讓他飄飄然跟著入睡。

然而，半夢半醒間，身體變熱了的他，再次被人一腳踢開。

衛烜第一次知道原來夏天的阿菀睡姿如此凶殘。

阿菀不知道自己在夜間將某位路過回來睡覺的世子爺折騰得很慘，她早上醒來時，發現旁邊已經空無一人。若不是從被窩裡摸出一枚昨日自己根本沒有帶上床的蝙蝠玉佩，她都要以為昨晚是在做夢了。

她拿著玉佩，努力回想衛烜昨晚的話，然後撇撇嘴。

他睡了自己一晚，竟然連分錢都沒付就跑了。

阿菀將青雅等丫鬟叫進來伺候，順便詢問昨晚守夜的青環情況。

「世子爺是丑時正回來的，今兒卯時末到就走了。」青環悄悄看了她一眼，猶豫了一下，又小聲地道：「昨晚世子每隔半個時辰便去沖一次冷水。」

阿菀高深莫測地看她一眼，然後淡定地移開目光。

用完早膳，阿菀便去正院向婆婆請安。

瑞王和衛焯還在，下午瑞王才會帶小兒子回京城。

阿菀仔細看了下他們的神色，不知道他們知不知道昨晚衛烜回來的事。

「妳今天不是要去小青山嗎？趁著太陽還沒那麼大，趕緊出發，省得晚些時候變熱，在路上要受罪。」瑞王妃笑著說道。

阿菀又看了瑞王一眼，見他沒什麼表示，心裡琢磨著他是真的不知道衛烜回來，還是覺得衛烜回京是祕密，所以沒有說出去的必要？

不管哪個，既然長輩沒有開口，她自是不會貿然說出來。

「知道了，父王、母妃，我這就出發了。」

阿菀在衛嫤姊弟倆依依不捨的目光中，歡快地坐馬車直奔小青山。

可能早就有人過來通報，剛到小青山，阿菀就看到康儀長公主，當下撲了過去。

康儀長公主接住女兒，止不住地笑著，嘴裡卻嗔道：「都多大的人了，還這般跳脫。臉色看著倒是好些了，聽說來了莊子後，妳成天帶著小姑四處跑，成天折騰個不停，小心帶壞了人家，惹妳婆婆生氣。」

阿菀挽著母親的手走進廳堂，反駁道：「女兒做事會這般沒分寸嗎？母妃還巴不得我和嫤妹妹玩得愉快些，這樣嫤妹妹也會開朗些。」

廳堂裡已經準備好了清爽的點心和飲品，阿菀喝了一口剛榨好的密瓜汁。清涼的滋味滑入喉嚨，直到腹部，舒服得讓她眼睛都眯了起來。

康儀長公主笑盈盈地看她，發現女兒並未因為衛烜不在而鬱悶，不由得暗暗點頭。殊不知，她女兒昨夜將女婿折騰了一晚，自己卻得了個好眠，今日精神才如此飽滿。

阿菀和母親聊了一會兒，又詢問父親的去處。

「妳爹和妳孟姨父帶阿灃和他媳婦、阿妡去月半谷遊玩，我本想今日去看妳，便沒有跟著去，沒想到一早就接到瑞王府的信兒，說妳要過來住幾日。」

阿菀聽罷，便不管駙馬爹的去處，反正這些年下來，駙馬爹已經被公主娘訓練得像一隻識途老馬，無論走了多遠都會自己回來，而且不會四處拈花惹草。

「烜兒也不知道什麼時候回來，妳可曾覺得難受？」康儀長公主又開始開導女兒，擔心他們少年夫妻傷離別，免不了要跟她說說道理。

阿菀嗯嗯啊啊地應著，心裡不以為意，某位世子爺昨晚已經回來過啦。

過了午時，睡了個午覺醒來，康平長公主過來串門，見到阿菀，忍不住笑道：「壽安幾時回來的？喲，看起來氣色不錯，好像也豐腴了不少。」

阿菀聽得赧然，康平姨母說的不會是她的胸部吧？

康儀長公主掩嘴笑道：「我還以為是我的錯覺，聽了姊姊的話，我終於確定了，她確實看著有些肉了。姑娘家還是有點肉健康些，像阿妡那樣更好。」

康平長公主笑了起來，「別說了，前些天阿妡還嫌自己胖，叫嚷著要減肥，後來她嫂子一手將她抱了起來，說她一點都不重。好不容易將她哄好，阿灃那渾小子竟然跑過來說他媳婦連他都抱得起，怎麼可能抱不起一頭豬？阿妡氣得想打他，又開始鬧著要減肥。」

這話說得阿菀和康儀長公主都笑得不行。

阿菀可以想像那情況，定是相當搞笑，但也可以從中窺出柳清彤嫁過去後，孟家並未因此而有什麼改變，反而比以前更加熱鬧了，再看康平長公主，似乎對這個兒媳婦還算是滿意，心裡也跟著高興。

晚上，因為兩位駙馬帶著孩子們在月半谷那邊住下，康平長公主便也住在小青山，而阿菀則歇在出嫁前的院子，院子還保留著原樣，躺在床上，讓阿菀有種自己還未嫁的感覺。

可惜，這種感覺再次被某個爬床的人破壞了。

看到從窗戶跳進來的人時，阿菀目瞪口呆，「你不是說只是路過，今天就走了嗎？」

衛烜走過來摟住她的腰，臉擱在她頸間深深吸了一口屬於她的氣息，說道：「本來今天是要走的，可有事耽擱了，所以改成明天走。」

阿菀推了推他，被他纏得熱得不行，問道：「你今晚在這裡睡嗎？」

為什麼他們明明是夫妻，她卻有種偷情的感覺？

「當然，妳是我的世子妃，我不在這裡睡，在哪裡睡？」他理所當然地說，不過行為和言語極度不符，至少這種翻牆的舉動，怎麼看都不像是丈夫該做的。

「你還好意思說！」阿菀拍了他一下，「偷偷摸摸來，是怕別人知道嗎？」

嘴裡雖然念叨，但還是起身去安排了。

今晚值夜的丫鬟是路雲。

路雲很平靜地去準備了熱水，又去取了乾淨的衣物過來。

衛烜洗完澡回來，突然發現房間多了絲絲涼意，轉頭一看，原來房裡的四個角落都擺了冰盆。阿菀身子不好，平時是不敢隨便用冰的，或許是昨夜折騰了一晚，擔心兩人睡在一起太熱，所以放了冰盆。

「會不會凍著生病？」衛烜擔心地道。

阿菀沒理他，恨不得抱著冰盆睡覺，這讓她想起了上輩子的冷氣，這種久違的涼意，讓她很沒志氣地感動了一下。

「沒事，總不能像昨晚那樣折騰你，你明日還要趕路，今晚好生歇息。」阿菀笑道。

衛烜慢吞吞地坐到床上，覷了她一眼，「原來妳也知道自己昨晚有多鬧騰啊！」

阿菀沒有臉紅愧疚，反而理直氣壯地說：「我原本睡得好好的，誰讓你突然回來熱著我？也不想想自己氣血有多旺，整個就是天然的人體火爐，以後沒事離我遠點。」

衛烜聽得不是滋味，覺得她在嫌棄自己，當下摟住她往床上滾去，又在她身上咬來咬去。咬了一會兒，伸手覆住她胸前的高聳，親暱地蹭著她的臉說：「這裡好像大了很多……」

話還沒說完，下巴就被阿菀咬了一口。

那排珍珠玉米牙咬得不重，反而有種酥酥麻麻的感覺，讓他倒抽了口氣，恨不得抱著她馬上行那等壞事，結果嚇了她一跳，不敢再亂咬。

鬧了好一會兒，直到兩人氣喘吁吁，再鬧下去就要出事時，衛烜終於停下，又為她擦了擦額頭的汗，方和她一起說悄悄話。

「你明日是要去江南沿海那邊？」阿菀問道。

「嗯，那裡不太平靜。」衛烜低頭輕吻著她額頭薄嫩的肌膚，「聽聞時有海寇上岸劫掠，讓很多漁民無法出海打魚。下面的官員報喜不報憂，皇上命我去看看情況。」

阿菀聽他說得輕鬆，卻知內情不少，特別是這可能還涉及江南沿帶一帶經營了幾輩子的鎮南侯府之事，更要慎重。

想到慶安大長公主平靜的眼神，阿菀伸手摸著他的鬢髮，輕聲道：「你可要小心些。」

衛烜目光沉激，聲音透著讓人安定的穩重，「嗯，我知道，妳不用擔心。」

兩人慢慢說著話，阿菀不知不覺睡著了。

參之章

相思難耐

由於前一天晚上跟衛烜聊天聊得太晚，翌日阿菀醒來時已經日上三竿，氣溫開始升高，讓她不得不爬起來。

房間裡的冰盆只剩下一小灘水漬，空氣被燥熱取代，連身邊那人的氣息也跟著消散。

阿菀摸了摸旁邊，心事重重地起床，讓丫鬟進來伺候。

連續兩日衛烜回來一事，除了貼身伺候的幾個丫鬟外，竟然無人知曉。丫鬟們有路雲和青雅警告過，自然不會多嘴說出去，皆如往常那般伺候阿菀洗漱更衣。

青雅為阿菀綰好頭髮，從梳妝匣子裡拿出一支赤金嵌紅寶石的步搖插上，見她面色不豫，便知她在為今兒一早離開的世子擔心，當下小聲地道：「我聽路雲姊姊說，世子今兒寅時末不到就走了，應該無事的。」

阿菀點點頭，沒有說什麼，等收拾好，便去向母親請安。

兩位長公主正準備要吃早膳，丫鬟忙給她添筷子。

康儀長公主笑盈盈地看著女兒，關切地問道：「聽說昨晚妳讓丫鬟在房裡添了冰盆，可睡得舒服？無礙吧？」

阿菀不知她是不是猜出什麼，故作無辜地道：「天氣太熱了，就添了點冰。您放心，我的身子好多了，用一點冰無妨的。您瞧，我臉色是不是很好？」說著，將臉湊了過去。

康儀長公主還未說話，一隻手便伸過來在她滑嫩的臉上掐了一把，康平長公主笑道：「壽安這兩年來氣色一天比一天好，妳也不用太擔心。嘖，這小臉兒真是嫩，年輕就是好……」

康儀長公主微微一笑，也不再說什麼。

康平長公主在小青山住了兩天，兩天後羅曄等人回來，帶著孟駙馬等人一窩蜂跑了過來，讓小青山熱鬧極了。

「阿菀！」孟妡高興地摟住阿菀。

孟灃攜著新婚妻子走過來朝阿菀笑著，送了阿菀從月半谷那兒親手採來的奇石雕成的小物件，甚至有精巧的石盆景，看著十分賞心悅目。

阿菀笑著謝過，說了會兒話，便親熱地挽著柳清彤和孟妡一起去她的院子說話，將無奈的孟灃踢去和兩位駙馬爹說話去了。

待丫鬟上了茶點，阿菀問道：「月半谷好玩嗎？可有什麼見聞？」

剛說完，便見孟妡不高興，倒是柳清彤朝她抿嘴一笑，又使了個眼色。

「怎麼了？」阿菀親自倒了果茶給她們。

「遇到了一個討厭的人。」孟妡不悅地說。

「是誰？」

孟妡端著果茶小口喝，不願意回答，阿菀只好看向柳清彤。

柳清彤笑盈盈地道：「是定國公府的大公子沈磐。」

阿菀哦了一聲，問道：「他怎麼討厭了？我聽說他是個很有禮貌的人，而且品貌不凡，是不可多得的青年才俊，很多夫人都對他大為讚賞。」

心裡琢磨著，莫非是康平長公主看好沈磐，一心想為她與沈磐訂親，讓她心生反感？

這位定國公府的嫡長孫在勳貴間的名聲素來極好，連衛珠偶爾也有讚許之意。

想到衛珠，阿菀不免一嘆，自從衛珺和莫菲訂親後，衛珠來瑞王府尋了她兩次，皆是心不在焉的，也不知道這個小姑娘到底在想什麼。她覺得她可能不太喜歡自家兄長與莫家姑娘訂親，可事已成定局，不能再說什麼。

明明小時候是那般可愛，怎麼越長大越不對勁呢？每次見到衛珠那雙有些閃爍的眼眸，阿菀便多少有些傷感。

「那人就愛裝腔作勢！」孟妡忍住氣道。

「如何個裝腔作勢法？」阿菀問道，見孟妡不肯說，便又看向柳清彤。

柳清彤也不知道為何小姑這般討厭沈磐，見阿菀望過來，便道：「我們這次去月半谷，月半谷那裡有定國公府的別莊，距離咱們家的莊子很近，沈公子恰好侍奉老定國公來此避暑，我們便隨長輩過去拜見。後來爹和姨父與定國公在月半谷遊玩，咱們也隨行，沈公子一直陪在左右，倒是極守禮，只是……」

阿菀為她續了一杯果茶，用眼神催促著。

柳清彤繼續道：「那邊的路多是奇山異石，有些路段不好走，風景卻是不錯，阿妡不小心走得急了，差點摔倒，是沈公子好心拉了她一把。」說到這裡，她便閉嘴了。

阿菀眨了眨眼睛，「然後阿妡將他甩開，沈公子說了阿妡幾句？」

柳清彤吃驚地瞪大眼睛，一臉「妳當時也在吧」的表情。

阿菀解釋道：「這很好猜啊，阿妡若是討厭一個人，會不假辭色，而沈公子若是什麼都不說地忍了，阿妡定會愧疚，對他的印象指不定會很好，可阿妡現在心情不佳，便是那沈公子當時說了什麼，方讓阿妡如此不快。」

柳清彤大為佩服，暗忖怨不得有些話阿菀敢和太子妃、孟妡直截了當地說，這便是從小一起玩到大的情誼，不是外人能插足的。外面的人都說壽安郡主是個病秧子，除了嫁給瑞王世子外，沒什麼出眾的地方，她卻覺得，能得到孟家姊妹的喜愛，絕對不簡單。

「沈公子當時確實是說了幾句，那話裡有幾分斥責之意，卻也是為阿妡好……」

孟妡安靜地喝著果茶，一副懶得搭理的模樣，不過偶爾瞄來的眼神卻讓阿菀知道她有話要和自己說，只是礙於柳清彤在這裡，不好開口罷了。

阿菀又道：「聽說月半谷的風景很美，可惜我到的時候，你們已經出發了，沒能一同過去開開眼界，也不知什麼時候有機會去，妳們再和我多說說那裡的風光吧！」

當下話題一轉，三人聊起了月半谷的景致。

兩家人一起用了晚膳，孟駙馬將康平長公主領走，孟灃也將新婚妻子帶走，只剩下孟妡死活要留下來，打算要和阿菀秉燭夜談。

康平長公主無奈，叮囑她別打擾阿菀休息後，方和丈夫兒子、兒媳婦離開。

梳洗過後，兩個姑娘穿上輕薄的寢衣，躺到了床上。

「這兩天我聽我娘和康平姨母聊天，姨母對沈公子多有讚賞，若非妳不同意，她早就讓人去定國公府遞話了。定國公府夫人好像也很滿意妳，有意結親，只是妳娘顧忌著妳，才沒有輕易答應。妳還是拿個主意吧，不然拖到年底，妳娘是真要把妳許給沈公子了。」

孟妡驚訝地說：「妳沒聽錯嗎？定國公府也有意思？我還以為是我娘一頭熱呢！」

看她瞪圓了眼睛，阿菀忍不住笑道：「妳也太小瞧自己了，別忘了，妳娘是長公主，妳大姊姊是安國公府的長孫媳婦，妳二姊姊是太子妃，妳大哥是皇帝欽點入金吾衛的。」

這樣的身分，不知鍍了多少層金，自是京中人人搶著要聘的兒媳婦人選，而且孟妡長得甜美可人，不嬌縱任性，嫁妝又豐厚，更讓人滿意了。

孟妡聽得愣愣的，撓了下頭，「我還真沒想過呢！」

阿菀噗哧笑了出來，也不怪她遲鈍，生在這樣的環境中，自然當局者迷，加上有個比她這個天之嬌女更天之驕子的衛烜在，時常打擊她，這也是讓她嬌縱不起來的原因之一。

「行了，先和我說說沈公子如何不好吧。」阿菀拍拍她的臉。若真是不好，她也是要想法子讓康平長公主打消念頭的。

孟妡扭捏了一下，方道：「他有通房……我親眼看到他對那通房的樣子。聽說他的通房丫頭是從小陪伴他的丫鬟升上來的，他十分喜愛，這倒是說得通了，畢竟是自小伺候的……」說到這裡，她悵然道：「我是不是很怪？大家都說這種事情很正常，男人沒通房姨娘是會讓人笑話的，而且那些不過是個玩意兒罷了……可是我不喜歡，心裡總是覺得怪怪的。」

阿菀臉色一黑，怒道：「胡說！妳一點也不怪，妳是聽誰說的？」

「我幾個堂姊和娘親都這樣說。」孟妡嘟囔道：「我爹也有通房，我哥之所以沒有，是以前二姊姊出閣前拿捏過他房裡的人，後來又和娘親說過，娘親才沒有安排的。」

阿菀的臉色更黑了，其實她也知道，在旁人眼裡，她家公主娘、孟妘才是奇怪，竟然阻止男人風流快活，不給他們納小，連自己的小日子也不安排別的女人伺候。若非她家駙馬爹和太子沒有說什麼，皇家也不是外人能非議的，旁人早就不知道說成什麼樣了。

連瑞王後院除了瑞王妃外，也有一個年老色衰的姨娘和幾個年紀不一的通房，這還讓人說瑞王已經是個深情的了。

而且，這些通房姨娘的存在價值除了伺候男人外，還要生養孩子。這個時代講究多子多孫多福氣，子孫多才不會被欺負，卻鮮少有人想到嫡庶是禍亂家族的根源之一。

一時間想遠了，被孟妡叫住方回過神來。

「沒事，妳一點也不怪！」阿菀安慰道：「咱們女人活得不容易，妳不必顧忌太多，若真是不喜歡，那便算了。妳有什麼想法可以和我或是二表姊說，咱們都會幫妳。」

孟炘感動地鑽進阿菀懷裡，緊緊地抱住她，「嗯，阿菀最好了！」

第二日起床，阿菀便將孟炘領到她家公主娘那兒。

她決定請公主娘來開導小姑娘，省得她因為自己的思想與世人相悖而產生什麼惶恐不安的念頭。不過，阿菀也清楚，想要在京裡找出一個沒有通房的男人實在困難，也不知道孟炘以後會怎麼樣。

康儀長公主聽到女兒的暗示，不禁啼笑皆非，再看侄女瞪著一雙烏黑的眼睛瞅著自己，忍不住感到頭疼。

到底不是自己的女兒，她擔心孟炘若是被自己教成那種寧為玉碎不為瓦全的性子，以後說親可能就更難了，到時候康平姊姊知道後會不會怨上自己？

「娘，您就隨便和她說點什麼吧，省得她胡思亂想，姨母也擔心。」阿菀暗示道。

康儀長公主無奈地笑笑，將這侄女接收了。

阿菀在小青山住了一段時間，到了五月下旬，是五堂姊羅寄悠出閣的日子，她稟明了瑞王妃後，便和母親一起回京去給羅寄悠添妝。等添完妝，送她出閣，才又回莊子。

六月時，突然傳來南方幾個城鎮大旱的消息，然後又聽說太子和三皇子被皇帝派往南方的受災區去賑濟災民，視察情況。太子不得不提前結束在皇莊悠閒避暑的日子，回京準備，而將太子妃和皇長孫留在皇莊裡。

康平、康儀長公主等人聽到這個消息，憂心忡忡，連袂去了皇莊探望太子妃和皇長孫，實則是詢問內情，阿菀和孟炘也跟著去了。

太子和三皇子去賑災是為了安撫民心，不用真的出面，還能增加聲望，可是皇帝一次派了兩人過去，讓人頗為無語。

這擺明就是讓他們互相牽制。

令阿菀不安的是，衛烜此時正在江南沿海一帶，那裡距離幾個遭旱災的城鎮很近，就怕到時候海寇又上岸劫掠，一個弄不好，太子和三皇子都會出事。

阿菀聽著公主娘和康平長公主、孟妘商量著為太子準備什麼行李，目光在她們臉上轉了一圈，不知道怎麼插嘴，只好和孟妡陪著皇長孫玩。小包子被兩個阿姨玩得團團轉，最後一屁股坐在地毯上，嘟著嘴不說話了。

康平、康儀兩位長公主最終也沒能商量出個什麼章程來，只能憂心忡忡地離開。

阿菀與她們不同路，乾脆慢了一步，折回皇莊，尋了孟妘說話。

「阿菀是忘記什麼事嗎？」

阿菀小聲道：「二表姊，妳盡快告訴太子殿下，阿烜現在在江南沿海探查海寇之事。」

孟妘目光微凝，想起前幾天她和太子一起看大夏南邊輿圖時的事，當下拍拍阿菀的手，說道：「我知道了，不用擔心。」然後又有些不放心，低聲叮囑道：「以後這種事別隨便與人說，連母親她們也不能說。」

阿菀點點頭，兩人心照不宣地相視一笑。

❤　❤　❤

太子和三皇子去江南賑災了，同時也將很多人的心帶了過去。

尤其是太子，大家都擔心要長途跋涉，他那弱雞一樣的身板受得住嗎？萬一豎著去橫著回來怎麼辦？只是眾人擔心歸擔心，皇帝下了旨，大家也不好說什麼。

太子妃淡定地帶著兒子在皇莊住著，看那架勢，不等夏天結束是不會回京了，而理由也是現成的，皇長孫年紀小，受不住暑熱，須在皇莊好生將養著。

阿菀則是擔心江南會傳回什麼不好的消息，也擔心衛烜年紀太輕，能不能鎮住江南那幫老狐狸，說不定還會吃大虧。再者，她有預感，既然皇帝將衛烜祕密派過去，證明江南沿海的海寇應該不太好應付。

先帝時期，海寇被打壓得厲害，直到文德帝登基，沿帶一帶雖然也常有海寇侵擾，可每次都只是小打小鬧。可世間事便是這樣，沒有長久的和平，只怕這十幾年來，北方蠻族和海寇都是在休養生息罷了。

果然，七月時傳來了沿海幾個城鎮被海寇劫掠的消息。

更讓人震驚的是，有一小股海寇上岸，一路燒殺劫掠，竟然與正在江南賑災的太子和三皇子一夥人相遇。經過一番激戰，三皇子負傷，被隨行的官員護送著逃往江平府，至於太子則下落不明。

聽到消息的太后和皇后直接承受不住昏厥了，文德帝也勃然大怒，下令搜查，又派了禁衛軍帶著他的旨意直接南下搜尋太子的下落。

這個消息傳來時，阿菀正在別莊裡帶著小姑採摘月桂花做香料，聽得下人來報，手中的花籃都打翻了，一時間也顧不得其他，拉著不知所措的衛嫤去尋瑞王妃。

瑞王妃正聽從京城王府來的管事嬤嬤彙報事情，見阿菀過來，便說道：「想必妳也聽說了，外面正為太子失蹤的事情亂著，妳可別自亂陣腳。」

瑞王妃這話別有深意，她知道阿菀和孟家姊妹交好，現在太子出事，皇長孫又小，太子妃定然會失了分寸，想必康平長公主等人也都慌亂得緊。

阿菀勉強笑了笑，說道：「母妃，我想去皇莊看看太子妃和皇長孫。」

瑞王妃想了想，讓人去給她套車，順便道：「太子妃此時應該也在傷心，妳和她能說得上話，多多安慰她吧！」

阿菀應了聲是，心裡卻在嘆氣，瑞王妃能想到的她也想到了，而且這種時候必須保皇長孫周全，恐怕不日皇上會下令要孟妘帶皇長孫回京。

趁著回屋換衣服的空檔，阿菀叫路雲過來吩咐幾句。路雲嚴肅地點頭，很快便去準備。

到了皇莊，阿菀下車時就見到侍衛，眼珠一轉，便知應該是住在小青山附近的兩位長公主知曉這事情，皆過來探望世子妃了。

一進太清苑，阿菀便看到孟妘坐在上首，抱著露出些許忐忑表情的皇長孫。兩位長公主坐在下首，孟妡、柳清彤也在場。

康平長公主和孟妡、柳清彤皆憂心忡忡，康儀長公主蹙眉不語，孟妘倒是依然沉穩。

「阿菀來啦！」孟妘淡然地笑笑。

阿菀向長輩請安見禮，便坐到宮人端來的錦杌上，深吸了一口氣，朝孟妘懷裡的皇長孫招手，「灝兒，到姨母這裡來。」

皇長孫看了看母親，見她點頭，便衝過來撲到阿菀懷裡，小手緊緊揪住她的衣服，讓人感覺到小包子的敏感不安。一歲多的孩子什麼都不懂，卻能感受到大人的情緒。

阿菀撫摸著皇長孫的小背脊，心裡又軟又憐。

孟妡也湊了過來，拉著阿菀的手，先是憂慮地看了二姊姊一眼，才又看向阿菀。

阿菀拍拍她的手，此時她的心情已經恢復平靜，心裡便開始活泛開來。

或許太子沒有出什麼事，因為衛烜不是還在那裡嗎？知道太子去江南賑災，且海寇隨時可能會襲擊，衛烜不可能不防。她忖度著衛烜的行事作風，雖然他在她面前極力遮掩，但多少還是能看出他的性格，負面的那些不談也罷，但他做事喜歡謀定而後動，會事先安排好退路，將一切掌控在手裡。

所以，她可不可以這樣認為，太子最多只是受點驚嚇，卻不會出什麼事。

至於太子這次失蹤，倒是可以利用起來，以此來試探太極殿上的那位的意思。相信衛烜應該能想到，就看他要怎麼利用了。

想到這裡，阿菀的心情又安定了幾分，一隻手輕輕拍撫著坐在她懷裡玩繡著小鴨子的荷包的皇長孫背部，邊抬頭看向孟妘。

恰巧這時，孟妘也看了過來。

兩人四目相對，雖未說什麼，但是其中的意思彼此都明白。

她們同樣想到了正在江南的衛烜。

阿菀是基於與衛烜從小長大的情誼，對衛烜有十二分的信任，而孟妘相信的是阿菀，阿菀既然敢告訴她衛烜的行蹤，那麼她姑且也相信看看。

這便是阿菀進來時，看到孟妘如此沉著的原因。

只是其他人不知道還有衛烜這個大殺器在，連康儀長公主都束手無策了。

「妘兒，妳別擔心，太子殿下吉人自有天相，不會有事的。」康平長公主看著沉默不語的二女兒，勸道：「皇長孫還這麼小，他可捨不得你們。」

孟妘點頭，溫聲道：「娘親不用擔心，女兒省得的。」

康儀長公主嘆了口氣，說道：「可能明日皇上就會派人來接妘兒母子回宮，雖不知會不會有人趁這機會搗亂，但不得不防。明日小心些，回到宮裡後，妳也要注意安全。」

孟妘神色凝重地點頭，明白康儀長公主話裡的意思，宮裡現在可能比宮外還要不安全。若是太子沒了，皇長孫便成了最打眼的，指不定有些人會迫不及待跳出來要除了皇長孫。

「要不，明天讓大哥送二姊姊回去吧。」孟妡喃喃地道。

這時，柳清彤忽然說道：「我陪二姊姊一起走。」

兩位長公主還沒開口，阿菀和孟妡異口同聲道：「好主意！」說完，兩人相視一笑。

康平長公主原本還想說她們胡鬧，但是想起兒媳婦的力氣，不由無奈地笑笑。

果然，第二天禁衛軍便到了皇莊，帶了皇上的口諭，護送太子妃和皇長孫回宮。

孟妘讓人收拾好東西，也不管是不是快到午時天氣熱，親自抱著兒子，帶著柳清彤和大丫鬟上了翠蓋珠纓八寶車。

皇長孫很聽話，母親讓他坐好，他便挨著母親坐。母親讓他別鬧，他便不鬧騰，乖乖地趴在母親懷裡，慢慢地睡著了。

馬車行不多時，忽然大力震動了一下，皇長孫登時驚醒。

柳清彤第一時間掀起窗簾往外看去，只見外頭有人群拚命擠過來，禁衛軍雖努力驅趕，卻是趕不走那些人，他們彷彿是有意為之。

「怎麼了？」孟妘拿著帕子幫嚇醒的兒子擦擦小臉上的汗水，詢問道。

「這附近好像有廟會，咱們正巧經過，有些百姓被擠了過來。」說話間，柳清彤伸手探入袖口，刷一下，抽出一條烏黑色長鞭，朝窗外甩去，外面頓時響起了慘叫聲。

孟妘及時掩住了兒子的耳朵。

外面一片混亂，充斥著各種喊叫聲，果然是有人忍不住要動手了。

柳清彤拿著長鞭守著窗口及車門，沒讓人趁機偷襲。

幸好對方只是利用廟會的百姓製造混亂，沒想到車裡有個武力值超高的女子鎮守著，根本沒有可乘之機，反而讓禁衛軍很快控制了場面，順便將慫恿鬧事的幾個人抓住。

孟妘聽完禁衛軍統領的報告，只讓他們處理好現場，便繼續朝京城行去。

阿菀得知孟妘和皇長孫平安回宮後，終於鬆了一口氣。

只是從路雲那兒得知路上的意外時，頗為憤怒。太子還沒死，那些人就急不可耐地想對太子妃和皇長孫動手了，這智商沒欠費吧？莫不是想要製造出更多的混亂？

阿菀忍不住摸著下巴，猜測到底誰會這般蠢。

這不像是三皇子的作風呀！這種時候文德帝正心情不好，跳出來只會成為出氣筒，聰明的人都懂得怎麼做。不過，世界上有聰明的人，也有蠢笨的人，總有一些蠢貨想要撿便宜，或是被人當槍使。

過了兩天，果然聽說文德帝在朝堂上發了一通脾氣，有好幾個官員被關押進天牢。接著，文德帝晚上回後宮時，又斥責了明妃，罰她閉宮思過。

阿菀忍不住扶額，明妃……真是個倒楣蛋，怎麼撞上去了？

看來新舊寵妃的交鋒終於有了結果，薑還是老的辣！

最後這事不了了之，雖然大家都沒說，但私下還是議論了一番，暗暗嘲笑那個心急之人，也沒看清楚狀況，就貿然對太子妃和皇長孫出手，這只會觸及皇帝的逆鱗。若是能真的除了皇長孫，還能敬那人是條好漢。

太子妃回宮不久，康平長公主兩家也相繼回京城，而瑞王妃覺得天氣沒那麼熱了，便也帶著兒女一起回京。

此時還未過七夕。

以往都是過完七夕才回京的，今年倒是比以往早了些。

回到京城後，阿菀在丫鬟的伺候下洗去一身煙塵，坐在臨窗的榻上，身子歪靠著一個寶藍色錦緞面的大迎枕，喝著丫鬟們端上來的果汁，感覺到無比的愜意。

這人一鬆散下來，便會想東想西，阿菀也不例外，此時她正想著衛烜現在在哪裡。

衛烜現在正在江平府的一個私人宅院中。

這個宅院相當大，建造得精巧秀氣，據聞是某個鹽商砸重金特地修建來金屋藏嬌的，只是嬌還沒藏到，便犯了事，被官府抄沒家產，宅院最後被人低價買了去。

「買的人是灃表弟嗎？」一個溫雅如玉石的清越聲音笑著問道。

「除了他還有誰？他就愛撿便宜！」

「別這麼說，灃表弟性子豪爽，手裡存不住錢，有時候難免手頭拮据。」

衛烜瞥了太子一眼，撇嘴道：「你們是郎舅，你倒是會為他說話。」

太子好笑道：「你還是孤的弟弟呢！」

衛烜又看了他一眼，沒有接話，而是攤開手中的信函看，看完才將它遞給太子。

原來是京裡傳來的消息。

太子微微一笑，只是笑意不達眼底，「孤還沒死呢，怎麼個個都想讓孤的孩子陪葬？」

衛烜端起茶盅喝了口清茶，問道：「接下來你有什麼計畫？」

太子不答反問：「你呢？」

「我自然還得在這裡待些時日，查明有多少怠忽職守的官員，好上報給皇伯父，省得被人打到家門還悶不吭聲。」衛烜故作陰狠地道。

太子沒問他要做什麼，敲著桌面道：「再過兩日吧，屆時孤便去尋江平府的知府表明身分，三弟可還在這裡等著孤呢！」說著，他又朝衛烜笑道：「這次要多謝烜弟了，要不是你早有預料，孤這次就要栽在這裡了。」

衛烜斜眼道：「我可不會未卜先知，只是聽說海寇上岸，恰巧在處理這些事情罷了。」

雖然他早料到太子身邊的人懷有異心，卻一直揪不出來。這些年一直盯著東宮，根本查不出異樣。若非上輩子太子死得蹊蹺，他也不會這般深信不疑，果然這次對方露出了馬腳。

雖然費了點精力，但是能揪出叛徒，拔除太子身邊的隱患，衛烜還是覺得不虛此行。

這種事自是不能明說，免得太子以為他在他身邊安插了眼線。

等太子去歇息後，衛烜又摸出了一張小紙條，眼中不由流露出些許笑意。

阿菀果然讓路雲行動了，只是看著有點好笑，最後太子妃回宮遇襲之事反而被引到了明妃身上，讓衛烜不知道說什麼好，甚至有種果然如此的感覺。

那位皇伯父從來就不是受女色左右的人。

明妃不過是神韻肖似他母妃，時間一久，那種明豔的氣質終有失去的一天。

路平走了進來，上前報告道：「世子，海寇凶悍，鎮南侯府快要支持不住了。」

衛烜慢條斯理地道：「放心，他們雖然安逸了十幾年，還是有點底氣的，且待明年。」明年便是鎮南侯府的災厄之年，「這次太子出事，皇伯父縱使再給慶安姑祖母面子，心裡肯定也是窩火的，正好將這份名單呈上去給他，讓他拿來消消火……」

「對了，我讓你去準備的那批物資怎麼樣了？」衛烜又問。

路平趕緊道：「您放心，屬下已經讓商隊送去渭城等幾個地方了。」

衛烜滿意地點頭，覺得路平終於恢復上輩子的能力，以後便不需自己辛苦盯著了。

路平看到他的眼神，暗暗苦笑。天知道這位爺一聲令下，他們底下的人就要累成狗。

七月底，靖南郡王世子衛珺迎娶慶安大長公主府的小孫女莫菲。

經青雅提醒，阿菀才記起這件事。

不是她貴人多忘事，而是六月和七月這兩個月當真是不得安生。

太子和三皇子奉旨下江南賑災，然後是沿海起事端，海寇橫行，使得江南沿海一帶民不聊生，甚至連太子和三皇子也被連累出事，導致三皇子受傷、太子失蹤。為此，皇帝大發雷霆，人人自危，被牽連者無數。

為了摘出自己，很多人會找替死鬼出來擋災。

鎮南侯府便是第一個被推出來的。

從海寇襲擊的消息傳來時，便有朝臣蠢蠢欲動，不過想到在京的慶安大長公主，以及文德帝對她素來敬重，大家好歹給些面子，只有幾個沒眼色的御史上了彈劾的摺子，卻也沒有太過理會，大家都默默關注著江南的戰事。

直到三皇子受傷、太子失蹤的消息傳來，眾人才按捺不住。

即便是足不出戶的阿菀，也能隔三差五聽說御史彈劾鎮南侯府，以及每天早朝都有人被皇帝斥責，以致於京城的氣氛十分壓抑。

鎮南侯府世代鎮守江南沿海，當初老鎮南侯能得慶安大長公主下嫁，也是因為抗擊海寇有功。先帝去世前，海寇基本已被打擊得無力作亂，讓人幾乎習慣了太平日子，卻從未想過海寇會捲土重來。

如今海寇打上門來了，連續幾個沿海城鎮都遭了難，鎮南侯府自是難辭其咎。

不過，文德帝還是給慶安大長公主留了面子，沒有做得太過分，加之過了七月中旬，傳來太子平安脫險的訊息，文德帝的怒氣又斂了幾分，京城緊張的氛圍終於緩和了許多。

瑞王和謀士聊起這事時，冷笑道：「雖然鎮南侯府有過，但那些老狐狸可沒少收那邊的好處，怎麼到頭來就獨鎮南侯府被斥，其他人沒有責任嗎？不過是怕皇上怪罪他們監察不力罷了。可不要忘了，三皇子的岳家是鎮南侯府，鎮南侯府還有大長公主在京城裡。」

他又想起太子失蹤的消息傳來時，慶安大長公主第一時間入宮請罪之事，皇上雖然寬慰了大長公主幾句，可是轉身卻該幹麼就幹麼，讓他心裡有些發寒。

謀士搖頭笑道：「王爺乃是赤誠之人，自然不知這其中的關係要繞上幾繞，不是人人都像王爺這般坦率的。」說著，謀士哀嘆一聲，巴不得世子快快回來，不然和這位王爺再處下去，他腦袋都要疼了。

他雖是瑞王早年親自聘請來府裡的謀士，可也知道瑞王腦子不會轉彎，不懂陰謀詭計，幸好還有個能聽得進勸的優點。原以為自己這輩子要和這樣的主子一條道走到黑，直至新帝登基夾著尾巴做人或者被清算，誰知驚喜在後頭，世子橫空出世，雖然手段狠辣，但大丈夫立事，有所為有所不為，也算得上是安慰了。

謀士與瑞王說話分外心累，世子則不同，至少自己說一句他便彷彿開了十竅般，沒有一竅不通的，與他說話真是格外舒暢。

瑞王不以為意，又道：「幸好太子吉人天相，有忠心的侍衛護著他平安歸來，這些日子皇上的表情也沒那般可怕了。」讓他也輕鬆許多，不然天天面對兄長那張冷峻的臉，實在是讓人喘不過氣來。

謀士點頭道：「其實皇上還是念著舊情的，有慶安大長公主求情，便將彈劾鎮南侯的摺子留中不發，也是給鎮南侯府一個機會。」同時，也是用來敲打鎮南侯府，讓江南厲家與鎮南侯府互相制衡。

「皇兄確實念著舊情，不過……」瑞王嗤笑道：「若是鎮南侯府繼續辜負他的期望，恐怕這舊情就磨沒了。」好歹年輕時也曾領兵在西北打過仗，瑞王還是將其中的門道看得一清二楚，然後蹙眉道：「鎮南侯府是三皇子的岳家，到時候恐怕不好收拾。」

謀士見他若有所思，自是明白他話裡的意思。若鎮南侯府真的出事，三皇子也會受到連累，到時候太子無法再韜光養晦，又要被推出來了。皇帝正是年富力強的時候，哪個皇子登基還作不得準。就算是太子，也擔心他的身體熬不過皇帝，就怕到時候所有的皇子都被捲進來。他們這些臣子根本無法揣摩出那位帝王的心意，只能被動行事，有諸多不便。

所以，這次太子失蹤，三皇子不得不負傷，這其中的道道千迴百轉，不外是想要以弱搏那位皇帝的慈父心。三皇子最後賭對了，鎮南侯府方能逃過一劫。

「對了，鎮南侯府的七小姐要出閣，王妃和世子妃應該也要去添妝吧？」謀士問道。

瑞王笑道：「這是自然，兩邊都是親戚，也得有個表示。」

「世子妃，明日要去給鎮南侯府的莫七姑娘添妝，您要添些什麼好？」青環問道。

阿菀將筆擱在筆洗上，想了想，說道：「就那套赤金鑲寶石的頭面吧。」

青環聞言，逕自去取了出來，用大紅描金的匣子裝好。

青雅端了茶給阿菀，笑著說道：「說來，靖南郡王世子是世子妃您的表哥，而這莫七姑娘是您的表妹，兩邊都是親戚，這也算是親上加親了。」

阿菀聽得心裡一動，點頭道：「所以，這添妝的禮也得厚上幾分。」

於是，她讓青環再添了幾樣玉飾進去。

雖然莫菲當初做了那種事，但阿菀沒有太過計較。也是因為衛烜太狠，根本沒給人家姑娘機會就把她踹下河，還搭了個衛珺給她做夫君，讓阿菀面對莫菲時有幾分不自在。幸好自己不常出門，不必看到她尷尬。

再者，莫菲當年認錯了救命恩人，讓她啼笑皆非，後來尋了個機會，她和慶安大長公主暗示了兩句，卻見慶安大長公主沒有太過驚訝，便知她是明白的，這令阿菀輕鬆許多，覺得說開了就好，省得這個錯誤繼續錯下去，讓莫菲一直念著，日後徒增麻煩。

因此，阿菀認為這事情止於此了。

翌日，阿菀和瑞王妃去慶安大長公主府給莫菲添妝時，看到慶安大長公主依然和善，精神卻不比以往。

站在慶安大長公主身邊的是鎮南侯夫人，亦即莫菲的親生母親。她為了女兒的親事，特意提早從江南趕回京城，誰知她離開不久，江南那邊便出了這麼多事，故而她的神色看起來也有些憔悴，脂粉也沒能掩住多少。

「這位是您府上的世子妃吧？看著就是個俊秀之人。」鎮南侯夫人笑著對瑞王妃說：「妳是個有福氣的，有了兒媳婦，以後可以鬆泛鬆泛了。」

瑞王妃客氣地道：「哪能鬆泛？她年輕不懂事，還有很多要學的。」

你來我往客氣了一番，因有其他客人在，鎮南侯夫人方放過兩人。

阿菀站在瑞王妃身邊，始終未搭話。聽到鎮南侯夫人用話刺探她，便知她應該是極介意女兒的事情，心裡多半也知道這樁親事是如何成的。即便滿意女兒最後沒有真的一頭撞上去成了瑞王世子的妾，而是成為郡王世子妃，心中恐怕也仍是怨懟衛烜當初的不留情面。

瑞王妃自然也聽出來了，當下拍拍阿菀的手，讓她別在意。

等添妝的人都到來，慶安大長公主便命人去請孫女過來給在場的夫人們請安。

「明日她就要出閣，以後還需要妳們多多關照。」慶安大長公主說道。

「您說哪裡的話，您的幾位孫女個個都是天仙似的人兒，我們歡喜都來不及了……」

幾個夫人笑著打趣，也有人只是坐著喝茶笑而不語。

阿菀看了一眼，便知江南的事情還是影響到了京裡的人對慶安大長公主的態度，所以大夥兒雖然都過來捧場，卻沒有以往那般逢迎。而慶安大長公主特地叫莫菲出來，也是不想讓人小瞧了孫女，莫菲可是還有她這個祖母為她們撐腰。

莫菲今日穿著嶄新的茜紅色折枝花小襖和鵝黃色鑲襴邊的馬面裙，頭上插著赤金石榴花簪子，耳朵上戴著赤金鑲南珠的水滴墜兒，晃悠悠地垂落在頰邊，使她看起來肌膚晶瑩似雪，豔光照人，很有新嫁娘的喜氣。

她亭亭嫋嫋地上前向眾人行禮，很有大家閨秀的模樣，只是當她抬頭看過來時，阿菀發現她眼裡依然有幾分悽楚之色，頓時感到膩歪。

任是誰知道有個女人在覬覦自己的丈夫都會不快。莫菲爭取了，最後失敗了，算是很有勇氣，阿菀不怪她先前不知情認錯人，可她都提醒慶安大長公主了，依慶安大長公主的聰明，定會找時機告訴她，好教她打消念頭，安安心心嫁入靖南郡王府當世子嫡妻。

可現在看她如此作態，恐是心裡還念著衛烜。

想到這裡，阿菀萬分不悅，若是衛烜現在就在她面前，她必要咬他幾口洩恨。

雖然不快活，但在衛珺成親的那天，阿菀還是跟著婆婆一起去靖南侯府喝喜酒。期間得知了靖南郡王妃又懷孕的事。

這位靖南郡王繼妃嫁過來有五年了，第二年便生了女兒，這回再懷上，也不知會生個什麼出來。不過不管生男生女，阿菀都知道衛珠肯定不高興，這對他們兄妹來說是威脅。

這不，衛珠趁著衛珺去迎親的時候，逕自過來尋阿菀到她的院子裡說話。

「表姊……」衛珠拉著她的手，神色懨懨的，「昨晚父王又為了一點小事斥責大哥……今日是大哥的大喜日子，可是他還……」說著，語氣透出幾分怨恨。

阿菀摸摸她的頭，說道：「妳若是不高興，改日我下帖子請妳到瑞王府玩。」

衛珠原本想拒絕，想了想，點頭道：「好。」

迎親隊伍回來時，阿菀要去喜堂觀禮，衛珠依依不捨地送她過去。

等阿菀的身影不見，衛珠的笑容便落了下來，看著廊下的紅燈籠，神色陰晴不定。

「姑娘，二少爺找您。」一個小丫頭大著膽子過來稟報道。

衛珠看了她一眼，並沒有發作，只問兄長的去處，便去尋他。

小丫頭見她走後，拍拍胸口，鬆了一口氣，讓旁邊的丫鬟忍不住笑道：「妳怎麼一副劫後餘生的模樣？姑娘不可怕啊！」

小丫頭是在衛珠院子裡伺候的二等丫鬟，最是清楚她的脾氣，可也不好對其他院子的丫鬟說，若是讓她們姑娘知道，她少不得要被罰，當下只是笑了笑，一溜煙地跑走了。

靖南郡王府的婚禮過後不久，八月中旬，在江南賑災的太子和三皇子終於平安回京。

阿菀聽了這事，鬆快起來，可是想到現在不知在何處的衛烜，嘴裡又念叨起來。都要中秋了，他莫不是要過完中秋才回來？

起風了。

聽到書房外風吹過篁竹的簌簌聲，正伏在桌前練字的阿菀忍不住抬頭，恰好看到窗外風吹過竹梢，竹葉晃動的樣子。遠處天高雲淡，秋日的陽光和煦，讓人無端感到慵懶愜意。

阿菀突然擱了筆，就著丫鬟端來的清水淨了手，便出了書房。

青雅拿著一件薄披風追出來幫她披上，「世子妃，風大，小心身子。」

阿菀說道：「我天天跟著柳綃打拳，這一年來身子好很多了，不用如此小心。」

青雅笑了下，「雖是如此，還是要注意些。」

阿菀點點頭，沿著廊下的欄杆往前走，走到了院子裡，沐浴在溫暖的陽光下。院子裡各種顏色的菊花依次擺放著，讓賞花的人心情都跟著飛揚起來。

青雅看著站在花叢中的阿菀，忽然覺得她的身影有些落寞。

世子妃或許是想世子了吧？

阿菀確實想衛烜了，如此良辰美景，沒有那個少年在旁邊鬧她，清冷了許多。

看著遠處的天空，她愣愣地失了會兒神，方嘆口氣，慢慢走回屋中。

等到時間差不多了，阿菀打算去正房向瑞王妃請安，順便在那裡蹭頓晚飯，免得一個人吃飯太過孤單。

瑞王妃以前擔心她身體不好，又有衛烜這個繼子在旁虎視眈眈，所以免了阿菀晨昏定省。阿菀早上確實是無法起得太早，傍晚卻是堅持過來向公婆請安。以前衛烜在時，衛烜回來恰好將她領回去一起用晚膳，現在衛烜不在，阿菀便來這裡蹭飯。

瑞王妃自是歡迎她的，因為阿菀的脾氣好，耐性足，很得孩子喜歡，衛焯和衛嫤姊弟倆都喜歡跟她玩，衛嫤更是活潑不少，所以瑞王妃巴不得阿菀天天過來。

今日阿菀過來的時候，恰巧見到瑞王妃正忙著準備中秋節禮。見到她來，瑞王妃招呼她過去商量送禮的事，「每年中秋，宮裡都有宮宴，不過晚上回來咱們可以在府裡一起祭月。中秋過後，秋獵便要開始，今年的秋獵恐怕和以往有些不同。烜兒……到時候應該會回來吧？」她有些不確定地說，飛快看了阿菀一眼。

阿菀笑道：「我也不知道，世子是去辦事的，可能很忙，所以也沒個准信。」

瑞王妃有些憐惜她，拍了拍她的手。

阿菀不太習慣，趕緊岔開了話。

瑞王妃卻是真心憐惜阿菀的，覺得兩個孩子成親至今都是聚少離多，莫怪阿菀的肚子到現在都沒有什麼消息。

於是，晚上瑞王回來時，瑞王妃便提了一下，「就要到中秋節了，不知烜兒什麼時候回來，王爺可有准信？」

誰知聽到她的話，瑞王的臉色變得很不好，就在瑞王妃心驚時，便聽他黑著臉道：「沒有，想來是他忙吧，沒來得及傳信回來。」

怎麼和阿菀說的一樣？瑞王妃嗅出了不尋常的味道，不由瞥了瑞王一眼。

瑞王沒心思理瑞王妃，他這幾日都在擔心不知身在何方的熊兒子，擔心他若是在江南一帶，會不會碰到海寇而發生意外，才會幾個月都沒個消息回來。

自從六月海寇大規模襲擊沿海城鎮以來，這幾個月江南那邊的消息不斷，都是和海寇有關的，讓瑞王著實惱火，沒想到不過是平靜了十幾年，大夏的水軍就疲軟如斯，一面倒地挨打，導致沿海的百姓不堪其擾，紛紛遷往內陸。

瑞王十分頭疼，江南海寇橫行，北地可能會在這一兩年間有異動，朝堂上的事情又多，讓他每天都有些精疲力盡之感，回來還要擔心不知道在哪裡的熊兒子。如今他算是知道兒子在幫皇兄做什麼事了，要不然北地的異動也不會讓他們第一時間知道。

越是知道，瑞王越是心驚。他從來沒想過應該像紈綺子弟一樣無憂無慮長大的兒子，會有這樣的心機手段，竟然幫皇帝幹這種刺探的事。

阿菀和瑞王都很擔心，可惜直到中秋節這天，還是不見衛烜回來。

中秋節的早上，阿菀推開窗欣賞了下外面的晨景，方叫丫鬟進來伺候梳洗。

因要進宮，她穿上了親王世子妃的吉服，頭上珠翠環繞，富貴中又添了幾分綿柔清麗。

瑞王夫妻帶著阿菀和衛焯姊弟一起進宮，到了宮裡，男女分開行動，瑞王帶小兒子去太極殿向皇帝請安，瑞王妃帶著女兒、兒媳婦去仁壽宮向太后請安。

由於今年的中秋宮宴只是家宴，所以出了五服的宗室並未進宮，來的人自然沒有其他節日的多，但是加上後宮的嬪妃和公主皇子、皇子妃等，人也是頗多，而文德帝最小的弟弟榮王卻不在宮裡。

年初榮王便磨得了文德帝同意，離開京城到外面遊山玩水去了，據聞屆時會帶一個天仙美女回來當王妃。榮王說話雖然不著調，但是放在眼前看著也礙眼，文德帝只好應允。

衛烜對阿菀透露過，榮王現在還年輕，等年紀大一點，娶了王妃後，文德帝應該會讓他去掌管內務府。阿菀從衛烜的語氣中琢磨出了些許意味，似乎文德帝頗忌憚榮王，也不知道是個什麼樣的原因。

阿菀邊胡思亂想著，邊隨瑞王妃向太后請安，然後在各種羨慕嫉妒的目光下，被太后拉到了身邊的位置坐著。

太后的手微涼，皮膚有些乾燥，不過保養得宜，六十來歲的人了，手指仍是光滑細膩，她拉著阿菀說道：「妳和烜兒怎麼樣啦？什麼時候有喜信傳來？哀家還盼著抱曾孫呢！」

阿菀的臉皮抽了抽，都沒圓房，怎麼可能有曾孫出來？不過，她面上仍是作出一副羞答答的小媳婦模樣。

「哀家好久沒見到烜兒了，烜兒什麼時候回來？中秋是團圓的日子，哀家真想他……」

阿菀的手被太后抓得緊，雖疼，卻不敢叫出來，也不敢表露在臉上，見太后神色恍惚，只能盡力安撫她，「世子來了信，說很快就會回來，還特地讓孫媳婦給您帶了中秋禮物。」

「在哪裡？快呈上來給哀家瞧瞧。」太后歡喜地問道。

阿菀讓宮人將她帶來的紅漆描金匣子呈上來，太后這才放開她，打開匣子，邊看邊笑。

阿菀不著痕跡地觀察太后。不知為何，太后的病又加重了。

應付了太后好一會兒，阿菀才得到自由，她馬上跑去太子妃那兒窩著。剛坐到太子妃身邊時，正好對上不遠處和幾位公主坐在一起的三公主冷冽的眼神。四公主離三公主遠些坐著，依然一副柔弱的小白花樣，而五公主倒是平靜，但也下意識離三公主比較遠。

三公主現在仍住在仁壽宮的偏殿中，沒有被放出來，只有逢年過節才會出來與眾人見面。其中的原因，雖有衛烜當初進宮不知說了什麼打動太后，讓太后出手收拾她外，同時也有太后的病情加重，對衛烜的話形成了一種執拗的反應。

想到這裡，阿菀心驚肉跳，著實擔心有人若是發現太后生病，於衛烜不利。

「姨……」

軟嫩的聲音響起，然後有個小人兒撲到了阿菀的膝上，又伸手去抓她的壓裙玉佩，還淘氣地扭著身子，仰起包子臉朝她笑。

阿菀笑著將皇長孫抱起來，放坐在自己的膝蓋上，拿玉佩逗著他玩。

很多人看到了，有人調侃道：「世子妃和世子成親快一年了，應該快有消息了吧？看皇長孫這麼喜歡世子妃，世子妃必是個討孩子喜歡的，指不定將來生下的孩子也得人喜愛。」

阿菀發現說話的是一個穿著宮裝的美人，好像是近來極得寵的劉貴人。明妃這位寵妃宮鬥失敗，被擼了妃位降為貴人關到冷宮後，自有新的寵妃誕生，這位劉貴人便應運而生。

可惜，這話不是她該說的。

瑞王妃淡然道：「他們還年輕，女孩子年紀大點，身子骨長好些，才好生養，不急。」

瑞王妃這不鹹不淡的話，刺得劉貴人臉面險些掛不住，見周圍的人掩嘴偷笑，劉貴人有點生氣，可是對著瑞王妃和瑞王世子妃，她不敢拿大，只好訕訕地閉上嘴巴。

其他人見狀，臉上的笑意更深了，連皇后和鄭貴妃都忍不住睇了劉貴人一眼，心裡對劉貴人頗為不屑：連明妃都不如，實在不足為慮。

宮宴結束後，已是月上柳梢頭。

阿菀隨著瑞王夫妻回府時，便見大街上已經掛上了花燈。

中秋節的宵禁素來會延上兩個時辰，晚上有許多人家會出來逛街看花燈。

「大嫂，外面的花燈真漂亮。」衛嫤趴在窗邊往外瞧。

阿菀笑道：「上元節的花燈才漂亮，那時的樣式更多，明年得空咱們出來看花燈。」

衛嫤笑著猛點頭，繼續撩著簾子往外看。

回到王府，阿菀先回隨風院換下身上的吉服，重新綰了頭髮，便往花園行去。

瑞王夫妻正帶著兒女在花園裡祭月，下人已將祭月的供品準備好。等祭月完，一家人便坐在一起吃月餅，喝桂花酒。

「這桂花酒口感綿軟醇香，適合我們女人喝，不過也不宜喝太多，喝多了容易傷身。」瑞王妃特地叮囑道，還是不怎麼放心阿菀的小身板。

阿菀和衛嫤乖巧地點頭，兩人捧起杯子嘗了一口，桂花清香四溢，味道有點像果酒，卻又比果酒好喝些，與阿菀從前在家裡喝的桂花酒不太一樣。

衛嫤小聲地跟阿菀說：「這是母妃親手釀的桂花酒，和別人家的不一樣，很多人喝過後都想和母妃討要，可是母妃沒有多釀，每年只釀了幾罈。」

阿菀笑著點頭，決定待會兒向婆婆討些回去喝。

過不了多久，瑞王便讓人散了，同時將兒女趕去歇息。

阿菀帶著抱著一罈桂花酒的青雅，向公婆行禮，然後回了隨風院。

回到隨風院，阿菀將路雲和幾個丫鬟都叫過來一起喝桂花酒。她自己也多喝了幾杯，嚇得青雅、青環等都擔心極了，趕緊阻止她。

「要是醉了，您明日就要難受了。」青雅扶著阿菀回房，邊嘮叨道。

「放心，才喝這麼點酒，不會醉的。」阿菀笑得歡快，兩頰浮現紅暈，只差沒有拍著胸脯對她說，她上輩子千杯海量，五十三度的白酒照樣當白開水喝，要不是有心臟病……

青雅：「……」

世子妃真的醉了！

青雅趕緊叫路雲等丫鬟過來，一起伺候著阿菀洗漱，幫她套上寢衣，方將她抱上床。

阿菀一把將被子摟到懷裡，夾著它就睡了。

於是，某位在中秋夜終於趕回來的世子爺，看到的就是一個睡姿不雅的醉鬼。

阿菀的寢衣下襬捲起，修長的大腿搭在薄被上，衣襟被扯得大開，露出圓潤的肩膀和賽雪的肌膚，而且隱約可見綠湖色抹胸裹著飽滿的渾圓……

衛烜看得眼睛發直。

「阿菀……」

沙啞的聲音在沉睡的人兒耳畔響起，一股濃厚的雄性氣息覆了上來。

修長略帶薄繭的手，沿著阿菀的小腿肚往上滑，直探入她大腿內側，然後將她忍不住閉合的雙腿分開……

當撕裂般的疼痛襲來時，阿菀的身體猛地緊繃起來，原本因為醉酒而昏沉的腦袋也瞬間清醒，甚至疼得她怒火中燒。

她不由分說地一口咬上衛烜的肩膀，留下了一排牙印。

「沒關係，妳咬吧。」衛烜輕輕撫著她的腰肢，親吻她冷汗涔涔的煞白的臉龐，忍耐著身下那股銷魂的滋味，小聲哄著她，不敢動彈。

阿菀拚命吸著氣，用顫抖的聲音問道：「你什麼時候回來的？」

「好像是子時一刻，或者是三刻……可惜沒能再早一點，這樣就能和妳一起賞月了。」他的聲音沙啞，帶著幾分屬於成熟男性的性感，讓她聽得身體酥軟。

「然後賞到床上來嗎？」阿菀咬牙切齒地道。

聽到她直白到大膽的話，衛烜的俊臉更紅了，眼睛卻亮得驚人，眼尾也有些發紅，不知是激動的，還是趕路回來沒有休息好之故。他抓著她的腰，讓兩人的身體貼合得更緊，有些害羞地說：「反正，我們總是要……」

經過這麼段時間的緩和，阿菀終於感覺不那麼疼了，但是仍按著他，不讓他亂動，繼續找話題轉移那種痛苦：「剛回來，可去沐浴過了？」說著，她還趁機在他頸間嗅了下，發現沒有什麼汗臭味，只有淡淡的沉香味，可見是清洗過了。

「自然是洗了，不過是洗冷水澡……」衛烜可不敢渾身髒兮兮的就上床，他是知道阿菀有多嬌氣的，所以會將自己打理得乾乾淨淨再上床抱她。

結果又被咬了一口，就聽她罵道：「洗什麼冷水澡？洗多了冷水對身體不好，你別以為現在年輕就能胡來！」

衛烜馬上陪笑道：「那我以後不洗了。」

阿菀卻不說話了。

一時間，兩人都沉默，特別是在這種時候，說再多的話也沒法忽略身體傳來的異樣感，再說他額頭冒出越來越多的汗水，顯然忍耐已到極限，撐得她脹脹的，又痛又麻。她有些害怕，甚至不敢低頭看一眼，生怕看到什麼可怕的情景。

「咳，阿菀，妳今天……不會還想要和我談談人生吧？」衛烜的聲音有些忐忑，覺得若是她說再來談談人生，他絕對會崩潰的。能陪她說這些話，已是他的極限了。

阿菀瞥了他一眼，深吸一口氣，儘量讓自己放鬆。她想，自己怎麼樣都比他年長，他什麼都不懂，與其讓他像個毛頭小子一樣橫衝直撞傷了自己，不努力放鬆，早早結束。反正，聽說女人的第一次根本不會有什麼快感，還是盡早結束的好。

「阿菀……」發現她放鬆下來，衛烜心裡湧上狂喜，但也不敢太過衝動傷了她，只是輕柔地撫摸著她的腰，然後沉下了身體。

秋夜的風從窗外吹了進來，青紗羅帳內被翻紅浪，很久以後才平息下來。

阿菀感覺自己就像一條離了水的魚，又渴又累，只能徒勞地動動手指頭，連翻個身都嫌累，只好閉上眼睛什麼都不想，腦袋昏昏沉沉的，很快便陷入了半睡半醒間。

身後貼來的人，擁著她的腰，一隻手覆到她胸前，手指輕拈紅梅，用一種饜足的聲音道：「累不累？我去打水幫妳清理一下。」

半晌沒聽到她的聲音，他也沒在意，為她拉好被子，方撩起床帳下床。

屋內靠牆邊的小方桌上點著一盞羊角宮燈，燈光不算明亮，照在正躬身拾起衣服的少年身體上，可以看到他寬闊的肩膀上有著曖昧的痕跡，然後被一件寬大的白色褻衣掩蓋住。

守夜的青環臉紅紅地低頭將熱水捧進來，又低頭快步出去，將內室的槅扇關上，這才拍了拍自己微熱的臉龐。想到剛才屋裡響起的喘息聲，她覺得尷尬極了，心裡琢磨著，世子終於和郡主圓房了，以後是不是讓謝嬤嬤來守夜更好些？

「阿菀，來，喝點水……」

阿菀已經快要睡著了，被人叫醒，就想發火，直到清涼的水被渡了過來，才勉強睜開眼睛。看到衛烜擁著自己餵水，便懶得發火，喝完水繼續睡。

迷迷糊糊間，感覺到有人在幫她擦拭身體，當對方摸到她的雙腿間時，她下意識想要夾緊，結果腰際某處被人按了一下，她的身子不由自主綿軟下來，根本使不出力氣，然後被擺成了一個羞恥的姿勢。

「衛烜……」阿菀嘟噥地喚了一聲。

「我在這裡。」一壓抑的男聲響起，軟柔的吻落到了她的臉上。

不知怎麼地，這吻讓她安靜下來，彷彿感受到那一吻的克制的憐惜與複雜的情感，讓她莫名心頭發酸。

衛烜幫阿菀擦乾淨身體，又特地檢查了一下，卻發現雖然他極力壓抑了，這個嬌氣的人還是被他傷著。那私密處有些紅腫破皮，他只得找提前準備好的藥幫她塗抹。

蹙起的眉頭終於舒緩許多，阿菀縮了縮頭，繼續沉睡。

真是嬌氣！

衛烜忍不住笑了笑。

阿菀嬌氣的時候，如同易碎的瓷娃娃，但是當她堅強的時候，卻又如蒲草般柔韌。

把自己也打理乾淨後，衛烜回到床上，將阿菀抱到懷裡，嗅著她身上的氣息，心底湧現出了巨大的滿足感。

他終於得到她了！

***

過了一夜，阿菀宿醉醒來，不僅頭痛，全身都痛。

特別是腰和雙腿，幾乎酸痛得動彈不得。

她慢慢睜開眼睛，呆滯了一會兒，這才伸手慢慢撐起身，撩開了羅帳。

明亮的光線傾瀉而入，阿菀看了一眼窗外的桃樹，實在是撐不住了，又倒回床上，將被子拽過頭，繼續悶頭睡。

睡得迷迷糊糊間，隱約聽到了說話的聲音。雖然壓低了聲音，還是聽出了那一男一女的對話聲，腦子裡還在想著這兩個聲音好熟悉，床邊便陷了進去，有人坐了上來。

「阿菀，先起來吃些東西再睡。」

阿菀沒理他，眼睛閉著。

她的身體被人抱了起來，讓她不得不睜開眼睛，然後看到了一張俊臉近在咫尺。

一看到這張臉，昨晚的記憶終於回籠，也想起了自己此時為何還賴在床上。一時間，她不知道用什麼表情面對他才好，只好板起臉，儘量讓自己不那麼尷尬羞恥，畢竟他們是夫妻，這一天遲早會來的。

所以，也不是那麼不能接受，就是有些不知所措。

見她板著臉，衛烜依然歡快，他低頭用自己的臉貼著她的臉，柔聲道：「可是餓了？先吃些東西再睡，等妳養好精神……」他的聲音頓了下，到底沒有再說，省得她咬人。

阿菀自然知道他未完的話是什麼，當下決定不再理會，問道：「什麼時辰了？」一開口，才發現自己的聲音有多沙啞。

「巳時末了。」

阿菀呆了一下，那不就是快到中午了？她就算身體不好，也從來沒有睡這麼晚過，豈不是讓人知道他們昨晚幹了什麼嗎？該慶幸早上不用去向瑞王妃請安嗎？

也因為太晚了，所以衛烜擔心她的身子承受不住，才會強行將她叫起來吃東西裹腹。

衛烜拿了她的衣服要幫她穿，阿菀接過去，「我自己來。」她有些不自在地說。

衛烜笑道：「妳身上我哪裡沒看過了？幫妳穿衣服也無甚要緊。」

阿菀氣惱地瞪了他一眼，最後只能由得他殷勤地伺候自己更衣。

等她打理好，衛烜將她抱到臨窗的炕上，拉了下炕邊的絲條，一陣清脆的叮鈴聲響起，路雲很快捧著一個食盒進來，食盒裡有一碗煮得軟糯的小米粥和幾碟清爽可口的小菜。

阿菀覺得餓了，當下端起碗，慢條斯理地吃了起來。

雖然餓，卻吃得很慢。

衛烜坐在旁邊，眉眼含笑，眼睛一刻都沒離開她，看得她覺得自己像是被毒蛇盯上，稍稍動一下，這條蛇就會撲上來纏著她，至死方休。

這種感覺令她心驚膽顫，讓她幾乎不敢直視他的眼睛。

「你進宮了？」

「嗯，去向皇祖母和皇伯父請完安就回來了，沒想到妳還在睡。」

阿菀的筷子頓了下，又夾起一片嫩山筍，就著清粥吃掉。

吃了八分飽後，就讓丫鬟進來收拾。

她漱完口，便想起身。

「做什麼？」衛烜伸手過來，直接將她抱到懷裡。

「想走走消食。」阿菀淡定地道。

衛烜見她看天看地，就是不看自己，忍不住皺眉，問道：「妳還能走嗎？」

她怒目而視。

衛烜的眼睛染上了笑意，輕輕握住她的下巴，迫她與他四目相對，結果發現她的視線又開始閃躲，讓他有些不舒服。

到底怎麼了？

衛烜耐著性子，和顏悅色地問：「要不要繼續睡？」

「我想出去走走，吃飽了就坐著躺著，會有肚腩的。」阿菀小聲道。

衛烜噗哧一聲笑出來，大手覆到她的平坦的肚子上，說道：「沒關係，有點肉才好摸。」

結果被她掐了。

衛烜沒理會她的抗議，執意將她抱回床上，自己也順勢脫了外袍躺到旁邊，和她臉貼著臉，彼此的氣息親暱地交纏在一起。

接著，她感覺到了他的身體變化。就著昏暗的光線，恰好看到他染上薄暈的臉。

這下子，阿菀顧不得心裡的異樣，義正辭嚴地道：「不行，我的身體還疼著！」

「哪裡疼？」衛烜含著她的耳垂問。

見他明知故問，阿菀又羞又氣，伸手要捶他，他又道：「要不要再上藥？」

「……不用。」

「可我想妳快點好。」衛烜撒嬌地道。為了歡愉的享受，根本不顧及男人的臉面。

「……」

果然是飽暖思淫慾！

阿菀狠狠掐了他腰間的軟肉，怒道：「你夠了，要不是你昨晚那麼放縱，我會傷著嗎？明明叫你……」到底有些不好意思說下去。

昨晚可不是一次，而是三次。

今天她能在中午時醒來，簡直是奇蹟，而且雖然她沒好意思看，但也能感覺到那東西的分量，她才會這般辛苦。想到他還年少，正是血氣方剛之時，阿菀暗暗叫苦。

衛烜笑了起來，發現她又恢復正常，心裡十分歡喜，不禁將她按在懷裡仔仔細細親吻了一遍，聲音沙啞地道：「我念了很久了……」

他想念了兩輩子，所以不能怪他一不小心就激動得放縱了些。

阿菀不想和他說這事，便轉移了話題，「這次沒受傷吧？」

衛烜拉著她的手指慢慢把玩著，「妳昨晚不是確認過了嗎？」

想到昨晚那種情況下，差點又要來一次談談人生，他也要崩潰了。雖不知道其他夫妻在床上是怎麼樣的，但他可以肯定絕對沒有像他們這樣的。

阿菀忍不住臉紅，說道：「我醉了嘛！」她也沒想到自己這輩子的酒量這麼差，不過是喝幾杯桂花酒就醉了，或者是瑞王妃釀的桂花酒度數與以前喝的不一樣吧。

「往後別喝酒了。」衛烜委婉地說道。別人喝酒絕對沒有像她一樣愛作怪，原本以為可以趁她喝酒時為所欲為，可她就是不配合，讓他差點崩潰。

阿菀看了他一眼，說道：「再說吧。」以後他想要做壞事時，她就喝酒鬧他。

衛烜勾住她的下巴親上來。

擦槍走火之前，阿菀伸手擋住他的臉，繼續問他這次的離京之事。自然沒有問得太深，她也知道這時代男人在外面做事，女人最好不要剜根究底，像衛烜這般什麼都和她交底的男人，世間恐怕只有他一個。

阿菀只是想要確認其中的危險性。

「還好，沒有什麼危險。我帶了人，路平他們的武功都不錯。」衛烜邊親她邊道：「以後就要不太平了。」

這個不太平指的是什麼？朝堂上的，還是邊境上的？

衛烜摸摸她的頭，「不用擔心，我總會護妳周全。無論我去哪裡，都會帶著妳。」

阿菀抬頭看他，突然發現即便他心裡住著一頭野獸，讓他充滿了危險性，她還是會忍不住信任他，對他心軟。

想罷，她終於回應他溫存的吻。

阿菀這一覺睡到了申時末，由於睡太多，她不僅沒覺得精神飽滿，反而更萎靡了。

她打著哈欠，撐著脹痛的腦袋，拖著兩條麵條似的腿下床。

「今天就算了吧，使個人過去跟母妃說一聲就行了。就說妳不舒服，今日就不過去了。」衛烜靠坐在床上，攬著她的腰勸道。

阿菀沒理他，將腰間的手推開，讓青雅她們進來幫自己梳洗，順便泡了杯加蜂蜜的紅茶啜了半杯，精神終於好些了。

收拾妥當後，兩人一起出門。

出門前，衛烜抖開一件披風披到她身上，有些擔心地問：「妳真的能走嗎？要不要叫輛小輦車載妳過去？」

阿菀臉色僵硬了下，眼角餘光瞄到青雅等丫鬟突然變得紅撲撲的臉，便知道她們應該是知道他們昨晚做了壞事，不禁有幾分尷尬，沒好氣地道：「這點路我還能走。」雖然在走路時摩擦到時不太舒服。

衛烜見她惱了，一時間不太明白，可她堅持，他只得作罷，又暗暗想著，若是她堅持不住，大不了背她回來，反正也沒人敢笑話他們。

「你昨晚回來，還沒去向父王和母妃請安吧？」阿菀邊走邊說，很了解他的性子。

兩人並肩而行，阿菀這算是僭越的，衛烜卻不在意，他就是喜歡側頭的時候就能看到她，甚至拉著她的手，和她一起親親熱熱地並肩往前走。

也是他這種態度，讓府裡的下人知道，世子和世子妃感情很好，自然未敢怠慢阿菀。

「早上出門見過父王了。」衛烜答道，沒和她說的是，守在那裡的父王像在守賊一樣，讓他很不快活，所以懶得搭理他，便直接進宮了。

這也不能怪瑞王，三更半夜得知兒子回來，他便睡不著了，想將兒子拎過去詢問他這回出去幹了什麼事，卻聽說他直接回了隨風院，他只好在床上像烙餅一樣翻來覆去，還將瑞王妃給吵醒了。

「你怎麼每次都那麼晚回來？」阿菀抱怨道：「不會是又三更半夜了還在趕路吧？」

「也不是，我是看差不多到京城了，與其在城外隨便尋個地方歇下，不如回城。」衛烜笑了笑，又道：「我有皇伯父給的權杖，可以自由出入，索性就直接回來了。」

阿菀擰了下眉，想說什麼，看到他臉上的笑意，便將話嚥下。雖然覺得他爭這點時間太累人，怕他熬壞身子，可見他歡喜，可能是戀家或是趕著回自己身邊，便不多說什麼。

到了正院，瑞王妃看到手牽著手過來的小夫妻倆親親熱熱的模樣，眼裡不禁有了些笑意，當下招呼他們坐下，又讓丫鬟上茶果點心。

「聽說烜兒是昨晚回來的，今兒一大早就進了宮，可有累著？」瑞王妃關心地問。

衛烜神色淡然地回道：「午時回來歇了下，無妨的。」

正寒暄著，衛嫤也過來向瑞王妃請安了，見到衛烜也在，瞬間變成了一隻小鵪鶉，請完安，便縮在角落坐著。

衛烜也不以為意，上輩子他看不過崔氏那女人興風作浪，將衛嫤和衛焯兩人直接拎到自己的院子裡養著，把崔氏氣了好一陣子。養了幾年，他多少對這個妹妹的性子有點了解。

想到崔氏，不禁又想起這輩子崔氏的命運，不得不感慨敵人不同，命運也不同。

上輩子的崔氏是瑞王的繼妃，和宮裡的鄭貴妃聯手，在太后的病情上打得他措手不及，而這輩子崔氏進宮成了明妃，和鄭貴妃站在了對立面，加之崔氏不能生養，在宮裡不過幾年，便這麼被鬥殘了，以後恐怕要在冷宮待一輩子了。

不一會兒，瑞王帶著衛焯回來了。

衛烜看了眼瑞王，心裡嘖了一聲。

「大哥，你回來啦！」衛焯高興地跑了過來。

衛烜伸手彈了下他白嫩嫩的額頭，懶洋洋地道：「別像個呆子一樣，回去坐好。」

衛焯一點都不在意他嫌棄的語氣，笑嘻嘻地坐到他旁邊，看著他直樂。

衛烜臉皮抽了抽，這個小呆子，也不知上輩子自己不在了，他最後能不能撐起瑞王府，能不能和未來的新帝打好關係。

見人到齊了，瑞王妃便讓人傳膳。

用過晚膳，衛烜被瑞王叫走，阿菀又坐了一會兒，才辭別瑞王妃回隨風院。

回到隨風院，她就讓人準備熱水打算泡澡。

中秋的天氣涼爽，加之昨晚衛烜也為自己擦過身子，沒有出汗不算髒，可阿菀仍是想要泡一下澡，緩解身體的疲憊。

水裡加了些緩解疲勞的玫瑰精油，還灑了花瓣，聞起來芳香馥郁。

「行了，妳們下去吧。」阿菀開口道。

青雅和青環等丫鬟奇怪地對視一眼，倒也沒有違背她的命令，恭敬地退下。

等丫鬟們退下，阿菀才寬衣解帶。低頭的時候，恰好看到胸口上滿布的紅印，臉頰不禁有些發熱。不用照鏡子也知道自己身上的痕跡有多曖昧，甚至連大腿內側都有不少痕跡，讓她怎麼好意思讓青雅她們瞧見？

縮到浴桶裡，浴桶的松香味和玫瑰精油的味道混合在一起，味道還不錯，稍稍舒緩了疲勞的身體，精神也鬆快了幾分。

泡完澡，她換上寬大的白綾長衫，懶懶地歪坐在炕上，什麼也不想做。

正昏昏欲睡時，衛烜回來了。

他湊過來親了下她柔嫩的臉，方笑咪咪地去淨房沐浴。

洗漱出來，他也坐到炕上，和阿菀坐在一起。阿菀拿著巾帕幫他擦頭髮，邊和他聊天，聊的是這幾個月京城發生的事情。

太子和三皇子南下賑災，太子失蹤又回來的事，衛烜自是知道，至於一些紅白喜事及人情往來，聽著阿菀慢慢道來，他聽得津津有味。

阿菀還說到了上個月靖南郡王世子和鎮南侯府莫七姑娘的婚禮。

「……挺熱鬧的，當時去了很多人，我娘說這門親事也算是門當戶對，珺表哥能娶到莫七姑娘，也算是他的福氣。」說到這裡，她嘆了口氣，「靖南郡王妃又懷上了，也不知道這胎會是男還是女。」

衛烜撇嘴道：「不管是男是女，靖南郡王都不缺兒子。」

「這倒也是，所以也不知道她折騰個什麼勁兒。」阿菀嘆氣，她雖然不會樂觀地覺得這世界上的繼母都像瑞王妃和柳侍郎夫人一般明理，可也不要像個鬥雞一樣，總想將繼子繼女都趕盡殺絕。

不怪衛珠會想方設法要鬥倒繼母，只是過猶不及罷了。

衛烜明白阿菀為什麼嘆氣，他的神色有些冷，語氣卻很柔和。

「各人有各人的緣法，妳嘆再多氣也沒用，姑母和妳對靖南郡王府的幾個兄妹已經做到仁至義盡，再多便是過界了，反而不美。」

他的話說得漂亮，心裡卻巴不得阿菀遠離衛珺兄妹幾個。

可惜這輩子的事情與上輩子背道而馳，沒什麼理由讓康儀長公主和阿菀遠著衛珺兄妹幾人。衛烜雖有辦法破壞兩家的交情，卻也擔心康儀長公主看出什麼。若是康儀長公主認為他是個心胸狹隘之輩，不值得託付，那就得不償失了。

他自己不是什麼好人，可希望在岳父和岳母眼裡他是個好人，免得他們的態度影響到阿菀對他的看法。

「你說的對，可是……總有些可惜，珠兒還那麼小，便移了性情。」阿菀端著蜜水抿了一口，「我知道她已經變了，可她自小沒了母親，甚至可憐，讓人忍不住想幫她一把。」

妳憐惜她，當初誰又來憐惜妳？

衛烜忍住質問的話，將阿菀拉到懷裡。這輩子的阿菀沒有經歷過，所以能如此坦然地與衛珺兄妹交好，可他仍是介懷上輩子，阿菀到底是心灰意冷，才會選擇死在新婚之夜。那時候她的身體雖是強弩之末，卻也可以選擇多拖幾天，不至於死在新婚之夜上，讓靖南郡王府被人笑話。

想到這裡，他又將她又摟緊了些，直到她快要透不過氣，才鬆開她，低頭渡氣給她。

「行了，睡吧，明天開始還有好多事要忙。」阿菀拍拍他的背，免得又擦槍走火。

衛烜只得放開她，等丫鬟鋪好被子，夫妻倆躺到床上。

「對了，要擦藥。」衛烜又起身，伸手去床邊的小櫃子抽屜裡取出一個小瓷瓶。

阿菀滿臉黑線，這傢伙就不能不惦記這事嗎？

如果說昨晚阿菀差點鬧得他崩潰，今晚便輪到衛烜差點鬧得她崩潰了。

在阿菀拒絕他幫自己擦藥時，這廝振振有辭地道：「反正妳身上我哪裡沒看過？我上藥細心，不像妳粗心大意又不仔細。」

阿菀：「……」

這人分明就是巴不得她快點好，好行那事。

男人果然是縱不得的！

最後還是他按著她上了藥，等上完藥，她滿臉通紅，他也俊臉微紅，然後激動地緊緊摟住她，在她耳邊道：「下次我一定小心點，不會再讓妳傷著了……」

若是傷著了，就有幾天不能行房事，太苦逼了！

阿菀深吸了一口氣，說道：「睡覺！」

肆之章

秋獵驚變

衛烜回來了，自然要去拜訪親朋好友，還要帶阿菀回岳父岳母家，好讓他們安心。在公主府待了一天，被康儀長公主夫妻熱情款待一番後，夫妻倆方踏著夕陽回府。

衛烜惦記著事情，詢問道：「姑母還沒消息嗎？郁大夫是不是不行啊？」

阿菀很無語，「你還惦記著這事？我看郁大夫根本不精通這種事！」

「總要讓他試試，這樣也能給姑父和姑母找些事情做，免得他們沒事就想要出京城遊歷四方。如今世道不好，他們出門在外沒個准信，咱們也會擔心。」說到這裡，衛烜又皺起眉頭，就在年底，北方幾個部落中的狄部會有動作，到時候也有結果了。

然後，也是他選擇的時候了。

兩人又去了威遠侯府探望老夫人，威遠侯老夫人精神不錯，見他們來，高興地留他們吃午飯，直到晌午才讓威遠侯親自送他們出去。

只是去了威遠侯府的第二日，阿菀和衛烜都被叫去了仁壽宮，迎面而來的是太后的不悅敲打質問。阿菀一聲都沒吭，只看著衛烜幾句話將她哄得露出了笑影，還拉著兩人的手笑著詢問兩人什麼時候會有喜信。

衛烜從容地道：「這事不急，我們還年輕，再緩個幾年也行。」

太后嘆道：「哀家老了，再過幾年也不知道能不能看到你的孩子。」

「不會的，皇祖母會長命百歲。」衛烜的笑容越發溫和。

太后被他說得笑了起來。

阿菀看著衛烜臉上那種明明溫和至極卻蘊著某種說不清道不明意味的笑容，只覺得渾身都不自在，感覺他心裡彷彿又藏了一隻凶獸，正在蟄伏著，隨時可能會將那隻凶獸放出來擇人而噬，危害蒼生。

正說話間，有宮女過來稟報道：「娘娘，三公主身子不舒服。」

太后不悅地道：「怎地又不舒服了？這天天如此不舒服，說出去人家還以為她體弱，這可不行，姑娘家若傳出這樣的名聲可不好……」說著，便喚人去請太醫過來。

衛烜見太后這裡有事，便體貼地和阿菀告辭離開。

送他們離開仁壽宮的是一個眉清目秀的小內侍，他殷勤地將兩人一路送到仁壽宮門，接著對衛烜道：「世子殿下，昨日朝陽宮當值的明月姑姑過來和翠竹姑姑說了幾句話，這話不知怎麼地，讓太后娘娘聽了去。」

衛烜聽罷，眼睛微瞇，讓隨行的路雲賞了小內侍後，拉著阿菀上了轎輦。

直到出了宮，他冷峻的臉色才好一些。

「是五皇子讓人告訴太后咱們去威遠侯府的？」阿菀問道。

衛烜不悅地道：「他如今遭了皇伯父厭棄，不好做什麼，便只會盯著一些雞毛蒜皮的事情揪著不放，虧得他是皇子，竟如此小家子氣！」語氣十分不屑。

阿菀嘆氣，想到對人便幾分親切笑影的五皇子妃何氏，再次惋惜她配錯了人。

而被覺得惋惜的何氏，此時正臉色鐵青地聽著下人稟報，神色不善。

「小姐……」一旁的丫鬟繡雲欲言又止。

何氏抓著桌子一角，抓得很用力，指節都泛白了。良久方將那口氣壓了下來，霍然起身道：「走，咱們去瞧瞧殿下。」

「小姐！」繡雲大驚失色，「如果真的像常嬤嬤說的那般，您現在可不能過去！」

何氏忽然微笑道：「我是殿下明媒正娶的妻子，如何去不得？近來天氣冷了，我要送些湯水去給殿下。」她的笑容溫柔又美好，心裡卻不平靜。

雖早有準備，可是親耳聽到這事，心裡仍是抱著一分希冀。

何氏深吸了口氣，說道：「走！」

繡雲憂心忡忡地跟上去，男人豢養孌童不算太出格，很多公卿都好這口，甚至有些女人還希望男人好這口，至少這樣不會造出個孽種來，可她家小姐不愛這個，她希望五皇子如傳言那般斯文清雅，而不是這樣……荒淫無度。

來到書房，當看到一個衣衫不整、滿臉慌張的清秀小廝跑出來時，繡雲就知事情要糟。果然，那小廝離開後不久，書房裡便傳出五皇子的斥責聲，然後有什麼東西摔到地上，發出一連串的聲響。

繡雲聽得心驚肉跳，急得不行，卻也知道這種時候他們這些做下人的最好不要進去，省得主子們反應過來時要算帳，可又擔心自小服侍的姑娘吃虧。

正要硬闖進去時，守在書房前的五皇子的貼身小廝連波將她攔下了。

「繡雲姑娘，此乃書房禁地，您還是別進去的好。」連波一臉嚴肅，朝縮在角落的小廝使眼色，讓他先退下。

繡雲難掩急色，小聲哀求道：「連大哥，求求你了，你進去瞧瞧吧，我擔心……」她咬了下唇，「若是宮裡的貴妃娘娘知道殿下和皇子妃不和，恐怕要擔心了。」

她不提為五皇子妃擔心，而是抬出宮裡的鄭貴妃，讓連波不得不慎重以對。

連波也知道鄭貴妃希望五皇子夫妻好好過日子，最好是盡快傳出喜信，好讓皇上消氣，讓皇上重新重視五皇子，這樣五皇子才能幫得上三皇子。

五皇子自成親後，雖出宮建府，卻收斂了很多，如今做得很好，可是有些習性難改。

剛才五皇子妃貿然闖進來，一改過去的端莊溫婉，讓連波很是吃驚，直覺這不像是五皇子妃會做的事，怎麼她今兒如此冒失？

這便是男人與女人觀念的差別，對男人來說，一家之主的威嚴不容挑釁，荒唐的事情也應該被包容。只是消遣的玩意兒，何必放在心上？可對於女人來說，那是她曾經帶著憧憬與希望的夫婿，是要依靠一輩子的良人，她努力地想和他維持這段婚姻。只是當發現自己如何努力也不行時，心裡便會生出其他想法。

因此，再謹慎的人，也忍不住想衝動一次。

何氏便是這樣的女子，她想為自己活一回。

就在兩人說話時，書房的門打開了。

眼角微紅的何氏走了出來，嬌小的身子透著幾分柔弱與迷茫。

那種迷茫是從骨子裡散發出來的。

「小姐……」繡雲忙上前扶她，抬頭的時候，恰好看到尾隨她出來的五皇子。

五皇子身上的衣服還算整齊，只是眼含怒意，表情陰冷，讓繡雲不受控制地顫抖，而被她扶著的何氏卻挺直了背脊回視他。

「阿綾，以後莫要再做這種事。」五皇子的聲音溫和，語氣卻很不善。

聽到他的話，繡雲和連波都低下了頭，恨不得馬上離開。

何氏沉默了下，方道：「若是妾身依然如此呢？殿下又將如何？」

五皇子的臉色更冷了，他走過來推開繡雲，扶住妻子的手，捏住她的下頷，迫使她抬起頭與他對視，就聽他輕柔地道：「別挑戰我的耐心，否則妳會知道妳承受不起。」

何氏的身子不受控制地輕顫，眼眶迅速發紅，眼底浮現幾許屈辱之色。

察覺她的異樣，五皇子臉色稍緩，繼續道：「聽話，以後這種事妳便當看不見吧。」

何氏嘴唇顫抖，卻一句話都說不出來。

五皇子摸了摸她的臉，突然說道：「來人，將夫人送回正院歇息。」

繡雲忙扶住身體虛軟的何氏，小心看了五皇子一眼，扶著何氏跌跌撞撞地走了。

等回到臥房，何氏推開繡雲，趴在炕上。雖未有哭聲，但顫抖的肩膀可以看出她正哭得傷心。繡雲將伺候的人都揮退，自己與另一個陪嫁丫鬟繡英一起伺候，兩人安慰何氏。

過了一會兒，何氏終於止住了淚，繡雲忙去打水給她淨臉。

「您別傷心了，當務之急，便是先懷上孩子，等有了孩子，貴妃娘娘也會向著您……」

何氏沉默不語，許久才道：「我如何不知道這道理？可是妳們瞧，除了新婚那個月，後來他瞧都不瞧我一眼，一個月也只有一兩天歇在正房，其他時間都……我一個人怎麼能懷上？」說著，面帶苦笑。

兩個丫鬟互看一眼，不知道如何是好。

何氏靠在大迎枕上，一時間失了神。

今日之舉，看似衝動，實則是想要證明一件事。最後也證明了，無論自己如何努力去爭取，也爭不回那位的心，只因為她不是男兒身嗎？不，如此說實在是可笑，那些孌童於他而言，也不過是發洩的玩意兒罷了，哪裡比得上明媒正娶的妻子？

他不過是在發洩！

就因為去年的那件事，使他失了聖心，從今年二月成親至今已有半年，他仍是閒賦在家，沒有被指派任何差事，可想而知皇帝的態度，雖有緩和卻也不想用他，連眾人都對他避之不及，這讓胸有丘壑的五皇子如何受得了？

他心中的鬱氣無法發洩，只能發洩在身邊的人事上，躲在府裡做這種事，根本不用怕會鬧到外面，因為有她這位妻子為他遮掩，因為他們一榮俱榮一損俱損，誰也繞不開誰。

想到這裡，何氏忍不住又以袖掩臉，遮去眼中的濕意。

她知道他這回惱了她，若是她不按他的話行事，他會毫不客氣地架空自己這位皇子妃的權力，甚至不給她體面，這如何不教她心寒？

她也想讓他振作，想他重新獲得皇上的寵愛，好好辦差，別搞這些鬼蜮伎倆，做一個堂堂正正，頂天立地的大丈夫。

縱使不為君子，卻也不能成為漫無章法的無恥小人。

可是，她得到的卻是他的斥責。

路平站在庭院裡，面帶微笑，接見隨小廝過來的一個穿著市井中隨處可見的葛袍少年。

等那葛袍少年回報完事情，路平打賞了他十兩銀子，笑道：「此事我已經知曉，你繼續盯著，若是那邊有什麼消息，便過來稟報。」

得了十兩賞銀，葛袍少年喜笑顏開。幹他們這一行的，就是看誰的眼睛利，這不，不過是給這位爺提供了五皇子府中的一點小消息，便能得到十兩銀子的賞錢，讓他極為高興，決定要盯緊五皇子府。

葛袍少年離開後，路平也離開了這處宅子，繞了幾圈，方從瑞王府的後門進去。

回到王府，他直奔隨風院的書房。

衛烜站在案桌前，漫不經心地聽著路平回事。

待路平說完，他才放下筆，用清水淨手，說道：「繼續讓他們盯著，不必做什麼。」說著，嘴角翹了下，「不成氣候，不足為慮。」

路平心裡有想法，不過聽了他的話，仍是應了一聲。

衛烜用帕子擦手時，突然想起什麼，自言自語道：「就要秋獵了，這倒是好機會……」

路平不解，衛烜已經起身，離開書房，回到正房。

阿菀正和丫鬟們在整理東西，房間有些凌亂，見他回來，阿菀有些意外。

衛烜這次出門忙了半年，得了半個月的假期，不用進宮當差，所以除了先前幾天去拜訪親朋好友外，接下來的日子都窩在家裡，不是窩到書房去練字，就是去尋瑞王府的謀士說話，或者是去練功房鍛鍊，然後再來黏她。

這種時候他一般是在練功房。

所以見他突然過來，不禁感到驚訝。

「你今天不忙嗎？」阿菀問道。

「沒什麼事，就回來歇歇。」衛烜見她們忙碌，奇怪地問道：「妳們在忙什麼？」

青雅等人互看一眼，笑而不語。

阿菀讓青雅她們繼續收拾，拉著衛烜進了內室坐著，親自倒了杯茶給他，說道：「今早母妃讓人來告訴我，說過幾日就是秋獵，我們到時候也要去，自然是要先準備。」

這是大夏朝開國就有的傳統，每年都會在秋季時舉行圍獵，公卿貴族之家滿十五歲的男丁隨行，不僅是考核他們的騎射武功，同時也用來選拔人才。往年都是如此，沒什麼變化，而今年因為江南沿海海寇橫行，這個秋獵倒是有些與眾不同起來。

衛烜心知今年的秋獵怕是比以往都要隆重，皇帝也會比往年重視，這不只是要為將來的戰事拔擢人才，還要鼓舞人心，而他得做個表率。

當然，還有一個不成文的規矩，每年的秋獵都會有貴族女眷陪同，甚至會特意圈出一個地方給這些女眷玩耍，將門女眷更可以成群結隊一起去狩獵。

阿菀這位世子妃，當然也在其列。

往年阿菀的身子不好，從來沒參加過皇室舉辦的秋獵，去年她剛嫁到瑞王府不久，衛烜便領了任務出京，自然沒有跟去。今年衛烜恰好在這時候回京，便也是被放進名單裡，阿菀這個做妻子的自也要跟去。

阿菀是真有點興奮。

衛烜見她高興，便知她是想去的。

兩人說了些秋獵的事後，一起去正院向公公婆婆請安，然後在那裡用了晚膳。

洗漱過後，阿菀見時間尚早，就拿了針線筐，坐在炕上縫衣服。

衛烜看過去，認出她手中正在縫製的是一件男人的褻衣，頓時有些不好意思。自阿菀嫁過來後，他的貼身衣物都是她親自縫製的，他也不再穿府裡的繡娘們做的。而阿菀幫他做這些貼身衣物時，即便知道不會穿在外面，也喜歡在邊角繡些東西，有時是紫菀花，有時是松竹梅，有時是一些胖乎乎的動物頭像。

阿菀埋頭做了一會兒，覺得脖子有些酸，便放下手中的針線，伸手揉了揉脖子。只揉了幾下，就有一隻手伸過來，用適中的力量為她緩解頸椎的酸軟。

「累不累？喝杯茶。」他又殷勤地端了杯溫茶過來給她。

阿菀接過抿了幾口，見衛烜一雙眼睛亮晶晶地看著自己，神色愉悅，不由覺得奇怪，不知道他在高興個什麼勁兒。

歇了半晌，阿菀繼續幹活，想趁著睡覺前把這件褻衣做好。

成親前公主娘就提醒過她，丈夫的貼身衣物最好是由妻子來做，這樣更顯得貼心。阿菀別的繡活不太拿得出手，但做些穿在裡面的褻衣褻褲還是沒問題的。

等收完最後一針，阿菀想了想，又換了線，在衣襬處繡上青竹。

繡得差不多時，她不經意抬頭，看到坐在對面的衛烜正撐著下巴，笑盈盈地看著她，眼裡有著不容錯辨的癡迷，她手中的動作一頓，差點忍不住翻身跳下炕，離他遠遠的。

「做好了？」衛烜期待地問。

「……差不多了。」

於是，那件剛做好的褻衣被他拿了過去，再將她像小孩子一樣抱到懷裡。

衛烜把她抱到床上，隨後壓了上去。

「身子好了嗎？」他邊親她嬌嫩的臉，邊期盼地問道。

「……」阿菀猶豫著怎麼回答他。

只是還未等她回答，他已經親自去檢查了，驚得她伸手捶他，叫道：「衛烜！」

衛烜又湊過來親了親她的臉，仍是堅定地探進她的褻褲，手慢慢往下滑，摸到了那處還乾燥著的禁地，接著試探性地捏了下，繼而熟練地揉弄起來。

很快便感覺到了濕意。

阿菀用手捂住臉，一雙小巧的蓮足在被子上蹬了蹬，結果被一隻大手抓住，然後她感覺到濕潤的吻沿著她的足背往上蔓延……

「阿菀，看著我好不好？」壓抑的聲音說著，拉開了她掩著臉的手。

昏暗的燈光下，阿菀看到了衛烜臉上的薄紅，心裡不太能理解，明明平時未見他臉紅過，為何在床上總能看見，不知是什麼道理。

就這麼思考間，他已趁機一寸寸地埋進她的身體裡。

❤ ❤ ❤

八月下旬的天氣漸涼，早中晚的溫差頗大，不復八月初時的秋老虎般厲害。

今年的秋獵地點設在西山旁邊的懷安山，半個月前已有士兵去封山清場，等到秋獵的前兩日，羽林軍和禁衛軍便全數出發，駐守在那兒，連著留守在西山的營衛士兵，將整個懷安山嚴密地保護了起來。

在秋獵的前兩天，阿菀又從衛烜那裡得知，今年的秋獵與以往有所不同，參加秋獵的不僅有勳貴，還有京中五品以上的官員及其家眷子女，十分隆重。

這種與以往不同的成員，讓人聯想到江南海寇橫行一事，甚至有些敏感的，也能從這一年來文德帝的舉動中得知，文德帝可能會在未來對北地出兵，只是時間還不確定。

那些嗅覺如同老狐狸般的朝臣決定靜觀其變。

出發前一天，宮裡的內侍過府請衛烜進宮。

文德帝親自發下旨意，明日出行時要衛烜隨侍左右，此乃天大的恩賜。

衛烜卻黑了臉，心裡嘀咕著文德帝多事，一點也不覺得這是什麼恩賜，可是不能抗旨，只得匆匆忙忙和阿菀說了聲，又捧著她的臉對著她柔軟的嘴唇多咬幾下，方換了衣服出門。

阿菀摸摸紅腫的唇，被那位世子爺弄得很是無語。

青雅進來請示是否有要增添的行李，結果發現阿菀的嘴唇比平日紅腫，當下默默低頭，當作沒看見。

阿菀也是第一次參加秋獵，並不知道要準備什麼，幸好路雲以前幫衛烜打理過，可以依照她的經驗，再添上阿菀的東西便行。

檢查過無遺漏後，阿菀看了下時間，換了身衣服去正院。

瑞王妃也在和女兒說明日去秋獵的事，這次除了衛焯這個歲數不夠的倒楣孩子，瑞王府所有的主子都去了，而之所以帶衛嫤去還有一個原因，衛嫤明年就滿十五歲了，到了說親的年齡，瑞王妃想帶她去見見世面，順便看看有沒有適齡的公子。

今年的秋獵與往年不同，去的人更多，許多年輕子弟到時候在獵場上定會有所表現，是挑選女婿的好時機。與瑞王妃有相同想法的人很多，估計到時候應該會有很多未婚的適齡姑娘被父母帶過去。

「剛才宮裡來人，將烜兒叫進宮，今晚怕是會留在宮裡，明日和皇上的儀仗一起出發。」瑞王妃對阿菀道，她主持中饋，這種事自然是第一時間知道。

阿菀笑道：「世子離開前和我說了。」

見她明白，瑞王妃不再多說，轉而問起她行李準備得怎麼樣，順便叮囑她明日出發前記得少喝水，免得在路上不好解決。

阿菀感謝瑞王妃的提醒，心裡暗暗記住。

等快要到晚膳時間時，只有衛焯一人回來，瑞王同樣也被叫進宮，怕是要安排明日皇上出行的事情，看來是不會和他們一塊兒走了。

瑞王妃很淡定，她已經習慣每年都要被男人拋棄，自己一個人出行。

用完晚膳，阿菀回了隨風院，青雅迎了上來，邊伺候她更衣邊道：「世子妃，剛才公主府打發人過來，說公主和駙馬明日也會去懷安山。」

阿菀聽罷，忍不住笑了起來，「這樣也好，又多了些說話的人。」也許對別人而言，這次秋獵有特殊意義，對她而言，卻純粹是去玩順便感受一下氣氛的。

想著在懷安山還能見到公主娘和駙馬爹，阿菀很高興地上床躺下，打算今晚養足精神，免得明天出行沒體力。

不過，自己一個人躺著，感覺有些冷清，卻又想到如果衛烜今晚留下，多半又要鬧自己，似乎他進宮也挺好的。

自從那晚她的身子養好後，他便開了葷，這幾天若不是她阻止，他幾乎每天晚上都會要她，而且每次都像是磨豆腐一樣，磨得她差點崩潰，偏生他還振振有辭，說是怕傷著她，所以要慢慢來。而這所謂的慢慢來，都是在一開始急躁得不行，解了些渴意就開始磨了。

想到這裡，她的臉紅了，連忙拉高被子埋住頭，催促自己入睡。

翌日天未亮，一行人便出發了。

阿菀自己一輛馬車，瑞王妃母女一輛。

上了車，阿菀靠著大迎枕，在馬車有規律的搖晃中昏昏欲睡。陷入半睡半醒的狀態時，忽然感覺到自己被人摟住，那人還擅自擺弄她的身體，讓她跨坐到他身上，將她的臉親了又親，讓她被迫醒來。

她的頭一偏，對方的唇便滑到她的臉頰上。

「你怎麼過來了？」阿菀推開衛烜的臉，頭擱到他的頸窩中。

衛烜摸摸她的背，將她髮上插的那支赤金銜寶石步搖取下，任她的青絲披散而下，然後撫著她柔順的長髮，親暱地蹭著她的側臉，說道：「來看看妳，妳昨晚睡得可好？」

「很好！」阿菀毫不遲疑地道。

衛烜捏著她的下巴，將她好生打量，見她雖然睡眼惺忪，但膚色紅潤，也不知是昨晚睡得好，還是現在未睡醒之故。倒是這模樣看著討人喜歡，讓他忍不住又多親幾下，將她按到懷裡，慢慢地舒了口氣。

這段日子習慣了擁她入眠，昨晚躺在皇宮的偏殿裡，總覺得被子不暖，睡得不踏實。

「你現在不是應該伴在皇上身邊隨侍左右嗎？」阿菀狐疑地問。

「我跟皇伯父說我擔心家裡幾個老弱婦孺，他便讓我過來瞧瞧，可以待兩刻鐘。」

阿菀：「……」真是一分鐘也不浪費！

衛烜摟著她耳鬢廝磨了一會兒，直到時間差不多了，方才離開。

被他這麼一鬧，阿菀的睡意頓時沒了，便將路雲和青雅都叫進來，一起玩牌。

到了懷安山的行宮時，已經是下午了。

懷安山往年也是被設定為秋獵狩場之一，所以這兒也建了行宮，只是今年還來了許多官員及其家眷，行宮不夠住，有些分不到住處的，只得在附近紮營。

身為皇帝的胞弟，瑞王府的人自然是要住在行宮，而且所住之地十分寬敞，環境也很不錯，顯然是內務府特別關照過的。

第一天到達時，自是先安頓下來。原本行宮就有人提前打掃好了，他們到來時，只需歸置行李，再掃灑一遍即可。下人們的動作很俐落，不一會兒阿菀便能住到熏過香、擺上日常用品的房間裡，床上也鋪上了乾淨的被褥。

坐了半天的馬車，她覺得骨頭都僵硬了，就坐下來歇息，順便讓人去打探康儀長公主他們的行宮位在何處。

打探的人回來時，順便捎帶上了孟妡。
「阿菀，明天咱們也去打獵吧。」孟妡笑嘻嘻地說道，顯然對秋獵也很期待。
阿菀搖頭，「我不會騎馬，不能陪妳去。」她這種破身子，可從來沒人想過要教她騎馬，倒是孟妡，活潑又皮實，沒少纏著孟灃偷偷帶她去騎馬。
孟灃被小妹鬧得不行，只好讓人買了一匹溫馴的母馬回來放在別莊中，有空就帶孟妡去騎馬。這事被康平長公主知道，還將他臭罵了一頓，把兄妹倆都罵得莫名其妙，不知道母親為何會這般生氣。
阿菀倒是明白，因為她家公主娘私下嘀咕過，女孩子騎馬容易落紅……意思就是說，可能會不小心震破處女膜，以後成親就麻煩了，所以許多姑娘在成親前都被父母禁止騎馬。
孟妡有些失望，很快又振作起來，笑道：「妳不去也沒關係，大嫂說要陪我去，到時候我獵幾隻兔子回來給妳，讓妳做兔皮披風。」
阿菀笑著說好。
等到晚膳時，衛烜終於回來了。他陪她用膳，邊和她說明天的行程，不外乎是一整天都要陪在皇帝身邊，護衛皇帝的安危。他撇著嘴，一副相當無趣的模樣。
阿菀夾了一筷子紅燒兔肉給他，對他笑道：「明日我可能也會一整天陪在太子妃身邊，可惜皇長孫這次沒來，不然就熱鬧了。」
衛烜不太高興地說：「那小子會咬人，妳被他咬了多少次？」然後又咕噥道，連他自己都捨不得用力咬，讓她鬧了個大紅臉。
「食不言，寢不語！」阿菀陰著臉道，暗忖說別人咬人之前，也不想想自己也是個愛咬人的，從小就愛咬她。

衛烜知她臉皮薄，不好意思說這種事，擔心惹火了她會被她踹下床，便不再說了。只是他雖然不說，一雙眼睛卻不停往她身上瞄，讓阿菀覺得今晚又要辛苦了。

果然，用完晚膳，便見他殷勤地叫下人去準備熱水。

阿菀生性愛潔，事前事後都要清洗一遍身子，就算是天冷的時候，也差不多天天都堅持洗熱水澡，不像其他人，冬天時隔三差五才洗一次。

衛烜知道她的習慣，只要她不生病，萬事都隨她。

等她泡完澡，才剛從浴桶起來，沒披上衣服，就被他急吼吼地用毯子裹住，抱到床上。

阿菀眼角瞄到青雅紅著臉，收拾了東西就跑出去，不由氣得掐了他的手一把，心裡罵他猴急，也不怕人看笑話。

「怕什麼？咱們是夫妻……」衛烜說著，將床帳放下，擋住了吹進來的冷風，又隨手將裹在她身上的毯子扯開，讓她瑩白無瑕的身子呈現在他面前。

昏暗的光線下，她好像看到他的臉又紅了。

再次被熟悉的東西撐滿時，阿菀深吸了一口氣，按住他的背，半晌才習慣那種分量及深度，忍不住恨恨地咬了他一口，說道：「輕點……」

衛烜很聽話地放輕了動作，速度卻沒有減慢，摟著她做著最親密的事，喊著她的名字，那沙啞的嗓音，透過耳膜傳來，令她彷彿連心都酥軟了一般，無處可逃，也不想逃。

等終於結束一回，阿菀有些累，推了他一下，說道：「別來了，明天還要忙，你應該休息了。」她擔心他仗著年輕不知節制，累壞了身子。

「再來一次，好不好？」衛烜摟著她蹭著，吻著她濕潤的眼角，「我昨晚休息好了，今晚睡少點沒關係的。」

自從中秋那晚成了好事後，他便食髓知味，始知原來世界上還有這般快樂的事，於是，對她的人和心都越發貪戀起來，思維更是往扭曲的方向奔去，讓原本覺得他精神有些不對的阿菀覺得更恐怖了。

可以說是神經病的病情更嚴重了。

未得到時已經犯病，得到後卻不是病癒，而是變成了更強大的占有慾。若是見不到她的人，他會心生黑暗；見到了，又會滿腦子想著怎麼將她鎖在視野之內。

偏偏他在她面前總是作出溫和乖巧的模樣，讓人極少能察覺出來。

「……那我也可以明天早上多吃點，晚上不吃也沒關係。」

「這哪行？」衛烜馬上反對，「妳身子不好，飲食要均衡。」

「那不就是了？既然你說不行，顯然今晚你少睡點也不行，所以，睡覺！」阿菀揉揉他的頭髮，感覺自己好像在帶孩子一樣。難道這就像公主娘說的那樣，男人有時候就像孩子，需要女人來哄？

衛烜仍是不依不饒，和她講起道理來，還提出她的小日子快到了，到時候什麼都不能做，就算是休息了。把她堵得啞口無言，覺得他不去當推銷員太可惜了，這口才著實了得。

最後，阿菀沒能守住，再次被他得逞。

第二次的時間有些久，阿菀知道他是故意的，至於為何故意……不提也罷。

阿菀昏昏欲睡時，感覺到他又在幫自己清理身子，連那個地方都仔細擦了，還要檢查一遍有沒有傷著之類的……由於太累，意識迷糊起來，生不出其他感覺。直到第二天清醒，回想起來時，免不了又著惱。

「我先走了，妳若是累的話，可以繼續睡。」已經穿好衣服的衛烜坐在床邊，湊過去親了親她的臉頰，然後撫弄了下她披散的頭髮，溫情脈脈地看著她。

阿菀的臉有些紅，想起昨晚的事，忍不住抓起旁邊的一個大迎枕砸過去。

衛烜始終笑著不動，由著那個塞著鵝毛沒有半點分量的大迎枕落在身上，一點都不覺得疼。等砸了幾下，發了一通脾氣後，他又親親熱熱地摟住她，在她臉上親了好幾下，最後才依依不捨地離去。

阿菀想拿枕頭砸自己。

怎麼就那麼心軟呢？

天色還黑著，外面已經響起了號角聲。

阿菀窩在被子裡躺了一會兒，終究沒有再睡懶覺，等時間差不多了，便叫青雅她們進來伺候她梳洗更衣。

她換上特意為狩獵準備的衣服，那衣服酷似騎裝，袖口和腰身收得極緊，襯得她的身材越發玲瓏有致，讓阿菀自覺帥氣了一回。若是能騎在馬上，就更神采飛揚了。

可惜，只能想想。

穿戴好後，阿菀帶著青雅和路雲兩個丫鬟去和瑞王妃母女會合。三人在侍衛的護送下出了行宮，往女眷們集合的地點行去。

此時天色已經大亮，狩獵區那邊已經聚集了很多人，聽聞皇上、皇子們已一馬當先狩獵去了，就如同要營造尚武之風一般。

女眷這邊也熱鬧起來。

被圈出的那片給女眷們用的狩獵區中設置了休息用的帳篷和高臺，坐在高臺上，可以看到遠處狩獵場的情景。很多夫人都選擇到這地方觀看，皇后及幾位嬪妃、公主早就入座。

阿菀抵達時，看到了很多熟悉的臉孔，目光最終落在和康平長公主坐在一起的公主娘身上，孟妘、孟妡姊妹倆和柳清彤等人也坐在那裡，離皇后很近，想來是有人特意安排的。

阿菀笑著走過去，向皇后、鄭貴妃等人請完安，便坐到康儀長公主身邊。

康儀長公主仔細打量她，溫聲問道：「昨晚可有歇息好？累不累？」

阿菀露出大大的笑容，「不累。」

只是這種笑容太刻意了，康儀長公主察覺有異，忍不住端詳著她。

阿菀怕公主娘發現什麼，趕緊別開頭，與太子妃、康平長公主說起話來。倒不是她想要瞞著公主娘，而是……這種事就算是面對母親，也會不好意思開口。

她從青雅那裡知道，按公主娘的意思，是希望她和衛烜十七歲再圓房的，可是那晚的事情，哪裡能忍得住？反正還有幾個月就十七歲了，也差不了太多時候。

安靜地坐在康儀長公主身後的柳清彤朝她抿嘴一笑，孟妡也對阿菀擠眉弄眼一番，讓阿菀有些忍俊不禁。

「壽安的氣色看起來不錯，看來是遇到好婆婆了。」康平長公主打趣道。每次見到阿菀，她都要提一下她的身體情況，這已經成為一種習慣了。

坐在旁邊的瑞王妃，謙虛地道：「哪裡，她是個好孩子，聽話又省心，我不知道有多喜歡她，還高興烜兒能娶到她呢！」然後又對康儀長公主道：「也是康儀養的好女兒。」

康儀長公主微微一笑，神色間有幾許矜持的喜意，顯然瑞王妃這話說到她的心坎裡了。

「哈哈，妳也會說這些好聽話了！不過壽安確實乖巧，比我家那幾個猴兒好多了，真恨不得她也是我生的才好！」

兩人開始聊起天來，聲音不高不低，附近的人都聽得到。坐在她們左斜前方的三皇子妃等人聽得微愣，莫菲呆呆地看去，只看到阿菀的側臉。她那柔美的側臉，宛若新月初昇，流露著一種靜謐美好的氣息，讓人忍不住想多看幾眼。看完了，又有些心酸。

他們倆的感情……真的很好吧？連瑞王妃都這麼喜歡她……

「七妹妹，妳怎麼了？」莫茹拉著她的手，關切地問道。

莫菲的臉色微白，朝她搖了搖頭。

莫茹見她不說話，眉頭蹙了下，頗是無可奈何。等轉頭看到坐在她另一邊的何氏同樣恍惚的模樣時，心裡更無奈了，不由暗自琢磨著，得找個時間和三皇子談談，讓他去勸勸五皇子，不然又遭了皇上的忌諱，於他們十分不利。

這時，阿菀正詢問孟妘：「大表姊沒來嗎？」

「聽說安兒這幾日身子不舒服，大姊姊走不開，所以沒來，倒是安國公夫人過來了。」孟妘解釋著，抬起下巴點了某個方向。

安兒是孟婼後來生的兒子，如今不過一歲左右。

阿菀循著孟妘的視線看過去，只見安國公夫人坐在一群夫人當中，而她身邊坐著一個年輕靚麗的姑娘，那姑娘眉目洋溢著自信的朝氣，與宋硯有幾分相似。不用說便知這是安國公的小女兒宋貞。宋貞雖不是嫡女，卻是安國公的老來女，故而在安國公府裡十分得寵。

似乎是發現了阿菀的視線，安國公夫人轉頭望過來，然後表情變得不太自然，連笑容也斂了幾分。倒是宋貞發現嫡母的不自在，也跟著看了過來。對上阿菀的視線時，她的目光微閃，然後朝她甜甜一笑。

阿菀笑笑，又和孟妘繼續閒話家常。

說了一會兒話，孟妡突然扯了扯阿菀和孟妘的衣袖，湊到她們面前小聲說：「阿菀、二姊姊，我和大嫂想去圍場上轉幾圈，妳們幫個忙。」又看了眼正和康儀長公主一起拿望遠鏡觀看狩獵場的母親。

阿菀看向孟妘，以為她會阻止，誰知她只是捏了捏孟妡的臉蛋，接著說道：「去吧。」

孟妡小聲歡呼，拉著微笑的柳清彤走了。

阿菀看了眼小姑娘歡快的背影，問道：「二表姊怎麼答應了？不擔心嗎？」

孟妘接過宮女遞來的茶盅，說道：「阿妡好奇心強，若是不讓她去轉一轉，她肯定會一直惦記著，指不定會偷偷跑去。既如此，不如允了她。有清彤在，我也放心。」

她顯然是極為放心柳清彤。

阿菀微微一笑，心想，雖然孟妘愛欺負妹妹，但最疼的也是這個妹妹。

高臺下面出現了孟妡和柳清彤的身影，負責管理馬匹的內侍上前向她們請安，然後去牽了兩匹中等個子的溫馴母馬過來。

康平長公主正好也看到兩人，差點就要站起來阻止，卻被康儀長公主攔下。這大庭廣眾之下的，若是貿然起身叫喊，實在有失身分。

也未等康平長公主派人過去將小女兒帶回來，兩個姑娘已經騎著馬，在一群穿著勁裝的丫鬟和侍衛的簇擁下跑了。

「這丫頭，等會兒我定要好好教訓她！」康平長公主生氣地道。

「娘，弟妹也在，您放心吧。」孟妘勸道。

康儀長公主也道：「是啊，妳要相信清彤，她會護著阿妡的。」

阿菀也跟著勸，省得孟妡回來要挨罵。

康平長公主無奈地扶著額頭說道：「行了行了，我就知道，那丫頭是不是提前和妳們打招呼了，讓妳們來勸我？」見幾人只是笑，便知道小女兒幹的好事，不禁更想罵人了。

孟妡年紀最小，性子又活潑，沒人不喜歡，所以兩家人都對她寵愛得緊，莫怪明知道這樣不好，康儀長公主都忍不住為她說情，想讓她好好去玩。以後嫁人，就沒這般自在了。

隨著太陽漸漸升高，氣溫不冷不熱時，那些坐在高臺上的夫人們早就離開，到下面的山林裡圈出的地方聚會去了。三三兩兩，有點在辦茶會的感覺。一些活潑的小姑娘，也讓人牽了馬來，坐在馬上，讓管馬的內侍牽著韁繩前行。

阿菀和孟妘仍坐在高臺上，拿著望眼鏡看遠方的狩獵場，偶爾能看到在樹林中騎馬奔馳的身影，只是阿菀一直未發現皇帝的蹤影，自然也看不到衛烜了，倒是從不斷回來稟報的人那裡知道，今兒誰拔得頭籌，誰又獵到了虎狼。

就在她看得津津有味時，突然有宮人來報：「太子妃，不好了，福安郡主驚馬了！」

聽到這話，孟妘猛地站了起來，阿菀的臉也白了。

旁邊的皇后吃驚地道：「福安驚馬了？可有傷著？」

鄭貴妃等人也看了過來，雖然沒說話，可表情耐人尋味，只是此時沒人理會她們。

「回娘娘，奴婢不知，奴婢得了消息便趕緊過來稟報了。」

孟妘想去瞧瞧，便請示了皇后。

「去吧，本宮這裡有人伺候。」皇后通情達理地道。

孟妘便拉著阿菀下了高臺，邊走邊問道：「她們現在在哪裡？兩位長公主可知道了？」

先前康平、康儀兩位長公主坐得無聊，便在侍衛的圍繞下，也進了樹林。孟妘因為要伺候皇后，便沒有安排什麼節目，而阿菀自己知道自家事，也沒有貿然前去，而是安安分分地坐著和孟妘喝茶聊天。

「已經讓人去向她們稟告了，奴婢只是聽到消息，就先來回報給您。」

兩人帶著一群人匆匆往圍場趕去。

孟妘走得極快，阿菀差點跟不上她，幸好現在身體好了許多，這般疾走也再不像以前那樣走三步就喘兩下，竟然還能跟得上。

只是，等她們到達目的地，突然發現事情和她們想像的完全不一樣。

侍衛遠遠地站著警戒，隨行的丫鬟們站得倒是近了些，然後便見到柳清彤和孟妡這兩個姑娘憮憮地站在一旁，氣色看起來還行，而康平、康儀兩位長公主正和顏悅色地與一名十八九歲的少年說話。

那少年有一張稜角分明的俊臉，濃眉大眼，身材修長，穿著一襲黑色鑲紅邊的勁裝，整個人英氣勃勃的。只是，他的表情有些冷淡，也不太愛說話，由始至終都漠然地聽著康平長公主說話，偶爾點個頭。

阿菀的視線先是往孟妡身上溜了一圈，沒有發現什麼異樣，終於鬆了一口氣，然後又忍不住看向那個少年。

此處是女眷活動的狩獵場，連大型的雄性獵物也沒幾隻，突然出現個不像駐守在此地的士兵的少年，自然會讓人多想。聯想到剛才宮人來報的話，又看到康平長公主熱絡地拉著那個少年說話，便可以知道，剛才孟妡驚馬時，應該是這位少年出手相助。

「真是太謝謝你了，若不是你，她就傷著了。我好像沒見過你，不知你是哪家的？」

少年見孟妘和阿菀過來，果斷地道：「在下沈罄。」說完，他便拱手向兩位長公主道別，然後翻身上馬，揮起馬鞭，如疾風般離去。

兩個隨從匆忙跟了上去。

阿菀看了眼那少年的背影，又看向孟妡，發現她正偷瞄著那少年，一臉羨慕的模樣，不禁暗暗搖了搖頭。

孟妘問道：「娘，沒事吧？」說著，她瞄了眼懨懨地站在一旁的妹妹。

康平長公主沒好氣地道：「當然沒事！」她瞪了小女兒一眼，怒道：「這丫頭竟敢跑到西北那邊的狩獵區，差點驚了馬。若不是剛才那個孩子好心幫了一把，她恐怕就出事了。」說到這裡，心中還有些害怕。

孟妡趕緊縮到柳清彤身後，可惜柳清彤長得嬌小，遮不住她。

康平長公主又瞪了她們一眼，柳清彤滿臉愧疚，也不管身後的小姑，上前來請罪。「娘，是我的錯，我沒看好妹妹，您就罰我吧。」柳清彤真心實意地認錯。

康平長公主嘴唇微動，正要開口，卻被孟妘攔下，「娘，快午時了，先回去用膳吧。」

康平長公主只得點頭，心知此時周圍人來人往，想要教訓女兒，也不急於一時。於是，再次瞪了小女兒幾眼，便由著女兒和兒媳婦扶著走了。

阿菀也去扶自家公主娘，回頭給了孟妡一個眼神。

孟妡沮喪地跟在後面。

回到圍場中的營帳，裡面已有宮女們準備好茶水，眾人依序坐下。

柳清彤跪在康平長公主面前請罪，孟妡見狀，也忙跑過去，跪到她身邊。

「娘，這不關大嫂的事，是我自己亂跑。」孟妡還是很有責任感的，「我當時看見了一隻兔子，忍不住追上去，誰知會……」

康平長公主的氣已經消得差不多，只是想給小女兒一些教訓，方擺出冷淡的姿態，可見柳清彤滿臉羞愧，想到她也是個可憐的孩子，嫁過來後處處孝順長輩，今兒的事怕也是女兒求她她才答應的，於是心裡那點芥蒂很快消失了。

「行了行了，我不氣了，都起來吧。」

柳清彤和孟妡兩人抬頭看她，看得康平長公主想要生氣時，趕緊站了起來。兩人一左一右地湊到康平長公主身邊，抱著她的手臂，一邊一個嬌滴滴地說著「娘最好了」、「娘是天下最美麗的娘」，讓人實在是生不起氣來，康平長公主還很快被她們逗笑。

阿菀也忍不住想笑，再次確認了柳清彤的性格，果然是十分符合康平長公主的心意，莫怪當初只是見了一面，便將這親事定了下來。

因為發生差點驚馬的事情，所以下午自然是不能去騎馬了，孟妡和柳清彤便拉著阿菀一起打葉子牌，順便叫上了孟妘，四人便窩在營帳裡打牌，過得相當愜意。

康平長公主也拉著康儀長公主到她們的營帳歇息，兩人邊喝茶邊聊天，聊的自然是那位英雄救美的沈公子。

雖然沈罄未表明身分，但是來能參加這次秋獮，不是勳貴便是官家子弟，要查他的身分相當容易。不到半天時間，沈罄的資料已經呈到面前。

晚上衛烜回來，阿菀便和他說起了白天的事情。

「阿妡這次冒失了點，幸好有定國公府的沈三少爺出手相助，不然後果不堪設想。」阿菀忍不住嘆了一口氣。

孟家幾個姊弟，真是龍生九子各有不同。

孟婼出生時正是當年奪嫡最激烈的時候，無論是朝堂後宮，情況都不好。康平長公主自顧不暇，疏於教養，孟婼便養成了柔弱的性子。孟妘出生後，康平長公主終於能分一點心思放到兒女身上，可還來不及好好教，便懷上了第三胎，卻是一直期盼的兒子。

身為家中唯一的男孩子，孟灃自是要擔起孝順父母、照顧姊妹的重任，於是他被康平長公主帶在身邊，卻將兒子養成了和她一樣豪爽的性子。那時候文德帝剛登基，朝中局勢不穩，難免又疏忽了二女兒的教育，等到發現時，二女兒已經形成了孤拐的性子。

輪到最小的女兒出生時，文德帝登基好幾年了，一切塵埃落定，四海昇平，又因孟妡是家裡最小的孩子，便縱容了些，嬌寵了些。

所以，孟妡可以說是在萬千寵愛中長大的，生平唯一不順心的事，最多也只是和三公主的口角之爭。孟妡一路順風順水地長大，沒有被嬌慣壞，也多虧了孟妘管得極嚴，才讓她開朗活潑卻不嬌縱。

只是雖然不嬌縱，但到底是千寵萬寵地長大的，身分地位擺在那裡，有時候難免會冒失了點。幸好即便冒失，若是發現自己錯了，還是會馬上改進。吸取教訓後，下次就不會再犯。

孟妘將她教得不錯。

「定國公府的三少爺？沈罄？」衛烜有些驚訝。

阿菀笑了起來，「對，聽說是叫沈罄，字子仲。他救了阿妡，在康平姨母詢問他時，卻什麼都不說，看起來是個沉默寡言的人，似乎不太好相與。後來康平姑母叫了人來問，竟然很多人都對他陌生得緊。後來特地讓人去查了才知道，原來他竟是定國公府的三少爺。據說他自幼隨父母駐守西北陽城，父親是振威將軍，極少回京城。」

定國公府是行伍出身，歷代有能幹的子孫鎮守西北邊境，素來得皇帝重用。如今這一代的定國公府，便是由嫡次子駐守西北，幾年難得回來一次。

定國公府的規矩頗奇怪，有能者便會被派去西北邊境，比起要襲爵卻顯得軟弱的長房，二房確實能幹得太多，也因為太能幹，才會被派去西北，難得回京城一次。

衛烜自然知道定國公府先祖定下來的規矩，不置可否。聽著阿菀道來，不禁想笑。

上輩子好像也是因為沈罄救了那個蠢丫頭一次，康平長公主才會看對眼，捨了相看許久的定國公府的長房嫡孫，為小女兒定下了定國公府二房的沈罄。如今，同樣是沈罄救了孟妡，也不知如今康平長公主還會不會再將女兒嫁過去。

只是……上輩子是因為情勢不利，太子和太子妃孟妘一直沒消息，得寵的皇長孫是三皇子妃所出，鄭貴妃一脈咄咄逼人，孟灃的親事被三公主一再破壞，京中之人見風轉舵，不願意與康平長公主扯上關係，與鄭貴妃一脈交惡，使得孟妡的親事也同樣一波三折。

也因為如此，康平長公主方看中沈家二房在西北的勢力，將女兒嫁過去，想借沈家二房的勢，保住小女兒。

上輩子康平長公主是不得已為之，這輩子呢？怕是捨不得將女兒遠嫁到邊境吃苦吧？

「我還聽說，這位沈公子回京好像是為了他的親事。西北陽城沒有合適的人選，沈公子的母親不願意兒子屈就，便修書一封，讓京裡的定國公老夫人幫忙相看。」阿菀繼續道。

衛烜聽得漫不經心，回想了下今日的事情，那些人逐一在腦海中掠過，最後定格在一張神色冷淡的面孔上。

那人彷彿天生冷心腸，少言少語，倒是和孟妡這個話嘮截然相反。

也不知這輩子會是如何？

想著，他將手裡的果露一口飲盡。

阿菀見他喝完，便伸手接過，對他道：「今日一天辛苦了吧？快些去歇息，明日還有得忙呢，免得累著了。」

衛烜用水漱口，拉住她的手道：「不急，再坐一會兒。」

阿菀今日沒去哪裡，自然沒有太累，便靠著大迎枕，陪他繼續閒聊起來，順便詢問他們今日狩獵的事情。

衛烜撇嘴道：「我一整天都跟在皇伯父身邊，沒什麼表現的機會，倒是皇伯父武勇不輸當年，很快便獵到了一頭鹿。」嘴上讚著，臉上的笑意卻有些冷。

阿菀心有所感，卻道：「哦，我也聽說了。當時我和二表姊坐在皇后娘娘身邊，也聽到了宮人來報的消息。剛才晚宴，咱們桌上那道烤鹿肉，聽說便是今兒皇上獵的那隻鹿吧？」

「自是如此。」

阿菀差點笑出來。

文德帝這些年來養尊處優，縱使年輕時如何武勇，想必現在身手已經不比當年，但他是皇帝，而且邊境將要不太平，便有心營造尚武之風，自然要身先士卒，帶頭做榜樣。

上行下效，下面的人為了拍皇帝的龍屁，便要表示一番，所以當然要讓皇帝第一個獵到鹿，這也算是一個好兆頭。

看衛烜的神色，阿菀便知他對裡面的彎彎繞繞挺了解的，而且十分不屑。她心中一動，突然想起，私底下的衛烜，對那位皇伯父像是從來都有些不以為然，並未像其他人一般，對皇帝有著天然的敬畏。

聊了片刻，衛烜突然道：「時間不早了，咱們歇息吧。」說完，他伸手抱她。

阿菀忽然被騰空抱起，讓她下意識摟住他的肩膀。

當兩人的身體貼近時，總會讓她感覺到男女天生的差異。她嬌小而柔軟，他高大而硬實。他一隻手就能將她輕鬆抱起，大手完全能包裹她的手，她在他面前顯得特別纖細。這種感覺相當強烈。

更強烈的是，他不經意間流露出的侵略感。

「剛才不是說不累嗎？」阿菀忍不住嗔道。

衛烜將她放到床上，將床帳放下，跟著一起縮進被子裡，伸腿蹭著她的腳，說道：「我只是說不急，沒說累。當然，其實我也不是那麼累。」他邊委婉地說，邊試探地拉她的衣帶。

發現他的動作，阿菀便知道他想要做什麼了，不禁很無語，心跳也有些快。

「不行，你明天還要當值，你會累的……」

「若是我不覺得累呢？」衛烜咬住她的耳垂，「我真的一點也不累，不信妳摸摸。」

被他強勢地拉著手摸到他身下的某個東西，這一刻，阿菀有點想用力捏到他不想。

不過，只是想想。

這個夜晚依然很不和諧。

被像煎餃子一樣翻來覆去地折騰，阿菀很想咬人，為什麼他的精力這麼充沛呢？

她也知道，兩人剛圓房不久，少年血氣方剛，自是念著這種事。只希望他新鮮勁兒過去後，懂得克制收斂，如今，只能暫時縱容他幾分。

「我已經每天都儘量在練功房裡發洩多餘的精力了。」衛烜在她耳邊委屈地說：「所以妳要好好養身子，除了妳，我誰都不想要，也不想看……」

阿菀被他說得非常愧疚，很快又覺得不對，她到底在愧疚什麼啊？都怪他的聲音太委屈了，害她差點上當。只是……夫妻的夜生活挺影響夫妻的感情，她不想因為這麼點兒事，破壞兩人的情誼。

於是，她有些抗拒的身子又柔軟下來，如水般包容著他。

衛烜果然激動了，甚至控制不住力量，發現她蹙起眉時才趕緊放輕，但速度和深度都不滅，有時候非要聽到她嬌喘不可，更愛看在剎那間，她臉上那種再也隱忍不住的表情。如一朵在月夜中綻放的牡丹花，盛著露珠，美麗動人。

事畢，阿菀很快就睡著了，甚至還未等他退出去。

衛烜輕輕擁著她柔軟微熱的身體入懷，讓兩人的身體更貼近。他的唇沿著她的臉頰往上移，吮吻住了她眼角未落下來的淚。

有些鹹。

翌日，衛烜起床時，阿菀隱約有感覺，便也跟著睜開了眼睛。

衛烜正在繫腰帶，看到她擁著被子坐起身，一張臉紅撲撲的，就像紅蘋果，讓他突然有些想要吃蘋果了。

「我要出去了，天色還早，妳繼續睡。」衛烜坐到床邊，幫她攏了下頭髮，見她蹙著眉，手撫向腰間，便伸手幫她揉了下腰。

昨晚她睡著時，他花了點時間幫她按摩，她應該不會太累才是。

阿菀睡眼惺忪地看著他，突然說道：「知道了，你小心些。」

衛烜笑著親了親她的臉，直到時間差不多了，方才出門。

等阿菀再次清醒，天色已經大亮，她只得趕緊起床。

起床穿衣服的時候，低頭看到身上的痕跡，特別是看到胸脯上的吻痕，忍不住又臉紅。只是在摸了下腰間時，竟然沒有什麼疲累的感覺，讓她不由得詫異。

難道她天賦異稟，竟能採陽補陰？

她不禁捂臉，自己到底在想什麼？腦補太多了！

路雲和青雅進來伺候她洗漱，阿菀儘量不瞄向正在整理床鋪的路雲，省得臉皮繃不住，忙轉頭和青雅閒聊。

「咦，怎麼會有蘋果？」阿菀奇怪地看向桌上那盤紅蘋果，看起來色澤誘人，不過她不愛吃蘋果，總覺得太硬，她只吃那種熟透的蘋果，但仍是比不上現代那種嫁接過的品種。

青雅幫她綰好頭髮，挑了一支金絲累鳳珠釵插上，又拿了一對紫荊花赤金耳釘為她戴上，襯得她眼眸清澈，膚色越發白皙，然後笑著說道：「今兒世子出門時特地交代的，他讓奴婢準備了蘋果，還拿了兩顆蘋果出門。」

這是什麼怪習慣？

阿菀不解，想想便放下了。

打理好自己，她又隨便用了些早點就出門。

今日依然是和瑞王妃母女倆一起出門的，三人邊走邊聊。

應該說，是阿菀和瑞王妃邊走邊聊，衛嫤當個小跟班，而阿菀和瑞王妃所聊的話題，衛嫤根本插不上嘴，甚至傻呆呆的不知母親和嫂子說的事裡還有為她相看的未來夫婿。

兩人明著討論昨天狩獵的事情，實際上在點評當時那些少年公子的品貌及能力。

瑞王妃回頭看見女兒的呆模樣，忍不住又想要嘆氣。她和阿菀說得這麼直白，女兒卻還沒有反應過來，真是愁煞人了。

到了昨日觀看狩獵的地方，她們並沒有去那高臺處，而是去了旁邊歇息的營帳。許是昨日已經看過，今日去高臺的人不多，大多是在帳子裡歇息聊天，或者是趁機走動拉關係。

而在這營帳裡，並未見太子妃，也未見康平、康儀兩位長公主，只有孟妡和柳清彤坐在那裡無聊地玩葉子牌。

阿菀被孟妡拉到了一旁，蹙著眉小聲地說：「阿菀，剛才我聽說太子今兒身子不適，娘親和姨母過去探視了。」

阿菀吃了一驚，忙問道：「怎麼了？」

「我也不知道，剛才二姊姊身邊的丫鬟過來和我提了句，說二姊姊今兒要在行宮照顧太子殿下，不會過來了。」說著，又補充道：「聽說皇上原本今日要考核諸位皇子的騎射武功，可是太子卻在這當口身體不適，這……會不會讓人說閒話啊？」

阿菀明白她的擔心，不過是擔心有心人會拿太子體弱來說事。雖然太子這些年來行事無差錯，可體弱卻是不爭的事實。文德帝現在還能包容兒子的這個缺點，等到他年紀大了，心思更難測時，會不會在有心人的慫恿下，也覺得太子身子過於孱弱，不足以擔當大任，到時候又要衍生出許多變數來？

除此之外，還有三皇子、四皇子等身強體壯的皇子作對比，會不會讓文德帝更難受呢？

心裡想著，阿菀卻沒說什麼，只拍拍孟妡的手笑道：「別亂想，既然二表姊能讓人過來說一聲，證明太子只是小恙，估計休息一下便沒事了。」

孟妡想起平時二姊姊的行事方式，也覺得阿菀說的對，就不再糾結這事，但還是打發了人送了盤個今兒內務府送過來的蘋果去行宮給太子妃。

阿菀看得好笑，怎麼又是蘋果？

「今年的蘋果長得好，送幾個給二姊姊嘗嘗。」孟妡嘿嘿地笑著，「雖然二姊姊那裡不會少這種東西，可這是妹妹送的，意義不同。」

阿菀點點頭，柳清彤也笑盈盈地看著她們。

三人又坐到一起，阿菀詢問道：「對了，昨日回去後，姨母沒生氣吧？」

孟妡高興地說：「娘親什麼都沒說呢！」

柳清彤看了她一眼，含笑不語，想起今兒一早出門前，丈夫對她說的事，說是婆婆讓他今兒在狩獵場那裡好生觀察那位沈三公子，怕是有什麼想法吧。

阿菀看了眼柳清彤，見她笑咪咪的模樣，便知這裡面另有內情，便轉移了話題。

去送蘋果的人回來了，順便帶回了孟妘的意思。

「太子妃說太子也覺得這蘋果好，多謝郡主送來的蘋果。」

聽到這話，孟妡安心了，又快活起來。

只是，今日依然是有波折的一天，不到午時，便又傳來了三皇子驚馬的消息。

昨日是孟妡驚馬，今日輪到三皇子驚馬，讓聽者無不錯愕。

只是，昨日孟妡驚馬時有驚無險，沒有引起什麼關注，連文德帝聽後，知道有人救了侄女，還特地詢問了那救侄女的沈公子幾句，多的便沒了。而三皇子則不同，他不僅是太子之下最年長的皇子，也是深得文德帝看重的皇子，使得三皇子與太子隱隱成了對立之勢，雙方維持著一種微妙的平衡。

若是三皇子出事，那麼太子將會一家獨大……

所以，聽到三皇子驚馬，眾人第一時間便去詢問他如何了，對此事十分關注。

阿菀也一樣關心，在得知三皇子出事時，她悚然一驚，腦子裡已經想到了三皇子若是出事的後果，不由暗暗希望三皇子也和孟妡一樣，都是有驚無險。

在孟家隨行的丫鬟來報時，柳清彤和孟妡皆站了起來。

「現在怎麼樣了？可有三皇子的消息？」孟妡追問道。

來報的丫鬟道：「現在還不清楚，不過聽說三皇子殿下被侍衛們送回來時，很多人看到他的衣服沾了好多血，隨行的太醫都被召過去了。」

聞言，眾人啞然。

衣服沾了很多血是怎麼回事？

是自己的血，還是別的什麼東西的血？

連太醫都被召過去，可見事情並不樂觀。

「繼續去查探狀況。」阿菀吩咐道，等那來報的丫鬟要離開時，又叫住她道：「等等，若是那邊情況不對，就不用問了。」

那丫鬟不懂什麼叫情況不對，忍不住看向柳清彤和孟妡，見孟妡點頭，便趕緊離開。

孟妡不由自主地在帳篷裡轉圈圈，咬著嘴唇，非常不安。阿菀也目光沉沉地坐在那兒，整個營帳不復先前打牌說笑時的熱鬧輕鬆，讓柳清彤心裡突突跳著。

柳清彤在渭城長大，那裡遠離京城，雖然柳老夫人的見識不俗，將她教養得極好，可到底不如阿菀和孟妡這般在皇城中長大，對於政事嗅覺更敏感，只是從一些風吹草動中，就可以感覺到不同尋常的氣息，所以她不能理解為何兩人這般緊張，但也直覺跟著緊張起來。

那查事的丫鬟又回來了，沮喪地道：「郡主、世子妃、少夫人，奴婢無能。奴婢剛到時，便見三皇子的營帳附近戒備森嚴，除了太醫外，其他閒雜人等不得入內。」

阿菀聽罷，暗暗吸了口氣，終於意識到三皇子這次傷得不輕。

孟妡也倒抽了口氣，不由得開始擔心起來。

三皇子這次確實傷得不輕，他沒有孟妡的好運，沒有個美人來救英雄。當時他整個人從馬上摔了下來，不僅摔折了腿，藏在樹叢中的一支尖利的樹枝還從他的大腿根部穿過。

營帳內瀰漫著淡淡的血腥味，鄭貴妃和三皇子妃皆守在床前哭泣不止。皇后訕訕地站在那裡，瞄見皇上鐵青的臉色，想起兒媳婦那張冷幽幽的臉，果斷地拿帕子也半掩住臉，一副傷心得感同身受的模樣。

太醫幫三皇子處理完傷勢後，臉色不太好看，三皇子此時已經服了安眠藥入睡，只是可能因為疼痛，縱使在夢中，也依然蹙著眉，十分不舒服的樣子。

「太醫，我三皇兒如何了？」鄭貴妃眼睛紅通通的。

莫茹扶著鄭貴妃，同樣緊張地看著太醫。

皇后眼珠轉了轉，看到坐在旁邊的皇帝，忙又低下頭。

先前太醫幫三皇子治傷時，由於三皇子身上還有其他傷口，女眷不好在場，所以也不知道他傷得如何。可是看這些太醫神色沉重，讓她心裡也不禁提了起來。莫非三皇子摔斷了腿不能好了？還是傷著了其他什麼地方，所以才流了那麼多血？

皇后既盼著三皇子傷得嚴重點，又擔心皇帝雷霆大怒，自己受到連累。

「貴妃娘娘放心，三殿下現在無事，只是須得好生休養才行，近段時間最好不要輕易下床。」太醫含糊地說。

這時，文德帝起身，走出了營帳。

幾位太醫被叫了過去，當看到坐在主位上的文德帝，只有楊慶守在那兒時，太醫們心裡都咯噔了一下，直覺不好了。

「朕再問一次，三皇子如何？」

冰冷而威嚴的聲音響起，那語氣裡蘊含的殺意，讓跪在地上的幾位太醫都忍不住身體發抖，一時間不敢再說話。

「陳太醫，你說。」

被點名的陳太醫暗暗叫苦，卻不敢不回答，只得出列，儘量用委婉的語氣道：「皇上，三殿下的腿傷得小心休養，否則會留下足疾之症，至於大腿處的那傷……」他吞嚥了口唾沫，小心地斟酌著語氣，含糊地道：「現在臣也不能確認以後會如何，好好醫治的話，應該有五成痊癒的可能性。」

「五成？」

陳太醫趕緊道：「是八成！」

果然，那股殺意退去了，接著是皇帝聽不出喜怒的聲音：「哦，八成的話，那就是能痊癒了。如此，三皇子便交給你們了。」

幾位太醫紛紛應喏，然後躬身退出去，到隔壁專門空出來的營帳裡為三皇子煎藥。

「陳太醫。」一名年約四旬的太醫上前，低聲道：「您怎麼對皇上說三皇子的傷有八成痊癒的可能……」

陳太醫心裡苦笑，面上卻道：「是有八成，只要好生休養，自然會痊癒的。」說著，他看了一眼隔壁三皇子的營帳。

那位太醫還想說什麼，猛然聽到一個嬌呼著「皇上」的聲音，頓時心頭一凜。

其實不管有幾成的把握，皇上只是想要一個能堵住世人的說法，由此轉移大家的視線，不然當時也不會將鄭貴妃、三皇子妃等人揮退出去，不讓她們看到三皇子的傷。他們即便心裡知道男人傷著了那地方，會有被廢的可能，卻不允許這種事情傳揚出去，縱使是結髮的妻子，皇上也不允其知道。

皇上這是為了維護三皇子的面子。

在文德帝重新回到三皇子的營帳時，圍在三皇子床前哭泣的鄭貴妃陡然起身，走到皇上面前，哭著跪了下去。

「皇上，煖兒他……您一定要為煖兒做主啊！」鄭貴妃哭得肝腸寸斷。

莫茹也低頭拭淚。

皇后哭不出來，只得用力揉紅了眼睛。

文德帝心情很不好，沒心思理會別人，只道：「妳放心，這事朕定會讓人徹查。」

鄭貴妃哭著點頭。

就在這時，營帳外突然響起一陣喧鬧聲，文德帝眉頭一豎，正欲生氣，便見五皇子衝了進來，臉色煞白，目光一轉，看到了床上人事不省的三皇子，瞳孔微縮。

「父皇……三皇兄，無事吧？」

文德帝見他滿頭大汗地衝進來，關切之情溢於言表，臉色微緩，說道：「放心，太醫說只是摔折了腿，休養些日子便無事了。」

五皇子終於鬆了一口氣，然後又問道：「可是兒臣聽說三皇兄當時流了很多血……」

「無礙，不過是被藏在樹叢中的樹枝劃破了皮膚，流了些血罷了。」

五皇子直覺哪裡不對勁，可是文德帝的話讓他一時間也無法知道哪裡不對，只得暫時相信兄長其實是無事的。

說完了三皇子的傷，五皇子突然遲疑地道：「父皇，皇兄怎麼會驚馬？」

文德帝冷聲道：「朕已讓人去查了。」

五皇子目光微閃，正要說話，卻聽到帳前有人來報，太子和太子妃到了。

一臉病容的太子被太子妃扶了進來。

太子進來的剎那，便感覺到兩道強烈的視線落到了自己身上，一道充滿了刻骨的怨毒，一道充滿了威嚴的審視，讓他的心不由自主提了起來，身體也有片刻僵硬。直到手臂發緊，方發現扶著自己的那隻小手將他的手臂抓得很緊，讓他回過神來。

感覺到身邊的人的情緒同樣不穩，太子慢慢地放鬆下來。

身為丈夫，他總要護著她的。

太子從容了幾分，上前向帝后請安後，輕聲道：「父皇，三皇弟如何了？太醫怎麼說？兒臣今兒身子不適，在行宮歇息，聽聞三皇弟驚了馬，放不下心，便過來瞧瞧。」

太子昨日可能是在狩獵場上吹了風，晚上回行宮時便有些發熱，等到打了兩更鼓時，太子宣了太醫，文德帝也被驚動，得知太子感染風寒，便打發人過來探視，又叮囑他好生歇息。直到今天早上，太子的體溫仍是偏高，文德帝便讓太子在行宮歇息。

這一會兒，太子聽說三皇子落馬的事，自是不能再躺了，匆匆忙忙地換了衣服，就和太子妃過來探視。

文德帝神色冷峻，深深地看了太子一眼，視線劃過他蒼白的面容，臉色緩和了幾分，對他道：「熜兒無礙，只是摔折了腿，需要養些日子。」

太子忙問道：「對以後行走可有礙？」

「只要好生養著，倒是無礙。」

太子終於放鬆下來，蒼白的臉龐露出了輕鬆的笑容，然後又咳嗽起來，駭得皇后緊張地喊了一聲「燁兒」，焦急地想要他快些去歇息。

文德帝的目光掃過皇后慌亂的表情，終於溫和地對太子道：「你身子不好，回去歇息，這兒有朕看著，你不必掛懷。」

「是啊是啊，你又不是太醫，在這裡也無濟於事！」皇后忙道，彷彿生怕太子被這營帳裡的血腥味沖得馬上病情加重一般。

皇后說這話真是太不合時宜了，不僅文德帝臉色難看了幾分，連鄭貴妃和莫茹的表情都有些不好，五皇子的目光更是冰冷。只是皇后只擔心兒子，哪裡注意得到他們的神色？

倒是孟妘注意到了，心裡著實無奈，便道：「父皇、母后、鄭母妃，你們放心，三皇弟吉人自有天相，定會無事，兒媳和太子殿下先回去了。」說著，又朝莫茹和三皇子頷首示意。

幾人的臉色方緩和些。

孟妘扶著太子出了營帳。

走出營帳時，臨近深秋的風吹來，讓他感覺有些冷，此時方發現額頭已經出了層冷汗。

孟妘拿帕子幫他擦汗，清冷的美目安靜地看著他。

太子握住了她的手，突然朝她一笑。

孟妘心裡嘆了口氣，也回以一笑，然後扶著他回行宮。

太子離開後，文德帝又去詢問了太醫幾回，方在眾人的恭送下回了皇帳。

文德帝坐在皇帳中靜默無語，直到桌上的熱茶慢慢變冷，回神時便看到站在旁邊的人正在小心地撫著袖子。

「烜兒。」

衛烜嚇了一跳，差點讓袖子裡的東西滾了出來，他猛地看向皇上，問道：「皇伯父，您有什麼吩咐？」

文德帝的目光凝在他的袖子上，問道：「你那裡藏著什麼？」

衛烜看了他一眼，乖乖地將袖子裡的東西拿了出來。

兩顆紅蘋果。

「……你揣著兩顆蘋果在身上做什麼？」文德帝不覺好笑。

衛烜笑道：「今兒一早出門時，瞧見這蘋果紅得好看，有點想吃，便帶在身上了，誰知一直跟在皇伯父身邊，沒時間吃。」說到這裡，露出不好意思的模樣。

文德帝聽完他的話，若有所思地看著他。

衛烜只當不知，如往常般朝他笑著，既大膽又無辜。

文德帝仔細看他，到嘴裡的話一轉，最後道：「行啦，朕倦了，你退下吧。」

聽到文德帝的話，衛烜乾脆俐落地退出去。

只是等出了皇帳，原本清亮的眼神劃過了幾縷陰沉，眉宇染上戾氣。

他忍住心裡那股殺意，冷著臉，朝孟灃的帳篷行去。

來到孟灃歇息的營帳，卻從守在那兒的隨從口中得知孟灃不在。

「他去何處了？」衛烜皺眉問道。

隨從見他冷臉，腿肚子發顫，生怕他發脾氣，忙道：「少爺被皇上派來的人叫走了。」

衛烜眼瞇微瞇，眼底似有什麼東西劃過，又問道：「是幾時的事情？來叫他的人是誰？可知叫他去做什麼？」

聽他問得仔細，那隨從心裡更忐忑了，趕緊答道：「一個時辰前，是皇上身邊的內侍康安來叫人的，不知去做什麼。」

衛烜眼神微微一變，神色更是陰沉不定。

一個時辰前，他跟著皇帝，後來三皇子出事，皇帝趕過去後，他們這些羽林軍皆守在三皇子營帳之外。當時給三皇子醫治傷勢時，除了皇上和太醫，甚至連皇后、鄭貴妃和三皇子妃都不得入內，如此也不知道三皇子的情形如何。但是從後來皇上回到皇帳時的神色來看，三皇子傷得多半不輕，不僅僅是摔斷了腿這般簡單。

只是那時候皇上將他們全部支開，又讓人將孟灃叫走，讓他肯定了先前的猜測。皇上在懷疑他們！

「若是你主子回來，讓他盡快過來尋我。」衛烜交代道。

那隨從恭敬地應下。

衛烜又看了三皇子的營帳方向一眼，便轉身離開。

等他回到了歇息的營帳，剛坐下喝了口茶，便見路平進來，神色有些凝重。

「世子，」路平過來，低聲道：「沒有任何痕跡。」

衛烜眉頭擰得更緊，「查不出來？」

「是的，屬下仔細看了，那裡並無什麼特別之處。」聲音頓了一下，他又道：「三皇子的馬已經被皇上讓人看管起來了。」

如果不是周圍的環境，那麼便是三皇子的馬本身出問題了。只是，三皇子落馬後，文德帝已經派了禁衛軍將那兒監視起來，讓刑部辦案之人去探查。路平也是費了些功夫，才查到一些蛛絲馬跡，至於三皇子今日騎的馬已被拉走，他卻是沒有辦法的。

衛烜也清楚這點，並沒有勉強他。

正說著，突然有個小內侍跑了過來，行了禮後，輕聲道：「世子，常公公讓屬下傳話給您，三皇子的馬被刑威大人帶走了，刑大人叫了好些醫官和獸醫過去。」

衛烜淡淡地應了一聲。

小內侍離開後，衛烜看了看時間，叫來一個隨從，吩咐道：「去瞧瞧世子妃是不是還在福安郡主那兒。」

那隨從領命而去。

衛烜坐在帳內，端著茶盅慢慢喝起茶來。

越是危急，他越是冷靜。

孟灃匆匆忙忙趕過來時，看到的便是這樣的衛烜，不禁心裡一鬆。

從聽到三皇子落馬開始，他便有不好的預感，接下來的事情，更加深了他的不安。

三皇子渾身是血地被送回來，太醫全部被召過去，禁衛軍幾乎全都出動，刑部的刑威也被叫了過來，他則是被皇帝叫過去……

種種跡象，無不表明這次的事情的嚴重性，還有那位皇帝，到底是怎麼想的？

「阿烜。」孟灃大步走過來，臉色凝重，「刑威讓醫官和獸醫將三皇子的馬解剖了。」

衛烜點點頭，嘲弄地道：「這倒是刑威會幹的事。」然後又冷笑了下，「只是既然是早有預謀，只怕就算他解剖完，也找不出什麼。縱使找出了點什麼，也壞不了事。」

孟灃聽得心驚，忍不住問道：「太子和太子妃還好吧？皇上……」

「方才太子帶病過來了。」

聽罷，孟灃眉頭蹙得更緊了，低聲問道：「皇上他……」見衛烜面露諷刺之色，頓時什麼話也問不出來。

兩人坐在那裡皆不語，一時間不知道說什麼好。

半晌，衛烜終於道：「三皇子是皇上扶持起來制衡太子之人，若是三皇子出事，太子獨大，恐怕會遭皇上忌憚，這於太子不好。太子稍有些不慎，便會遭到皇上厭棄，屆時便是下面的皇子的出頭之日。」

說著，他不理會孟灃驚駭的神色，半閉上眼睛。

兩輩子都是同一種手法，讓他不得不懷疑那個藏在暗處的人，是個很會揣摩君王心思的人，甚至是個十分了解文德帝之人。

那人到底是誰呢？

上輩子太子無後，最後甚至以不名譽的方式死去，留下三皇子獨大，而三皇子便輸在了年紀上，皇上正值春秋鼎盛之時，最為忌憚年長而得勢的皇子盯著他屁股下的位置，所以三皇子即便再聰慧，結果可想而知，除非皇帝出什麼意外，不然三皇子最終也不過是如此。

而這輩子太子妃因為誕下皇長子，太子扭轉劣勢，與三皇子勢均力敵。如果三皇子未廢，太子和三皇子能保持著這種平衡，皇帝也能穩坐龍椅，可現在那藏在暗處的人用心更險惡，竟然先對付健康且深得聖眷的三皇子。若是三皇子倒下，太子變得扎眼不說，等到皇帝忍無可忍時，太子孱弱的身體便會成為一個輕易可以廢棄的藉口。

好歹毒的心思！

孟灃神色陰沉不定，一時間也想了很多，咬了咬牙，正準備開口時，突然聽到衛烜道：「現下咱們什麼都不必做，你且安心等著。」

孟灃知道衛烜城府極深，敢行旁人不敢行之事，也是這個原因，方聖寵不衰。

「不過，也不能什麼都不做。」衛烜目光灼灼地看著他，「還有些事需要你去做。」

等聽完衛烜的話，孟灃臉上露出些許笑意，拍著胸口道：「你放心，這事交給我了。」

說完，他遲疑了下，有些擔憂地看著他，「倒是你，一直如此？」

衛烜知道他指的是什麼，笑了笑，說道：「最多一年，我便可以抽身了。」

孟灃不解其意，但看他臉上的笑容，只得點頭作罷。

兩人說完，正準備分頭行事，突然聽到遠處響起吵鬧的聲音。

路平走了進來。

「世子、孟公子，剛才傳來消息，三皇子妃昏倒了，太醫診出她已有一個多月的身孕。」

聽罷，兩人互看一眼。

這孩子來得還真是時候！

❤　❤　❤

康平和康儀兩位長公主聽聞三皇子落馬時，連忙趕了過來，徑直去皇帳探望文德帝。

文德帝正在聽刑威的報告，聽說兩位長公主過來，便揮了下手。

刑威恭敬地退到一旁，氣息收斂得極輕，幾乎與皇帳融為一體，讓人容易忽略。

只是，連袂而來的兩位長公主之一還是注意到了。

刑威有些驚異，沒想到傳聞中那不起眼的康儀長公主會如此敏銳。

康儀長公主瞥了眼角落的刑威，不動聲色地又移開視線。

康平長公主直接問道：「皇兄，聽說三殿下落馬，他現在如何了？我先前過去看了下，他還在睡，不好太過打擾，便先過來瞧瞧您。您沒事吧？」

文德帝溫和地道：「朕還好，妳不用擔心。三皇兒只是摔折了腿，大腿處被樹枝劃傷，流了些血，其他倒是無礙。」

聽到這輕描淡寫的話，康平長公主放下心來，便與康儀長公主一同退下。

兩人一路沉默地回到康平長公主的營帳。

康平長公主示意伺候的人退下，才迫不及待地問：「康儀，剛才有什麼發現？」

康儀長公主搖了搖頭，說道：「刑大人也在皇上那兒，怕是有什麼發現吧。」說著，忍不住長嘆了一口氣。

三皇子落馬，這事不僅對鄭貴妃一脈不利，對太子也相當不利，有心人甚至會覺得這事是太子幹的，連康平長公主初聽之時，都覺得意外，忍不住懷疑是不是太子命人做的。

這兩年來，三皇子的風頭幾次蓋過太子，隱隱有威逼太子的趨勢，有心人可能都會認為，定是太子沉不住氣，想要對三皇子出手了。

康儀長公主卻覺得太子是個聰明人，不會做這種吃力不討好的事。有三皇子頂在前面，暫時對太子有利，也使得太子不那麼扎眼，能多維持幾年的現狀更好。可三皇子一出事，現狀被打破，以後的事情變得難說。

康儀長公主知道，文德帝很會玩弄平衡之術，當初為了維持現狀，連明妃崔氏都毫不遲疑地捨棄，推出來當替死鬼，更何況是其他人？

只盼三皇子這次無事方好，不然朝中又要有什麼動靜了。

事實上，她更擔心衛烜。以衛烜的心機，應該也能想到這一層，然後呢？

衛烜在皇帝心中的地位不一般，以後無論哪個皇子登基，對他恐怕心裡都會有疙瘩。只希望太子是個有容人之量的，若能平安登基就更好了。

出於種種考慮，康儀長公主還是希望太子能少些波折為好。

康平長公主一頭亂麻，不由扶著額頭說道：「這算什麼事啊？怎麼好端端的會落馬呢？我昨日還說阿妡命不好，誰知三皇子比她更……唉，算了，我還是先給阿妡相看，幫她定下來再說。」說著，她想到了什麼，問道：「康儀，這兩天看了那麼多人，妳覺得誰合適？」

康儀眼裡帶上些笑意，說道：「我心裡是有幾個人選，可是還得姊姊自己看上才行。」

康平長公主被她說得沒轍，摸摸鼻子，說道：「還是讓阿澧來說吧，這兩天他都在圍場上，對各家子弟看得清楚，也知道那些公子的本事，到時候妳也來聽聽。」

康儀笑著應了一聲。

伍之章

幕後黑手

雖然三皇子落馬一事讓整個圍場的氣氛有了變化，但是下午的狩獵仍是繼續進行，只是皇帝和皇子們並沒有下場，而是由各家子弟行動。時有侍衛將他們獵到的獵物送了回來，讓負責的宦官進行登記。

至於女眷這邊，無人再去樹林中玩耍，眾人不是坐在高臺上觀看，就是縮在圍場中的營帳喝茶聊天，直到時間差不多，才回行宮歇息，再無昨日的歡快。

阿菀一整天都和孟妡、柳清彤一起待在營帳裡。

到了傍晚，衛烜親自過來接她。

孟灃也跟著過來，接老婆和妹子。

孟妡和柳清彤朝阿菀促狹地笑了笑，想要打趣她幾句，但一看到衛烜，頓時就蔫了。

等阿菀被衛烜接走，柳清彤看孟妡扁嘴的模樣，笑道：「聽說你們是一起長大的，怎麼看起來那麼怕瑞王世子？」

孟妡憤憤地道：「他那個人自小就凶巴巴的，除了阿菀，少有給人好臉色的，連我和阿菀鬧一下他都要生氣，哪有什麼一起長大的情分？」

抱怨了幾句後，她便隨兄嫂離開營帳，絕口不提今日之事。

緊張的一天終於結束了。

阿菀雖然整天都待在營帳中，可是神經緊繃了多時，還是感覺有些疲憊。

衛烜摸了摸她的眼角，等丫鬟進來伺候他們洗漱後，他便抱著她上床，撫著她的背脊勸說道：「累了就睡吧。」

阿菀唔了一聲，想起他最近晚上都要鬧她，今晚卻只是抱著她睡，便知白天的事對他影響極大，讓他此時沒有那種心思。

「怎麼樣？」阿菀低聲問道：「可清楚三皇子落馬是怎麼回事了嗎？」

黑暗中，衛烜的聲音低沉而醇厚：「那匹馬已經被刑大人讓人絞成碎肉，從馬的腸子裡找到了幾根發黑的銀針，不過卻查不出是什麼時候被馬吞下的。」

阿菀悚然一驚，馬怎麼可能會吞了銀針沒反應？怕是那銀針自有出處吧？

她從來不懷疑古人的智商，特別是在陰謀詭計上。

「睡吧，明日皇上將在演武場考校眾家子弟的騎射武功，晚上會有晚宴，後日便可以回京了。」衛烜親了親她的臉，摟著她的腰，溫柔地道：「不必擔心，一切有我。」

阿菀將頭埋到他的肩窩，輕輕應了一聲，靠著他入睡。

❤ ❤ ❤

每年秋獵的天數不定，今年因為多了些官家子弟，便定為了三天。

秋獵的第一日是皇帝、皇子們表現的日子，第二日是勳貴子弟們上陣，第三日則是皇帝親自在演武場考核所有年輕子弟的騎射功夫。表現出色的人，有可能當場授予官職。對於那些沒有襲爵權的勳貴子弟來說，這是一個時間最短最便捷的入仕機會，極少有人會拒絕。

今日是秋獵最後一天。

阿菀一早醒來，衛烜照例不在了。

衛烜現在已經在羽林軍中任職，且深得聖寵，並不需要在秋獵時特地去和那些官家子弟爭這種露臉的機會，所以這幾天他都乖乖地跟在皇帝身邊。

雖是如此，第一天時皇帝帶著他，還是讓他出手了幾回，且每回都有收穫，讓皇帝很高興，連瑞王也極有面子，朝臣更是有些驚奇。

以往說起衛烜，眾人無不搖頭，以為他只是仗著老子是親王，又得太后、皇帝寵愛，胡作非為，從來不幹正事。縱使進了羽林軍，也沒什麼真本事，不過是皇帝為他破例罷了。

所以，第一天的狩獵，衛烜的表現驚了很多人。

阿菀不知道衛烜還會不會下場，只是三皇子傷勢不明，皇帝可能沒有那種閒情逸致了。

不過，即便三皇子傷了，仍是沒有改變行程，也讓阿菀猜測著是不是將會有戰事，所以文德帝照願本的計劃，打算營造尚武之風的假象。

阿菀依然是陪著瑞王妃和衛嫤一起去圍場。

昨日回來得晚，瑞王妃見衛烜接阿菀回來，也沒有留他們，便讓他們回去歇息了，所以婆媳倆沒有說上什麼話。

當下便聽瑞王妃道：「幸好三皇子摔得不重，休養一陣子便無事。也不知怎麼會發生這種事，昨日王爺未歸，聽回來稟報的隨從說，王爺被皇上留在那邊的行宮裡。」

阿菀笑道：「父王要負責圍場的安危，身負重任，所以沒有我們這般清閒。」

瑞王妃拍了拍她的手，嘆了口氣，說道：「是啊，男人是家裡的頂樑柱，若是不忙碌的話，才讓人擔心。」

阿菀微微一笑，自然聽出了瑞王妃的暗示。

瑞王是這次秋獵圍場安全的負責人之一，三皇子落馬，瑞王也有責任。既然皇上願意將他留在那裡，證明皇上還是信任他的。只要文德帝願意付出信任，不管三皇子發生了什麼事情，瑞王便不會受到牽連。

雖說瑞王和文德帝是同胞兄弟，可若是涉及那位置，就算是兄弟，也不講情面。瑞王這些年維持著自己在文德帝心中的地位也不容易，表面上雖然行事粗莽，卻從未僭越過。

因是在外頭，瑞王妃也沒有明說，見阿菀明白了，便不再多言。

到了演武場旁用屏風圍起來的看臺中，男女有別，故而特地用屏風將女眷們的位置隔開來，不過沒有隔得太嚴實，用望遠鏡可以看清楚演武場。

許是三皇子受傷，今日圍場的氣氛沒有第一天輕鬆，大家矜持地坐在那兒，低聲與身邊的人說話，神色都有著幾分謹慎。

眾人剛坐下，便有宮女捧著放著望遠鏡的托盤過來，依著身分分發。

阿菀也分到了一個。

這望遠鏡是西洋進貢的玩意兒，阿菀在這裡生活了十幾年，其實也不太懂這個是什麼朝代，偶爾看到西洋進貢的東西，又忍不住猜測西方那邊發展到什麼時候了。而這望遠鏡，看著粗糙，作工相當原始，看得並不遠，也不清楚。她心裡琢磨著，如果有需要的話，倒是可以在這個基礎上讓工匠幫她做個精緻版的望遠鏡。

就在阿菀沉思時，號角聲響起了。

演武場上，有內侍吹響了牛角。

正在竊竊私語的女眷們馬上停止說話，紛紛拿起手中的望遠鏡觀看。身分不夠，沒有分到望遠鏡的人，只能和旁邊的人共用，或是踮腳往遠處看。雖然沒有用望遠鏡看得清楚，但也能看出個大概。

演武場上首先考的是騎射。

文德帝坐在演武場前設置的看臺上，幾位內閣大臣坐在他周圍，不時和文德帝說話，似在點評著場上比試的眾家子弟。

直到比賽差不多時，文德帝突然開口道：「烜兒，你也下去露兩手。」

眾人聽了一驚，下意識看向文德帝和站在他身邊的衛烜。

文德帝笑道：「去吧，可不准丟朕的臉。」

文德帝都說成這樣了，衛烜自然不好說什麼，應了聲是，便下了看臺。

自有宦官拿了弓箭過來。

所有人的目光都追著衛烜的身影，他今日穿著羽林軍的玄衣，紅紋鑲邊，腰帶也是大紅色的，不復他平時穿赭紅色的錦衣時那般張揚，卻自有一種穩重的美感。

只是，衛烜從來沒有在人前展示過他的騎射，讓人不由得懷疑他的功夫如何。第一天他雖然有所表現，卻也不算得太優秀。而皇上又說這種話，很多人琢磨不透皇上這是要捧衛烜還是打壓，或者只是單純興致來了，讓他上場表演一下。

當第一箭射中靶心時，眾人訝異地睜大眼睛，連女眷那邊也有些騷動。

接著，衛烜連射二十箭，箭箭正中紅心。

現場的氣氛變了。

衛烜放下弓箭，文德帝站了起來，大聲笑道：「果然不負朕的期望！」然後，當場便賞了衛烜一個位於京郊的莊子。

衛烜輕輕鬆鬆地上前領賞，還略微得意地看向周遭表情各異的朝臣。

今日皇子們並未下場比試，宗室子弟又表現不佳，衛烜這一露臉，幾乎將那些表現出色的人的風頭給壓了下去，一躍成為全場矚目的焦點。

此時，眾人方明白文德帝的用意。

衛烜出了一回風頭，不僅一改過去他在大家心目中的紈絝形象，更是第一個領賞的人，讓人羨慕得不行，有些勳貴子弟卻是隱隱有些不服氣。

坐在文德帝身後的五皇子臉色鐵青，四皇子也神色晦澀，六皇子、七皇子則抿緊了唇。只有臉色依然蒼白的太子微微笑著。而三皇子傷了腿，還在行宮歇息，並沒有過來。

比完了射箭，接下來比騎馬。

除了衛烜這個變數外，其中還有許多讓人關注的年輕俊傑。

所有人當中，表現最好的多是官家子弟，勳貴子弟反而不如官家子弟。而勳貴子弟中，手上功夫最好的當數定國公府的三少爺沈罄。

沈罄的表現，甚得文德帝青睞。

很多人也是在今日才知道這位定國公府的三少爺，以往所知道的都是定國公府的大房嫡孫，根本沒聽過這位二房的沈公子。等聽說他才從西北回來不久，方才恍然大悟。

在場很多夫人們看到這位橫空出世的沈三少爺也是一陣興奮。

真是好女婿的人選啊！

如此年輕便身手了得，最重要的是，他不僅得了皇帝的讚賞，更是入了皇帝的眼，以後定然前途無量。很多家中有適齡女兒的都在琢磨著與他結親的可能，縱使家裡沒有的，也在尋思著娘家或親戚中還有什麼適齡的姑娘。

阿菀正拿著望遠鏡觀看，忽然聽到坐在旁邊的康平長公主正和公主娘討論沈罄，語氣裡有著不加掩飾的讚賞，不由心中一動，轉頭看向身邊的孟妡，只見她正拿著望遠鏡也看得津津有味，全然不像周圍的人那般關注沈罄。

真是少年不識愁滋味！

等到傍晚時，便是最後的晚宴。

宴席上，今日在演武場上表現不俗的年輕人都得到了皇帝親自賞賜的烤肉，甚至還被皇帝叫過去問話，讓每個被點名的少年都激動得滿臉通紅，甚至有的人說話都不利索。

每到這時候，文德帝卻沒有不耐煩，反而更加親切。

看到這一幕的人都有些詫異，心中忍不住琢磨開來。

在沈罄被叫過去的時候，所有人皆看了過去。

這位沈公子不僅沒有其他人面對皇帝時的局促或激動，反而泰然自若，應答得體，文德帝的神色以肉眼可見的速度柔和下來，大為稱讚。

這下子，更多的目光投到了沈罄身上。

阿菀覺得，回京以後，定國公府的門檻可能要被媒人踏破了。

翌日一早，拔營回京，結束了今年的秋獵。

回到京城，阿菀歇了兩天，便接見了公主娘派來的余嬤嬤，要她有空回娘家一趟。

「可是有什麼事？」阿菀和顏悅色地問道。

余嬤嬤笑道：「奴婢也不知道，不過也不是什麼大事，郡主不必擔心。」

見余嬤嬤神色自然，阿菀便否定了先前的猜測，很爽快地應了余嬤嬤，然後起身去正院，跟瑞王妃說了一聲，決定明日回娘家一趟。

她在正院坐到了瑞王父子三人回來，一起用了晚膳後，方和衛烜回了隨風院。

晚上歇息的時候，阿菀和衛烜說了明日回公主府的事。

「那好，等我下午出宮，我順便去接妳回家。」衛烜邊親著她的臉邊笑著道。

阿菀神色柔和，黑白分明的杏眼望著他笑得彎彎的，問道：「這幾日朝中可有什麼事？三皇子的傷勢如何了？三皇子妃有了身子，也不知這胎是男是女？」

衛烜知道她問什麼，說道：「沒有什麼大事，不過是皇上找了幾個由頭斥責了些官員，有幾個倒楣的撞上來，被送回老家種田了，都不是什麼重要位置上的人，很快便能補上。」

阿菀聽得皺眉，「刑部那邊還沒有查出什麼？」

「嗯。」衛烜的聲音有些冷淡，「大家都說是意外，是三皇子自己倒楣。反正只是摔折了腿，當時醫治得及時，只要好生休養，等腿傷養好，便無甚大礙。」

一般摔斷腿，最忌的是養不好，怕會跛腳。一個有缺陷的皇子，這輩子便是那樣了，所以得知三皇子將來無礙後，無論是三皇子一派還是太子那邊的人，全都鬆了一口氣。

衛烜伴在文德帝身邊，心知事情沒有那般簡單，更不簡單的是，設計這一切的人。

有些事情太過巧合，反而就不是巧合了。

衛烜見阿菀若有所思，不欲讓她多思多慮敗壞身子，便轉移了話題，「我猜，明日應該不是姑母讓妳回去，而是康平姑母讓妳回去，怕是要和妳說孟妡那蠢丫頭的親事吧。康平姑母應該是瞧上沈罄了，又怕孟妡不喜歡，讓妳去探探她的口風。」

衛烜對康平長公主的心思還是頗為了解的。

阿菀聽罷，既覺意外，又覺得在情理之中。

秋獵最後一天，沈罄的表現太出眾了，將其他人都踩在了腳下，康平長公主若是沒些想法還真是對不起自己，連阿菀都覺得若是自己有女兒，也想要沈罄這樣的女婿。

只是，想到當初定國公老夫人還為長孫求娶過孟妡，後來因為孟妡不同意，康平長公主只好遺憾地婉拒。轉眼康平長公主又想將女兒嫁給定國公老夫人的第三個孫子，也不知定國公老夫人會不會惱上，覺得康平長公主在耍弄她。

再者，孟妡當初之所以不喜歡沈磐，也是因為親眼目睹沈磐對他那個自小跟著他的通房丫鬟的態度，心裡有了疙瘩，也不知沈罄會如何。

若是沈罄也有一個從小伺候他的通房，孟妡會不會拒絕呢？

心裡想著，阿菀看向衛烜的目光不由得有些猶豫。

「怎麼了？」衛烜對她相當了解，動一下眉頭便知道她有什麼想法了，見她欲言又止，不禁問道：「妳是想要問那位沈三公子的事？」

「是啊，阿妡畢竟是我看著長大的，我希望她有個好歸宿。」阿菀解釋道。

衛烜將她按在懷裡撫弄了一陣，直到她身子發軟，才咬著她的耳垂道：「今兒白天時，皇上還問過旁人這沈三少爺的事，我恰好當值，聽了一耳朵。」

「如何？」阿菀忙問道，剛問完，又忍不住蹙起眉，「皇上是什麼意思？莫非是想要招他當駙馬？」阿菀可是記得三公主如今還沒著落，五公主也快到選駙馬的年紀了。

至於四公主，已經定下駙馬，婚期定在十月，很快要出閣了。這妹妹都嫁了，當姊姊的竟然還小姑獨處，就算是皇室，面上也有些說不過去。

「皇伯父估計是有點兒意思吧。」衛烜的聲音頗為猶豫，「沈罄是定國公府二房的長子，以後是要回西北陽城定居的，若是配三公主，是再好不過了……」

說到這裡，衛烜也有些不確定這輩子孟妡還會不會嫁給沈罄。

總覺得若是孟妡不嫁沈罄，這個蠢丫頭這輩子就嫁不出去了，畢竟沈罄那種性格才受得了那個話嘮。上輩子便聽說他們成親後，夫妻兩人感情非常好，沈罄甚至為了她，拒絕了長輩安排給他的侍妾。

當然，這也是因為他一直關注阿菀，而阿菀與孟妡的情分深厚，他才會多關注些。當時他聽了並不以為意，心裡還想著，如果他也能娶阿菀為妻，莫說侍妾，就算是通房丫鬟，他也全都不會要。

可惜，上輩子他們有緣無分，最後天人永隔，連讓他強求也強求不到。

第二天，阿菀坐馬車回公主府。

剛進門，便見到公主娘坐在那兒朝她抿唇微笑，讓她詫異的是，連駙馬爹也在。

羅曄看到女兒回來，有些驚訝，然後高興地拉著她的手道：「怎麼今兒突然回來了？也不讓人捎個訊兒回來？既然回來了，就多待些時間吧，用了晚膳再回去。妳晚上想要吃什麼，為父讓人去做。」

阿菀被囉嗦的駙馬爹弄得很感動，像小時候一樣拉著他的手搖了搖，嘴甜地道：「都可以，只要和爹娘在一起，吃什麼都香。」

羅曄頓時露出一副六月天喝了冰鎮酸梅湯般舒爽的神色來。

康儀長公主看著女兒將丈夫哄得眉開眼笑，發現女兒自嫁人後，眉眼越發舒展，整個人都透露出了以前未有的活潑來，心裡不禁欣慰又心酸。欣慰於她果然沒看錯衛烜，衛烜對阿菀的寵愛是捧在手心裡都怕摔了的那種；心酸於女兒已是別人家的了，不能繼續看著她。

等那父女倆親親熱熱地開始討論起羅曄前天得到的一幅前朝畫卷時，康儀長公主終於出聲了，再不出聲，指不定女兒就要被丈夫拉去書房一起鑒賞了。

「好了，你先前不是說要帶那幅畫去與朋友共賞嗎？再不出門，天就晚了。」

羅曄笑道：「阿菀既然回來了，我和阿菀一起賞也可以。是不是，乖女兒？」

阿菀很想應和駙馬爹，可是公主娘今兒叫自己回來怕是為了孟妡的親事，可不能真的陪駙馬爹窩在書房裡賞畫，而且，聽他的話，便知道駙馬爹對於自己要回來是不知情的，阿菀自然也不會多嘴地揭穿。

「哪能這樣？」康儀長公主嗔道：「阿菀好不容易回來，我也有些體己話要和她說。待我說完了，咱們一家人再一起賞畫也不遲。」

羅曄聽了更高興，他生平頗好古董字畫，若是妻子能和自己共賞，那便是再好不過。再者，妻子的鑒賞能力也是不錯的，可惜妻子平時沒什麼時間陪他。如今得了她的話，他很高興地放行了，自己便先去了書房。

阿菀看著駙馬爹被公主娘一句話就哄得高高興興地走了，不禁崇拜地看著公主娘，真是將駙馬爹的心思捏得太準了。駙馬爹就像孫悟空，這輩子休想翻出公主娘的手掌心了。

康儀長公主上前攜了女兒的手，對她笑道：「行啦，咱們先去妳康平姨母家，等說了話就回來和妳爹一起賞畫。」

阿菀笑了笑，直接道：「娘是想要讓我去幫姨母探探阿炘的口風嗎？」

康儀長公主笑著點頭，摸摸她的臉，慈愛地道：「自是如此，妳也猜到了吧？妳姨母覺得定國公府的三公子不錯，想讓他做三女婿。」

「可是……阿炘嫁過去，就要定居西北陽城了，姨母不會捨不得嗎？」阿菀疑惑地問道。康平長公主最疼的便是小女兒了，真的捨得讓她遠嫁？若是遠嫁，以後阿炘被欺負，他們鞭長莫及，也沒人給她撐腰，屆時豈不是更難過？

康平長公主聽罷，嘆了口氣，「這也是沒辦法的事，阿炘對京裡的公子哥兒看不上眼，總不能讓她一輩子待在家裡吧？妳姨母雖然捨不得，可是那天看沈三公子的表現，是個優秀的，品貌皆是上乘，妳姨母也想讓阿炘嫁個自己滿意的。況且，以孟家現在的情形來看，只要太子妃在，阿炘無論在何處，都不會受委屈。」

阿菀聽得點頭，確實，現在孟家有位太子妃，還有一位國公府的長孫媳婦，已經不需要和誰聯姻了，孟妡的親事便有了很多選擇，就算遠嫁也無甚關係，而且遠離了京城，指不定還能少些是非。

只要康平長公主能捨得就好。

「況且，也不是一輩子都待在陽城，等到定國公府下一輩成長起來，選出賢能之人，便會換回他們，不需要太擔心。」

阿菀想起了定國公府的奇怪規矩，心裡鬆了一口氣，其實她也捨不得孟妡一輩子待在西北，若能如此也好。

到了康平長公主府，康平長公主帶著柳清彤親自迎了出來。

柳清彤可能是得了丈夫和婆母的提點，也知道阿菀是來做什麼的，不由朝她笑得歡快，說了幾句話後，便帶阿菀去了孟妡的院子。

兩人離開後，康平長公主攜了妹妹坐到花廳裡，嘆了口氣道：「我最近要操心的事兒真多，除了阿妡，還有澧兒他們。澧兒和清彤夫妻感覺好，我心裡也歡喜，可是這進門都快半年了，還沒喜信，我真是……」

康儀長公主端起丫鬟上的果茶喝了一口，笑道：「姊姊說這話怪沒意思的，才半年時間罷了，好歹得有個一年半載。再說，妳也知道，女孩子年紀大些，身子骨長好了，到時候生產也比較沒有危險。」

康平長公主其實只是想要個人安慰一下，聽到妹妹的話，終於舒泰了幾分，說道：「妳說的對，我得多些耐心才行。那孩子既然嫁到我家來，我便要好好待她。」

「姊姊是個寬容的，我最佩服姊姊這點。」康儀長公主朝她柔柔地笑，當年若不是這位嫡姊在後宮中出手庇護，也沒有今日的自己。

康平長公主爽朗地道：「哪裡的話，我自己也有女兒，將心比心，便希望那些人也待我女兒如我這般心思，那我便放心了。」

「放心，會的，婼兒、妘兒、妡兒都會有她們的造化。」

❤　❤　❤

將阿菀領到孟妡這兒後，柳清彤便藉口有事離開了。

孟妡正在書房裡伏案寫著什麼東西，見到阿菀，高興不已，上前就要拉她，卻發現自己手上還有墨汁，不由朝她嘿嘿笑了下，就著丫鬟端來的水洗手。

「妳怎麼來了？」

「和我娘過來看看姨母，順便也尋妳說說話。」阿菀若無其事地道。

孟妡果然很開心，又笑了起來。

「妳在寫什麼呢？」阿菀走過去看了下，發現孟妡竟然像是在寫記事性的散文一樣，將自己在秋獵時所見之景描寫下來，遣詞用句優美活潑，讓看者猶如身歷其境，當下驚訝地道：「妳幾時喜歡寫這種東西了？」

孟妡洗好了手，攜著她到書房靠窗的榻上坐下，接過丫鬟呈上來的果汁喝了口，才說道：「也是從夏天才開始的。那時我們不是去了月半谷遊玩嗎？月半谷的風景實在是太美了，我回來後念念不忘，便生起將之撰寫下來的念頭，然後將它們裝釘成冊，有空便拿出來看。讀著也開心，能回味好久。」

聽到她的話，阿菀突然心裡有些難過，難過於這個社會對女子的束縛，使她們即便有一顆自由的心，也無法隨意出行。不說姑娘家的名聲問題，這世道也不太平，若無家丁隨從跟隨，根本無法離開家門多遠。

心裡嘆息著，但見孟妡眉宇間洋溢著歡快之情，阿菀的臉色也緩和下來。

兩人就著孟妡所寫的文章說了會兒話後，阿菀便將話題引到了秋獵時出盡風頭的沈三公子身上，孟妡說道：「我當時沒仔細看，遠遠看著倒是不錯，而且能得皇帝舅舅的賞識，將來定是會前途無量吧。」

阿菀見她如同評論一個與自己毫不相干的人，便知道這姑娘並未開竅，甚至沒將對方當一回事，方能如此坦然。

「昨晚阿烜回來，還同我說他白天在太極殿當差時，聽到皇上詢問這位沈三少的事。」阿菀慢慢將話引出來，「這位沈三少自幼在西北長大，是振威將軍將他手把手帶大的，雖然年紀輕輕的，卻是個不可多得的人才，文韜武略皆出眾。最難能可貴的是，他是個有擔當的人，房裡也沒有什麼亂七八糟的人，聽說是個潔身自好的，又是在軍營長大，不像京中這些在紅粉堆中打滾的紈絝子弟，是個十分律己之人……」

孟妡瞪大眼睛，亮晶晶地看著她，「妳怎麼知道的？皇帝舅舅才不會問一個臣子的晚輩房裡事呢！」她很是犀利地指出關鍵所在。

「阿烜告訴我的。」阿菀坦然地道。

「烜表哥怎麼知道得如此詳細？」孟妡納悶地道。

「秋獵時，沈三少的表現如此出色，根本不用阿烜特地去查，自有人將沈三少的事情打探得清清楚楚，他也不過是聽了幾耳朵罷了。」

孟妡終於讚許之意了，「這麼說來，這位沈三少是個不可多得的俊傑了，怪不得皇帝舅舅會這般看重他。」

不僅看重，甚至想招來做女婿呢！

阿菀腹誹著，決定待會兒得提醒母親，讓她去跟康平長公主通通氣，好女婿要盡快下手，省得被皇上搶去。至於和皇帝搶女婿什麼的，阿菀覺得不搶白不搶，反正也沒人知道皇帝想召人家當女婿。等康平長公主搶到手，他還能因此和自己的嫡親妹妹生氣不成？又不是昏君，怕到時候只是鬱悶一下，也不能做什麼吧。

阿菀有些賴皮，心裡知道若是皇帝想要召沈罄做女婿，最可能的人選便是三公主。她對三公主素來沒什麼好感，與其便宜三公主，不如便宜自家好姊妹。

阿菀又和孟妡聊了一會兒，慢慢引導著，終於從她的言辭中得知她對沈罄略有幾分欣賞。覺得自己終於完成了康平長公主的交代，便要起身離開。

「不多坐一會兒？」孟妡見她難得過來，想跟她多說說話。

「這可不行。」阿菀笑道：「我爹還在家裡等著我和我娘回去陪他賞畫呢，改日妳到瑞王府去做客，我們再好好聊聊。」

孟妡只好依依不捨地將她送出去。

兩人一起去了花廳，便見兩位母親正聊得興起。看到阿菀她們過來，康平長公主見阿菀朝自己伶伶俐俐地笑著，便知道事情成了，不由笑瞇了眼，想要留康儀長公主母女倆用膳。

康儀長公主笑著婉拒，說的話和阿菀一樣，家裡有人等著她們回去賞畫，可不能失約。

「這個子策，還是這種性子！」康平長公主只能無奈地放行。

將阿菀母女倆送走，康平長公主便攜了女兒的手到自己房裡，「娘好久沒和妳說話了，阿妡陪娘聊聊吧。」

孟妡原本是想回房繼續剛才的事，聽了便笑道：「好。」

見母親將伺候的人都揮退，孟妡感到奇怪，直至聽到母親詢問她對定國公府的三少爺有什麼感覺時，終於明白阿菀今日為何突然上門，還和她說起沈三少了，頓時漲紅了臉。

誠如阿菀所猜測，自秋獵結束，回到京裡，定國公府的門檻差點被媒人踏破了。

第一天時，來說親的媒人竟然多達十來個，讓定國公老夫人又是欣慰又是無奈，只能讓大兒媳婦客客氣氣地將那些媒人送走。

第二天依然如此。

直到第三天，可能大家明白了定國公府的態度，方沒有其他人過來，但是與定國公府有姻親的公卿之家卻開始頻頻上門拜訪。

等定國公府的大夫人將其中一位親戚送走時，終於鬆了一口氣，便去稟了定國公老夫人，湊趣地對她笑道：「娘，這下子二弟和弟妹不用愁罄兒的親事了。您瞧，現在誰不知道咱們府裡的三少爺之名？所以，現在不是別人挑罄兒，而是咱們罄兒挑人了。」

定國公老夫人也很高興，自聽說三孫子在秋獵上奪得騎射第一名，還得了皇上的賞識，她便猜到有今天，便想著要為三孫子聘一位賢良淑德的貴女為妻，方不會辱沒了他。

其實定國公老夫人對於二兒子當年被迫去西北的事情心懷愧疚，只是這是祖宗規矩，她也不能破壞，所以，當兒子修書回來，讓他們幫忙給三孫子相看媳婦時，定國公老夫人便決定要好生挑選，一定不能委屈了三孫子。

「是得好好挑才行。」定國公老夫人舒心地說：「不過也不能一味拒絕上門來說媒的親戚，以後這種事情還多著，不管答不答應都會得罪人，妳得好生看著。」

大夫人自然曉得這個理，滿口答應了。

正說著，便聽下來人報，沈罄過來向定國公老夫人請安了。

定國公老夫人臉上的笑意更盛，忙讓他進來。

沈罄面無表情地走進來，打簾子的丫鬟見他進來，正要向他行禮，發現不苟言笑，心裡不禁打鼓。這位三少爺千好萬好，偏偏太過嚴肅，看著就讓人心裡發慌，還是大少爺那般矜貴中透著溫雅的好。

沈罄恭敬地向定國公老夫人和大夫人行禮。

定國公老夫人笑容滿面，拉著他噓寒問暖，問的都是些日常作息及飲食之類的。沈罄回答得極簡短，多的都不說，但定國公老夫人依然很高興。

大夫人原本也是笑容可掬，最後笑臉差點綳不住，心裡著實納悶，也不知道這個侄子到底是像誰，怎地就這般沉默寡言呢？

定國公老夫人關懷完了孫子的日常，便對他說起這幾日說媒的人上門來的事，拍著他的手道：「罄兒放心，祖母會仔細幫你挑位有德的貴女，定然不會委屈了你。」

沈罄略略點頭，難得地問道：「祖母可有人選？」

聽到他難得主動發問，定國公老夫人和大夫人都忍不住感到好笑。再沉默寡言，關係到自己的終身大事，還是按捺不住了吧？

「還在看，許是這些天就有眉目了。」

沈罄微微點頭，又陪著祖母說了一會兒話，方告辭離開。

離開定國公老夫人的院子，沈罄回到自己在定國公府暫時的住處，剛進門，便見到隨著他從陽城回京的小廝阿金從外面回來。

「少爺，屬下剛才去打探到了。」阿金低聲說道：「老夫人曾想為大少爺與康平長公主府的福安郡主說親，可是被康平長公主婉拒了。」
沈磬目光微凝，沉聲問道：「可知道是什麼原因？」
阿金搖頭，「屬下探不出來，康平長公主對外說是捨不得女兒早嫁，要留到十七歲。」
沈磬眉頭鬆了開來，喃喃道：「明年就是十七歲了……」
阿金聽到他的話，訝異地抬頭看他。
難道三少爺並不是關心大少爺的親事，而是關心福安郡主？

❤ ❤ ❤

仁壽宮裡，衛烜坐在太后下首，掛著耐人尋味的笑容。
太后的心腹嬤嬤站在一旁，垂著眼睛，聽著太后喋喋不休，眼皮未撩一下。
大宮女翠娥走進來，看到太后娘娘拉著衛烜慢悠悠地說著話，不由腳步一頓，覺得太后看瑞王世子的目光，隱隱透著古怪，彷彿覺得瑞王世子該是姑娘才對。
想到這裡，她心中一跳，趕緊打住這種想法，再看過去，只覺得瑞王世子雖然表情專注，可是眼裡卻有幾分悲憫之色，讓她以為自己看花了眼睛。
翠娥走近時，聽到太后說：「……哀家的烜兒年紀大了，幾日未見，看著俊了不少。這些天過得如何？差事可是辛苦？若是太辛苦，哀家可以和皇上說，讓皇上免了你的差事。咱們天家的龍子鳳孫，一輩子躺著便有享之不盡的榮華富貴，不需要太辛苦地去折騰。有哀家在的一天，哀家的烜兒便好好的……」
「皇祖母，這可不行，食君之祿，忠君之事，哪能因為一點辛苦就打退堂鼓，到時豈不是教人小瞧了孫兒？」

「好吧，烜兒高興就好。不過若是辛苦，可是要和哀家說。」

衛烜只是微笑，沒有再搭腔。

翠娥見太后興致好，也不敢出聲打擾，和那嬤嬤一樣安靜地站在旁邊。

太后年紀大了，體力漸漸不濟，夜晚容易驚醒，然後睡不著，導致白天沒什麼精神。太醫固定時間來為太后請脈，皆言太后的身體保養得不錯，只是上了年紀有些老人病罷了。加之宮人們也用心服侍，所以每次見太后精神不好，也沒有多想，只當是年紀大了。

衛烜見太后又開始恍惚，心裡相當平靜。

昨日種種譬如昨日死，今日種種譬如今日生，所以，有些事情雖然未能放下，卻已經釋然了。縱使他什麼都不做，有些結局也已經註定。

「皇祖母既然累了，那便先歇息吧。」衛烜勸道。

太后有幾分不捨，嘆了口氣道：「烜兒大了，陪哀家的時間少了，就連太子都有皇長孫了，一轉眼，哀家也老了。」

衛烜正準備寬慰幾句，突然聽到太后話鋒一轉，跳到了宮裡幾個公主的親事上去。

「下個月，你四妹妹就要出閣了，可你三妹妹仍是這模樣。鄭貴妃常來哀家這裡說項，連皇上都來說，哀家真是頭疼。」太后努力回想了一下，又道：「對了，聽說秋獵時定國公府的三公子表現不錯，你可見著他了？」

衛烜心中一跳，終於覺得兩輩子的事情有了天差地別的變化。

「是見過了。」他思索著，面上帶笑，太后看得極為喜歡。如此笑容，更像她記憶裡女兒的模樣。

「你覺得他配你三妹妹如何？那孟灃再如何出色，康平不答應也沒法子，只得另尋良婿給她，想來那沈罄是個優秀的，她應該會看得上眼吧？」太后說道。這段日子她著實被天天過來報到的鄭貴妃煩得不行，若非當初與衛烜說好，她早就懶得理會這個不著調的孫女了。她的孫女孫子很多，多了便不值錢，故而太后對如此不聽話的三公主其實沒什麼好感，將她關在小佛堂裡，也是想磨磨她的性子。文德帝也覺得這樣對三公主好，才沒有吭聲。

衛烜溫和地道：「這事孫兒不好評價，不過孫兒覺得，既然皇祖母對此事頭疼，那就將三妹妹放出來交給貴妃娘娘好了。」

太后見衛烜朝自己笑得燦爛，便點頭道：「那便讓鄭貴妃明日來領人吧。」又說了幾句話，衛烜見太后精神不好，便起身離開。

從仁壽宮出來，衛烜背著手，慢慢地走出後宮。

宮中規矩森嚴，宮女內侍行走時皆小心翼翼，無事莫敢在一處停留，更不用說如此慢悠悠地行走了，所以當見到衛烜只帶了個內侍在宮中漫步，那些宮人全都遠遠避開，避不開的，也貼著牆走，不敢與之正面接觸。

就在這時，一群宮人簇擁著一個孩子走來。

「烜、烜哥……」一個結結巴巴的聲音響起，聲音裡透著些許畏懼。

衛烜抬起眼，看向被一群宮人簇擁在中間的孩子。那些宮人見到他時已經跪在地上，剩下站著的孩子有些鶴立雞群，十分扎眼。

這是文德帝的九皇子，今年不過七歲，被養得白白嫩嫩的，帶點嬰兒肥的臉龐頗為可愛，是個看著就讓人喜歡的孩子。不過，他此時有些縮手縮腳，看向衛烜的眼中有著明顯的懼意，連上前行禮都非常緊張。

若是平常，衛烜懶得理會這些透明的皇子，可現在他卻停下腳步，好整以暇地打量他。

九皇子被他那雙眼睛看得差點飆淚，生怕他一個不高興，自己就要挨揍。

宮裡所有的皇子，除了太子和三皇子，沒有不被他打過的。九皇子因為與衛烜年紀相差較大，等他出生時，衛烜已經遷出太后的仁壽宮，和宮裡年幼的皇子沒什麼接觸，所以沒有被他揍過，可是不知為何，他心裡對衛烜天生就有種畏懼的感覺，每次見到他都怕得不行。

「怕我？嗯？」

低沉而醇厚的聲音響起，九皇子兩腿打顫，點頭也不是，搖頭也不是。

衛烜走過來，手放到他的肩膀上，感受到手下的孩子顫抖得像被風雨摧殘的鵪鶉一般，眼底劃過了幾許戾氣，面上卻笑得分外燦然。

「這麼膽小，怎麼卻如此幸運呢？何德何能……」

九皇子更驚恐了，差點軟倒下去，只能顫抖地叫道：「烜哥，弟弟……」

衛烜收回了手，又在他肩膀上拍了下，然後像個好哥哥般，彎下腰，對他輕聲說了一句話。九皇子驚訝地瞪大了眼睛，不明所以，卻見對方已經轉身離開。

九皇子有些不知所措，直到看不見衛烜的背影，原本懼怕的神色才慢慢恢復了正常，然後沉下了臉，抿緊了唇。

皇宮裡果然沒有天真的孩子！

「九殿下……」終於撐過衛烜的淫威的一名小內侍小心地湊了過來。

九皇子眉頭一擰，冷冰冰地道：「走了，去向母妃請安。」

小內侍不敢多嘴，低聲應了聲是。

九皇子的腳步比先前急了些，等到了陳貴人的寢宮，便朝著陳貴人撲了過去，藉著撲到她懷裡的時候，在她耳邊說道：「母妃，我剛才見到衛烜了，他說要母妃別自作聰明……」

陳貴人的臉色在瞬間變得無比難看，很快又恢復成平日那般溫婉柔和的模樣。她伸手摸了摸兒子的頭，沒有多說什麼。

❤　❤　❤

鄭貴妃收到太后派來的內侍傳的話時，不禁愣了一下。

「太后娘娘讓本宮去將三公主接回來？」她有些不敢相信地問道。

那內侍恭敬地答道：「太后娘娘確實是這般交代的，讓您明日去接三公主。」

鄭貴妃臉上有了笑意，忙讓人打賞那傳話的內侍。

待那領了賞的內侍滿意地離開後，鄭貴妃的臉色變得陰沉不定，咬牙對身邊的大宮女道：「去查查這是怎麼回事。」

因為衛烜的干涉，太后硬是將鬧騰著要嫁孟灃的三公主關進了仁壽宮的小佛堂，對外的說詞是讓她為皇上祈福，實際上卻是讓她天天抄佛經修身養性，每日過得枯燥無味。鄭貴妃為此恨透了衛烜和太后，卻因為皇上也默許了這事，沒辦法周旋，只能又恨又氣，恨太后和衛烜，氣女兒不爭氣。

她以為女兒會被關個幾年，直到將她的性子磨平才放出來。在四公主的婚期定下時，她便知道太后和皇上對女兒的態度，怕是沒什麼好果子吃了，沒想到太后突然讓她去領人。

等宮人將探查到的事傳回來，鄭貴妃更驚訝了，「竟然是衛烜提的？他要做什麼？」

自是無人能回答她，甚至很多人也搞不懂衛烜的行事作風，偏偏如此囂張的一個人，卻是太后手心裡的寶，文德帝多年寵信如一。

鄭貴妃想不明白，卻沒再糾結，這陣子因為三皇子的傷而焦急的心終於有了幾分安慰。

只是，她仍是不太放心，讓人將衛烜今日的事情仔細打探，等聽說衛烜遇到九皇子，將九皇子嚇得差點哭出來時，面上露出了冰冷的笑容。

衛烜出了皇宮，便直奔公主府。

看他到來，羅曄高興地又將他往書房裡拉，要他幫忙鑑賞他剛得的那幅前朝古畫。

衛烜忍不住看了眼阿菀和康儀長公主，見兩人朝他掩唇微笑，只得摸摸鼻子跟著走。

康儀長公主看了看天色，親自去廚房看晚膳的菜單。

晚膳的菜色很豐富，因為有女兒和女婿陪著，康儀長公主夫妻的興致都很高，羅曄甚至讓人燙了酒過來，要和衛烜共飲幾杯。

衛烜自是捨命陪岳父。

直到羅曄醉醺醺地被人扶到花廳旁的耳房歇息，衛烜才和康儀長公主說起了今兒在宮裡的事情，「聽皇祖母的意思，她似乎也同意將三公主許與沈罄。」

康儀長公主目光微動，說道：「知道了。」

衛烜便不再說了。

以康儀長公主的聰慧，只需提點幾句，她便知道如何行動。

用完膳，阿菀和衛烜和康儀長公主道別。

康儀長公主將他們送到了垂花門。

上了馬車，衛烜摟住了阿菀，沾著酒氣的氣息拂在她的脖頸間。

阿菀忙拍著他道：「太后真的是那樣說？那可得讓姨母快點行動，省得皇上將定國公叫過去將沈三公子給定了。」原本還只是猜測皇帝是不是要招沈罄為駙馬，現下從太后那裡得了確實的消息，那就得加快速度了。

衛烜笑道：「確實要盡早。」

「不過……定國公府會不會不答應？」阿菀又擔心起來，「畢竟康平姨母先前拒絕了定國公府為長房大公子的求親，現下見人家二房的三少爺出色，便又想要結親，就怕定國公府會覺得姨母反覆無常，要拿喬拒絕。」

衛烜也覺得事情有點兒玄，畢竟這輩子和上輩子不同。這輩子太子妃地位穩固，孟灃也成功娶了妻子，鄭貴妃一脈已呈頹勢，和上輩子各自的處境無法比。上輩子太子妃的地位不穩固，沈家先前可沒想過要和康平長公主聯姻，所以沒有為嫡長孫說親的事情發生。

後來那樁親事是如何成的？衛烜摸著下巴，頗為不解。

依定國公府如今的地位，並非一定要結孟家這門親不可。

阿菀很著急，恨不得康平長公主馬上拿出行動力來，將孟妡和沈罄的親事定下。

好女婿是要眼疾手快搶的，誰先搶到就是誰的。

衛烜難得見阿菀如此心神不寧，不禁有些酸意，說道：「妳急什麼？那個蠢丫頭的婚姻大事自有她的父母為她操心。」

難道是阿菀因為有宿慧，所以將孟妡那蠢丫頭看成晚輩，所以比較費心？

想到這裡，衛烜在心裡猜測起阿菀上輩子的年齡來，總覺得不是很大的樣子，並且是在一個花季年齡便香消玉殞，方會讓她的性格在小時候便定了型。而且，她上輩子的性格若不是天生如此，便是身體也一定同樣很差，忌喜怒哀樂，故而小時候那般安靜，像個小老太太般無趣，可若是逗上一逗，很快也會破功，不像那些真正垂暮的老人那般滄桑。

阿菀身上只有少年人應有的鮮活，還有兩世為人的沉穩與不同於他們的某些見識。

「你不懂。」

阿菀看了他一眼，能說心裡一直將孟妡當成疼愛的晚輩一樣看待嗎？小時候自己因為身體不好，性子沉悶，而孟妡那般小的孩子，明明是個被寵愛的天之嬌女，卻從來沒有嫌棄過她的破身體，時常過來和她說話解悶。如此貼心的小姑娘，她如何不喜愛？

所以，自然願意看到她有個好歸宿。

就在阿菀邊在房裡轉著圈子思索時，身體突然騰空而起，被人給抱了起來，直接丟進鋪好的被窩裡，然後被隨之而來的人給壓到身下。

當被衛烜又凶又狠地進入時，阿菀忍不住捶他，「輕點……」

「不准想她！」衛烜放輕力道，卻按著她，讓她無法移動分毫，甚至強迫她正視他。

阿菀眨了眨染上霧氣的眼睛，深吸了一口氣，對他道：「知道了，只想你。」

衛烜的眉眼瞬間綻放開來，神色間透著滿足而愉悅之情，接著翻了個身，將她輕柔地摟進懷裡，換了個方式同她歡好。

事畢，阿菀累得快入睡時，突然又睜開眼睛，對他道：「不行，我明天得讓人回公主府問問我娘，看康平姨母有什麼安排。」

衛烜：「……」果然，女人在床上的話不能信！

翌日，衛烜早早醒了，看到頭枕在自己臂彎的人，眉宇間又浮現幾許愉悅，只是那股愉悅因為想到了什麼，很快便斂去。

阿菀正睡得香甜，忽然感覺到身下有飽脹感，略有些不舒服地移動了下，就聽到一個抽氣的聲音。模模糊糊地醒來，便又被人拉入無比玄妙的意境中，只能隨著那人帶來的情潮，在海浪中浮浮沉沉。

等到衛烜滿足地準備抽身離開時，阿菀已經恨得在他背上撓了好幾道紅痕。皮粗肉厚的世子爺根本沒在意，反而又壓在她身上讓她感受他的存在，然後一直頂弄到她的身體深處，動了又動。

「你進宮要遲到了……」阿菀急得推他，心說怎麼還不天亮？

「沒事，我今天起得早，還有些時間。」衛烜親著她的胸口，聲音含糊地道：「以後不准再說謊騙我。」

「我幾時騙你了？」

「妳昨晚明明答應我不會想別人，最後卻食言了。」

「……我在那種情況下說的話你也信？」

「……」

衛烜覺得阿菀深深傷了他的心，於是憤怒地起身離開了。

阿菀將被子拉高，埋頭繼續睡。

這一睡，睡到天色大亮才起身。吃過早膳後，便讓青霜去了公主府。

不到半日，青霜回來了，笑盈盈地對阿菀道：「公主讓奴婢告訴您，康平長公主今日已經請了威遠侯老夫人去定國公府了。」

阿菀驚喜地道：「是請威遠侯老夫人去說媒嗎？對了，聽說定國公老夫人和威遠侯老夫人年輕時感情很好。」

京城的權貴圈子說大不大，說小不小，盤根錯節，姻親遍地。若是哪家有適齡子女想要結親，為了避免到時候媒人上門時因為某些原因而拒絕使得對方失了面子，傷了情分，故而一般哪家有意向結親，都會先尋一個能說得上話的中間人去遞話。若是拒絕了，大家的面子也過得去；若是答應了，才好叫官媒上門提親。

當初定國公老夫人為長孫相中了孟妡，便是請安國公老夫人去康平長公主那兒透口風，康平長公主因為女兒不答應，委婉地拒絕了。因為大家都是熟人，自然不會到外面亂說，所以定國公府雖然被拒絕，卻沒有失了面子，外面的人皆不知道有這事。

阿菀清楚個中道理，聽說康平長公主請了威遠侯老夫人出面，便知康平長公主的意思。不過，等阿菀聽說威遠侯老夫人空手而回時，她便知道自己太樂觀了。先前的猜測果然應驗，定國公府因為康平長公主先前的拒絕而開始拿喬了。

送走了威遠侯老夫人，定國公府的大夫人便去了定國公老夫人的院子。

定國公老夫人神色不豫，見大兒媳婦進來，問道：「威遠侯老夫人走了？」

「走了。」大夫人小心地道：「娘，您剛才那樣拒絕，會不會讓康平長公主生氣？」

威遠侯老夫人上門來為沈罄說親時，語氣極為誠懇，並且還提了康平長公主之所以對沈罄另眼相待的原因，是在秋獵時沈罄救了驚馬的福安郡主，否則福安郡主指不定要像三皇子那般摔斷腿了。

威遠侯老夫人特地提這事，就是想全了定國公府的面子，模糊了春天時定國公府讓安國公老夫人去康平長公主府為長孫說媒的事，然後再引出這話。

誰知定國公老夫人卻不答應，讓大夫人也吃了一驚，有些擔心康平長公主生氣。

「生什麼氣？」定國公老夫人不悅地道：「今年春天時我讓安國公老夫人去遞話，她當時拒絕了我們，卻不允許我們拒絕她嗎？而且我的原意是要為磐兒聘下福安郡主的，現下她卻想要為福安郡主定下馨兒，這不是要讓他們兄弟不和嗎？」

既然福安郡主不許與長孫，那麼定國公老夫人也不可能將她再許給三孫子，就怕大房和二房因此而不和。她老了，只希望看到子孫們和和睦睦的，可不能因為些事鬧得兩房不和，被外人看了笑話。

大夫人聽罷，面上不動聲色，卻鬆了一口氣。

比起沈馨這個侄子，她自是希望自己的兒子能和福安郡主訂親，屆時兒子能和太子、安國公府的長孫宋硯當連襟，這對兒子只有好處沒壞處，誰知康平長公主竟然拒絕了。

明明過年喝年酒時她試探過康平長公主，康平長公主當時對她兒子也是滿意的，可是為何請人去遞話時對方卻拒絕了？雖然百思不得其解，但是大夫人卻氣上了康平長公主。若非公婆仍希望能為長子聘下福安郡主，她早就想要給長子與娘家侄女訂親了，何必等著？

而現在康平長公主竟然想要與二房結親，大夫人當時聽到威遠侯老夫人的話時，覺得自己被打了臉，心裡越發不快。

幸好老夫人拒絕了，方讓她好受了些。

「康平長公主性子直率，又疼女兒，若是她真的看上了馨兒，怕是一時半刻不會放棄。我要和國公爺商量，妳不用管。」定國公老夫人少不得叮囑大夫人一番。

大夫人心裡不快，面上卻不敢有所表示，只得喏喏應聲。

叮囑了大兒媳婦後，定國公老夫人便讓人去問國公爺在何處，想去尋他說話，丫鬟很快回稟道：「國公爺在外書房，正和三少爺說話。」

定國公老夫人和大夫人皆一臉意外。

老定國公上了歲數，兩年前便閒賦在家。因他不管事，脾氣又烈，少有子孫敢親近他，甚至在他面前大氣都不敢喘一下。若是無其他要緊事，沒人會主動往他身邊湊。老定國公並不以為意，反而樂得清閒。兒子有什麼雞毛蒜皮的事尋他，他還不開心，會將人訓一頓。

當然，在大事上，老定國公仍是個腦袋清楚的，沒人能糊弄他。

所以，聽說沈罄主動去尋老定國公時，眾人皆是不解。

「他們在書房裡做什麼？」定國公老夫人忍不住問道。

「奴婢不知，聽書房伺候的臨影說，國公爺好像在指點三少爺書法。」

定國公老夫人和大夫人再次意外，她們知道沈罄自幼便被父親帶進軍中，皆以為他兵法策略皆有造詣，卻未想到他還精通書法。

知道老定國公的性子，定國公老夫人也不敢讓人去打擾，只得先作罷。

而此刻書房裡的祖孫倆卻不像丫鬟說的那般在談論書法，而是面對面坐著喝茶對奕。

老定國公看著對面的孫子沉穩冷毅的面容，心裡十分滿意，覺得那麼多孫子，終於出了一個讓他欣賞的了，可惜不是長房嫡孫。雖然暗暗惋惜，卻沒有因此而昏頭，要將這個孫子留在京中，不過卻可以因為喜愛，而為他謀些好處。

見對面的孫子為一步棋苦思冥想，硬扛著不肯認輸，老定國公又是點頭，面上卻壞笑，不客氣地說：「再撐下去，你也是輸了。」

沈罄不語，苦苦尋求破局之法，直到認清現實才當機立斷，讓自己不至於輸得太難看。

老定國公頗為讚賞，面上卻漫不經心地說：「對了，你今日來尋我有何事？」

「無事。」

「你們若是無事，哪會主動來尋我這個老頭子？」定國公犀利地道。

沈罄沉默。

老定國公端起茶慢慢喝著，見孫子身姿如松般穩穩坐著，再次無聲嘆氣。這樣的孩子，恐怕嫡支還要過個兩代才會出現，卻也知道，不是陽城那樣的地方，養不出這樣的孩子。

見他沉默，定國公也不說話，陪他耗著。

這一耗，耗到了天黑，丫鬟進來掌燈，那搖曳的燈光打在祖孫倆的身上，將兩人投在牆上的身影拉得搖晃不休。

老定國公快要被這對著自己的老臉坐了半天卻屁都沒放出來的孫子耗死了。

這時，沈罄終於起身，向他行了一禮，默默地告退。

老定國公忍不住舉起袖子擦擦臉上的虛汗，不禁有些捉急：這個孫子到底像誰？更讓老定國公捉急的是，這能坐上一整天屁都不會放一個的孫子，第二天、第三天，每天都到他面前對著他這張老臉靜坐。

等到第四天，老定國公敗北，無力再陪他耗。

被一個十八、九歲的毛孩子耗得快要崩潰，老定國公覺得自己這輩子真是白活了。若不是這是自己的孫子，指不定早讓人將他叉出去。也可能是孫子，他才會這般輕易認輸。

「說吧，有什麼需要祖父做的，你儘管說。」

「祖父，我想娶福安郡主為妻。」

阿菀心裡相當煎熬。

聽說威遠侯老夫人無功而返時，差點想要奔回公主府問個究竟。

早上憤怒離開的世子爺晚上回來，便見阿菀冷著一張臉，那橫眉怒目的模樣，不知嚇壞了多少下人，唯有她自己沒怎麼在意，懶懶地坐在臨窗的炕上，拿著藤筐翻動針線。

等丫鬟給坐到阿菀旁邊的衛烜上了茶後，阿菀對他道：「你回來啦，肚子餓了嗎？」

衛烜神色終於鬆動了幾分，矜持地道：「有些餓了。」

阿菀聽罷，便讓人去傳膳。

等阿菀用公筷夾了一筷子銀芽雞絲給他，衛烜的表情又更和緩了。

晚上洗漱出來，看到阿菀坐在炕上縫製一件男性的褻褲時，衛烜的眼神已經完全柔和下來，甚至主動地膩了過去。

青雅、路雲等丫鬟鬆了一口氣，望了眼無知無覺中便化解了一場暴風雨的阿菀，不禁感到無奈，只覺得這位才是最淡定的，她們都是亂操心了。

「晚上做針線對眼睛不好，別做了。」衛烜拉住她的手。

「知道了，還有幾針，再等等。」阿菀頭也不抬地說。

衛烜只好靠著迎枕，看著燈光下她柔美的臉龐。只是看著，便能想像當他的手撫摸著那纖瘦的身子時，手中如絲綢般柔滑細膩的觸覺是何等的享受，身體忍不住火熱起來。

等到阿菀終於收針放好針線，衛烜已迫不及待地將她抱了起來，往床邊走去。

垂下的帳幔掩蓋了裡面的風光。

只是，沒等他溫柔地好生待她時，又聽到她舊事重提：「聽說定國公府拒絕了外祖母說媒，也不知定國公府是什麼意思，連外祖母出面都沒答應，難道真是記恨上康平姨母了？」

要知道，威遠侯老夫人雖然與太后不睦，可她是文德帝的舅母，還是幾位皇子的外祖母，更是瑞王的岳母、衛烜的外祖母，幾重關係下來，京裡無人敢駁她的面子，就算有些事情不好說，也不會一口回絕。也因為如此，所以康平長公主才會請她走這麼一趟，卻不想定國公府會這般硬氣。

阿菀仍是不安心，就怕皇帝急著要解決三公主的終身大事，將入了眼的沈罄抓去充數。這位可是好不容易讓孟妡點頭同意的，怕是錯過後，孟妡又不想嫁人了。

「誰知道？如果妳想知道，明日我派人去問外祖母。」衛烜額頭的青筋突突跳著，忍著和她說這事，身體卻急不可耐地進入了她，卻在她蹙眉時，下意識放緩了動作。

阿菀再次發揮圓房時轉移注意力的精神，竟然能邊和他做激烈的運動邊談論別的事。雖然氣息不穩，語氣也斷斷續續的，卻沒有因此而忘記，將衛烜的自尊心打擊得七零八落。

他竟然比不過一個蠢丫頭在阿菀心裡的地位？

果然，他最討厭那個蠢丫頭了！

沈罄怎麼還不快點收了她？

❤ ❤ ❤

為著孟妡的親事，阿菀一反過去對其他事情的冷淡，對此事十分關注。

衛烜就算是心塞得要死也沒辦法，便也使了人盯著定國公府，打算若是可能，自己也加把勁兒促成這樁親事，省得阿菀繼續掛念。

卻未想到，到了九月初時，突然聽說定國公府請了官媒到康平長公主府為定國公府的三少爺提親，康平長公主也不拿喬，當場便應允了。

阿菀目瞪口呆。

這真是毫無預兆。

定國公府敢請官媒去康平長公主府，那便是已經通過聲氣，允了這事。只是，中間到底發生了什麼她不知道的事？明明先前威遠侯老夫人親自去定國公府提這事時，還被委婉拒絕了。康平長公主接連使人走動詢問，定國公府都是顧左右而言他，並無結親的打算。

事後，阿菀也聽自家公主娘說過定國公老夫人的心思，老人家只是不高興康平長公主在自己兩個孫子間反覆，生怕壞了大房和二房的情分。雖是固執了些，卻也是人之常情。不過，在抬出沈罄在秋獵時對孟妡的救命之恩時，康平長公主的態度也說得過去，定國公府也算是有個臺階下，並不用鬧得太僵。

然而，這種事情真是公說公有理，婆說婆有理，不料最後這事還是定下來了。

還是衛烜晚上回來時為她解惑的。

衛烜抬起手，讓阿菀幫他更衣，用輕快的語氣對她道：「皇上果然是有意為三公主選駙馬，也相中了沈罄，前陣子便叫了老定國公去說話。老定國公雖然這幾年閒賦在家，但定國公府世代有子孫鎮守西北，不僅忠心耿耿，而且十分識時務，皇上對老定國公也是給幾分面子的，有時無事也會宣他入宮說話。」

阿菀伺候他換上一件赭紅色五蝠捧壽團花直裰，衛烜攜了她的手坐到炕上，等丫鬟上了茶後，他喝了一口，繼續道：「皇上當著老定國公的面誇讚沈罄，然後提起了幾位公主的事。老定國公活到這把年紀了，自是能揣摩聖意一二，還未等皇上說什麼，便和皇上提了康平姑母親自請了威遠侯老夫人到府裡幫忙說親的事。」

阿菀吃了一驚，「所以，老定國公也不想讓孫子當駙馬，所以就順著姨母的話來說了？他就不怕這事兒沒個准信，姨母事後反悔，不想結這親，到時候豈不是落了皇上的面子？」

畢竟康平長公主請威遠侯老夫人去遞話時，定國公老夫人拒絕得那般乾脆，若是平常人早就歇了這心。如果康平長公主真的無意了，事後皇上知道，定會不喜老定國公的做派，指不定會如何惱怒。即便人人都知道三公主的德行，可那仍是皇女，皇上他自己寵成這般的，可由不得他人嫌棄。

衛烜笑道：「那老頭滑溜著，怎麼可能會空口說大話？怕是他自己已經打定主意了。我還聽說前些日子，他讓定國公府的大老爺請了孟駙馬去看戲，怕是那時候便已經有意，而皇上提這事情，不過是給了定國公府一個行事的理由。」

三公主當年連續破壞了孟灃的幾樁親事，將康平長公主氣得不行，雖然大家嘴上不說，但京城就這麼大點的地方，誰不知曉三公主的心思？因此，除了那些喜歡算計往上爬的人，怕是不會有哪戶人家願意這種心裡還有別的男人的媳婦進門。縱是公主，也會掂量幾分。

公主可不同於其他人家的女兒，那是說不得罵不得立規矩不得的媳婦，而且還有自己的公主府，根本不會在婆婆跟前立規矩盡孝。再者，若是她心裡有人，指不定哪天就給自家孩子戴綠帽，誰敢要這種媳婦？更別說，有的公主會私下養面首，這在大夏朝也不是沒有前例，所以更是要謹慎了。

定國公府應該也是有這樣的擔憂，故而寧願吞下那不甘，答應康平長公主提的親事，也不能讓名聲狼藉的三公主嫁過來。

為此，定國公府還提前兩天將長孫沈磐的親事定下來，定的是大夫人娘家的侄女。也不知道是不是怕皇帝見沈罄不行，便將主意打到將來要襲爵的長孫身上，故而定國公府一口氣將兩個孫子的親事都定了下來。

阿菀摸清了裡面的情況後，不禁暗暗歡喜，只是高興了一會兒，又有些不解道：「那位沈三公子，他……」她看著衛烜，欲言又止。

衛烜別開了頭，沒看她。

阿菀看得無奈，不過也知道自己若是再問下去，那便是荒唐了。

這個時代講究父母之命媒妁之言，有些訂了親的未婚夫妻，直到洞房花燭夜才能見到彼此的真容，所以沈罄怕也是因為這門親事是長輩定的而無異議。要問他喜不喜歡孟妡，那真是匪夷所思了。

阿菀不免有些黯然。

孟妡受到孟妘和她的影響，不喜男人有通房，好不容易遇到一個潔身自好的沈罄，終於肯答應了這樁親事。阿菀希望孟妡將來嫁過去能夫妻相得，自然也希望沈罄對孟妡是有情意的，可是心裡也明白這不真實。

幸好當時在秋獵時，沈罄救過驚馬的孟妡，兩人也算是見過了。

衛烜見她窩坐在那兒悶悶不樂的樣子，納悶道：「怎麼了？是不是肚子不舒服？」說著，便伸手將阿菀抱過去，探進她的衣服裡，隔著薄薄的裡衣撫著她平坦的肚子。

阿菀的小日子前幾天剛結束，每次小日子來時都會疼痛，好在這些年來一直仔細調養身體，小日子倒是按時來，就是不可避免地要承受經痛之苦。

成親一年，兩人時常膩在一起，從未分床睡過，衛烜對她的小日子瞭若指掌，也知道她經痛的事，因此，每次她小日子來時，他都會吩咐丫鬟給她煮紅糖水，並且幫她仔細保暖，把她養得非常嬌氣。

「我的……早就結束了，怎麼可能會痛？」阿菀尷尬地道。

衛烜卻沒理她，將她摟到懷裡，手邊拿了一本書來看。

阿菀探頭看去，發現是一本書頁泛黃的前朝名將所著的兵法，不由感到狐疑。

肚子雖然沒什麼異樣，但被他溫暖的大手擱放在那兒很是舒服，阿菀便順勢靠著他，邊打著絡子邊和他閒話家常。說著說著，便說到了十月初四公主的婚禮上。

皇帝為四公主所挑選的駙馬是宜川人士，在當地是望族，如今在國子監讀書，雖然家世在京城不顯，可是四公主也不是皇上最疼的女兒，又不像清寧公主那般是嫡長女，加上在那種情況下，皇上只是想要小懲鄭貴妃和三公主，也沒好生幫四公主挑選，方選了這麼個人。

兩人說了四公主府的駙馬以及公主府建造的事，然後說到了婚禮。衛烜和阿菀身為堂兄和嫂子，少不得要去祝賀一番。

「怕到時候天氣冷了，妳便稱病在家吧。」衛烜冷淡地道。

阿菀不覺好笑，「若是傳出去，這像什麼話？指不定說我拿喬作態了。」

「妳本就身子不好，不去又如何？」衛烜仍是不願意讓她去，不由對四公主膩得慌。

凡是上輩子曾給阿菀苦頭吃的人，即便這輩子他們什麼都沒做過，衛烜還是很膈應，不欲阿菀與他們走得太近，甚至這種事情更不願意讓阿菀露面。就像靖南郡王府的衛珠，衛烜對她不喜，幾次在她來尋阿菀時，冷淡以待，將她嚇得好一陣子不敢再來。

阿菀架不住他的堅持，只得含糊應了一聲，決定等到四公主出閣時再說。

卻未想，四公主出閣那日，天上飄起了雪，使得阿菀也不想出門了。

「行了，妳就別出去了，讓父王和母妃去，省得妳又病了。」衛烜將她拘在家裡。阿菀裹著狐裘，說道：「我已經很久沒有生過病了，比早兩年前健康不少，這種天氣就算出個門也沒事的。」

衛烜凝眉不語。

也不知他是怎麼和瑞王妃說的，瑞王妃親自過來攜了她的手，叮囑她在家裡好生歇息，四公主的婚禮便不用去了，由她去便好。反正大家都知道她的情況，沒人會怪罪的。

瑞王妃態度親切，讓阿菀說不出反駁的話。

等瑞王妃離開後，阿菀忍不住看向衛烜，卻見他朝自己露出大大的笑容，讓她的心跳快了幾拍，她好像越來越無法拒絕他了。

四公主的親事阿菀終究在衛烜莫名的堅持下沒有去，不過瑞王夫妻都過去了。衛烜因為皇上的原因，倒是走了一趟，只是他觀完禮，並未留在那兒喝喜酒就先回府了。

阿菀被他輕率的舉動弄得目瞪口呆，擔心地道：「你也太敷衍了吧？小心皇上知道會生你的氣，說你這個兄長當得不稱職。」

衛烜將黑色貂毛斗篷脫下，將自己烤暖了，方坐到炕上挨著她，將她摟到懷裡，說道：「沒事，皇伯父日理萬機，沒時間揪著我這點小事不放。」

見他一副不欲多談的模樣，阿菀只得作罷，轉而問起了四公主的親事。

衛烜簡短地說了，然後低聲和阿菀說起同去觀禮的幾位皇子，說到五皇子時，嗤笑道：「三皇子還在養傷，三皇子妃懷有身子，不方便過來。五皇子和五皇子妃倒是來了，不過看起來那位五皇子的表情很不好看……」

說到這裡，他便想到前些天讓孟灃查到的事，眼神變得陰翳起來。

若是沒有上輩子的親身經歷，恐怕他也會像那些人一般，將三皇子當成太子最大的勁敵，將鄭貴妃一脈視為眼中釘肉中刺。卻不知螳螂捕蟬，黃雀在後，他們所有的人，皆不過是別人權力角逐時的一枚棋子罷了。

閉上眼睛，上輩子的事情走馬觀花般在腦子裡閃過，最後定格在九皇子身上。

他有一個善於隱忍而聰慧的母妃、低調卻又暗中搭上首輔的母族，出生在最適合的時機，擁有比其他皇子所沒有的年紀優勢。等到他羽翼漸豐時，皇帝已經老邁，年長的皇子們因為帝王猜忌，死的死，幽禁的幽禁，甚至被政敵拉下馬，最後終於將他凸顯出來。

所以，如若他的猜測不錯，最後應該是他坐上了那個位置。

想來便覺得造化弄人，彷彿前面所有人皆是為了讓他登上那個位置而幫他鋪路一般。

「阿烜，你怎麼了？」阿菀見他閉著眼睛，奇怪地問道。

衛烜睜開眼睛，朝她笑道：「沒事，我只是在想，最近京城裡的媒人都快要走斷腿了，好些人家的適齡子弟都紛紛訂親了。」

阿菀也不是個笨的，略一想便明白了，了然道：「是為了三公主的親事吧？他們這樣，不怕皇上知道了惱怒嗎？」

三公主從太后的小佛堂出來後，又開始活躍了，而那些揣測到皇帝心思的朝臣勳貴們，無不心裡泛嘀咕，所以整個九月，京城的媒人都異常忙碌。

「這有什麼？」衛烜不以為然地道：「法不責眾，就算是皇上，也不能隨心所欲地行事，況且三公主那種德行，沒人會想要伺候這尊大佛，他再惱，也不能將所有人都惱上。」說著，他笑了笑，「明年就是春闈了，想必會有很多學子進京趕考，到時候青年才俊多的是。」

看他一臉壞笑，阿菀也忍不住感到好笑。

兩人親親熱熱地說著話，路雲隔著簾子在外頭稟報，說是公主府打發人過來了。

阿菀一聽，馬上急道：「是不是我娘見我沒去參加婚禮，以為我病了？」

「沒事沒事！」衛烜怕她焦慮傷肝，忙道：「我當時見到姑母了，和她說了妳的情況，她應該是有別的事情吧。」

阿菀起身披了件灰鶴色錦綢披風去了外室，便見正和青雅說話的余嬤嬤滿臉笑容，心裡也不禁放鬆了幾分，問道：「嬤嬤怎地來了？可是母親那兒有什麼事？」

余嬤嬤笑呵呵地道：「奴婢這也是心急了些，方先來和郡主說一聲。公主讓奴婢告訴您，孟少夫人有喜了。」

阿菀驚喜地追問道：「真的？」

「太醫來診過，說是有兩個月了。」

阿菀又是吃了一驚，「那不是秋獵時就懷上了？沒事吧？」想到秋獵時，柳清彤還陪孟妡騎馬狩獵，臉色頓時發青，「到底怎麼回事？怎麼快兩個月了才知道？」

余嬤嬤答道：「今日公主陪康平長公主去喝喜酒，孟少夫人也一起去了，只是在吃喜宴時，孟少夫人突然嘔吐不止，幸好當時太醫院的秦醫正也來了，便請了他過來把脈，誰知診出孟少夫人有喜。秦醫正說，孟少夫人的脈象很穩，雖然才兩個月，卻是無礙的，只是當時聞到油腥味，才會害喜。」

阿菀臉色稍霽。

「至於為何孟少夫人懷上兩個月才確診，奴婢也不知道，許是像秦醫正說的，有些婦人的反應不同，脈象也不盡相同，先前那些太醫請脈時，才沒能診出來。」

阿菀聽得一愣，她也不懂這些東西，秦醫正說的確實有可能，畢竟有些人若是懷上一個月，脈象還算是淺的，有時候根本無法確診。只是柳清彤自己不清楚自己的月事嗎？

不過，這是人家的私密事，阿菀不好和余嬤嬤說，當下便道：「這真是個好消息，辛苦嬤嬤走一趟了。」讓青雅賞了嬤嬤後，阿菀笑道：「明日我再去瞧瞧姨母和表嫂。」

余嬤嬤笑著說了些奉承的話，又不著痕跡地打量阿菀的臉色。雖說柳清彤懷孕是喜事，但余嬤嬤今兒來這裡可不是獨來告訴阿菀這消息的，還是白天時在四公主的婚禮上沒見到阿菀，雖有衛烜的解釋，但康儀長公主仍是不放心，才找了這個藉口打發她過來瞧瞧。

如此看來，郡主的臉色很好，未有什麼病態，余嬤嬤便放心了。

等阿菀端茶送客，衛烜才從內室走出來，見阿菀滿臉喜色，便坐到她身邊擁住她的肩膀，笑著問道：「有這麼高興嗎？」顯然剛才他也聽到了余嬤嬤的話。

「當然啦！」阿菀嗔了他一眼，「子孫是一個家族的立足根本，澧表哥有後是大喜事。」然後興致勃勃地和他討論明日去公主府看望他們時帶些什麼禮物好。

衛烜看著她因喜悅而顯得明亮的臉龐，嘴上附和著她的話，心思卻不由自主飄遠。

現在已經十月初，還有十餘天，北方就會有消息傳來。

阿菀轉頭時，看到衛烜心不在焉，又見他臉上有一閃而逝的戾氣，心中微顫，頓時有種不好的預感。

她對衛烜不說有十成了解，卻也七成左右，知道他在自己面前是一個樣子，在外時又是另一個樣子，甚至心裡還隱藏著不為人知的樣子，並非像旁人所認為的那般紈綺無作為，反而敏銳得嚇人，甚至在這個皇權至上的世界，主動掌握著主宰權，慢慢在皇帝心中占有一席之地，成為一個讓皇帝用得順手的有用之人。

所以，看到他那一閃而逝的表情，她的心不禁懸了起來。

衛烜見她望過來，朝她笑了笑，「明日我正好休沐，可以陪妳去公主府。」

阿菀突然想起什麼，又猶豫起來，「我今日藉口身體不爽利，沒去參加四公主的婚禮，明天卻突然好了，還去公主府看表嫂，四公主知道後，會不會不高興？」想也知道，定然是不開心的，阿菀無意給衛烜惹麻煩，不由萌生退意，想著過幾日再去也不遲。

「這有什麼？」衛烜不以為意，「妳直接去便可，她不敢不高興。」

他的語氣很傲慢，甚至帶著一種俯視螻蟻般的漠然，讓阿菀有些呆愣，接著慢慢明悟。恐怕生母現在還只是貴人的四公主在衛烜眼裡，只是如螻蟻般可以隨意擺布的存在。

想明白這點，阿菀便轉移了話題。

衛烜彷佛知道她的想法似的，朝她微微一笑。

他用了十年，走了一條和上輩子完全不同的路，爬到這個位置，為的不僅是不讓上輩子的悲劇重現，還想要讓她可以在他的羽翼下不用對任何人卑躬屈膝，可以肆意張揚地活著，不需要處處小心謹慎，如此委屈自己。上輩子三公主和四公主讓阿菀受了委屈，所以這輩子她們只能仰望阿菀，甚至不敢生出什麼異心。

陸之章　孟家有喜

阿菀和衛烜稟告瑞王妃一聲後，便坐馬車去康平長公主府。

天空一片陰沉，雪仍是未停，像鵝毛般飄飄灑灑，將整個世界妝點成了雪白世界，蒼茫而寂寥，連路上披著蓑衣匆匆而過的行人都顯得那麼匆促。

馬車的車廂裡，卻是暖融融的。

衛烜向來對阿菀的身子極為關注，這種天氣出行，生怕她凍著，便將一個掐絲琺瑯的手爐塞到她懷裡，自己靠在迎枕上，將她摟住，再用寬大的狐皮褥子把兩人裹起來。

聽著他一路上問自己冷不冷，阿菀對他的小心著實無奈，「不冷，你身上很暖和。」她這話可沒騙人，衛烜自幼跟著武師習武，身體健康，氣血旺盛，無論冬夏都像火爐一般。冬天靠著很溫暖，晚上睡覺時連湯婆子都不用，只要抱著他就行。

衛烜聽罷不免有些受用，將她又擁緊了些。

到了康平長公主府，孟灃親自迎了出來。

「你們怎麼來了？壽安身子弱，現在還下著雪，應該在家好生休養方是。」孟灃有些不贊同，在他的記憶裡，阿菀仍是初見時那個小小的病弱孩子，連丁點風也吹不得，每逢冬天，連門也不能出。

阿菀說道：「表哥這話可不對，我的身體好多了，總在家裡待著會悶出病來的，而且……」她抿唇一笑，「聽說表嫂懷上了，怎麼也得過來瞧瞧。」

衛烜讓人奉上他們帶來的禮物，也打趣道：「沒想到你要當爹了，恭喜啊！」

豪爽如孟灃，在兩人的打趣下，仍是免不了赧然，但是眉宇間仍是有幾分收不住的喜氣，顯然對於妻子有了身孕這事是相當高興的。

兩人先是去了正院向康平長公主請安，康平長公主知道他們過來時，也擔心地嘮叨阿菀幾句，語氣和孟灃一模一樣，不愧是母子倆。

「烜兒也真是的，這種天氣打發個人過來就行，怎地把阿菀也帶來了？等到天氣暖和些，再過來也不遲。」

衛烜笑了笑，沒應聲。

康平長公主是個有眼色的人，知道衛烜素來不聽人言，自己嘮叨兩句就好。她叫了孟妡過來，帶阿菀去探望在房裡安胎的柳清彤，衛烜則跟著孟灃去書房說話。

「我就知道妳今日會過來，因為連大姊姊也回來了。」孟妡眉稍眼角俱是笑意，「若不是二姊姊不方便出宮，說不定她也會來。不過，她雖然沒有回來，卻打發人送了補品過來給大嫂補補身子。」

阿菀聽罷，也不奇怪孟家三姊妹對柳清彤懷孕的重視，畢竟柳清彤肚子裡的孩子將會是孟家第一位孫子輩，意義非凡。

等到了柳清彤那兒，果然看到穿著石榴紅緙金絲雲錦緞通袖襖的孟婼坐在那裡陪柳清彤閒聊，兩人看到阿菀時都很驚訝，然後孟婼柔柔地笑了起來。

已經有兩個孩子的孟婼，依然溫柔似水，見她們過來，忙拉著阿菀坐下，讓丫鬟去呈熱湯給兩人暖身子，自己又握住了阿菀的手，就怕她有什麼不妥貼。

「大表姊放心，我很好的。」阿菀笑道。

孟婼也回了個笑容，接過丫鬟遞來的熱湯給她喝。

阿菀道了謝，邊喝熱湯邊恭喜柳清彤。

柳清彤忍不住紅了臉，面上帶著喜色，感謝了阿菀過來看她，對她道：「妳身子不好，以後這種天氣莫要出門，等天氣好再來也無妨。」

得，又是一個受了旁人影響，覺得她是個病秧子的！

「表嫂不必擔心，我的身體已經好很多了，今年都沒有生過病呢！」這是她最自豪的事情，讓她覺得自己的身體會越來越好，活到七老八十都沒問題。

孟妡邊吃著果子邊說道：「妳就貧嘴吧！」

「我哪有貧嘴？倒是阿妡妳明年就要出閣了，事情準備得怎麼樣了？」

「阿菀！」孟妡羞憤大叫。

見她滿臉通紅，阿菀和柳清彤都笑了出來。

孟婼溫柔地摸摸小妹的頭，如過去一般微笑地看她們嬉鬧。

笑完之後，阿菀仔細詢問柳清彤關於孟妡的親事。

孟妡羞得不行，背過身子不理人，阿菀便和柳清彤湊到一起說道起來。

由於定國公府的二房定居在西北陽城，孟妡出嫁後，便要隨丈夫回西北，這樣行前準備就要多了些。而且，沈磐這次回京只是奉父母之命回來向祖母拜壽，因為秋獵之事，多在京城停留了些天，可能近段時間就要返回西北了。

「聽說沈三公子不會留在京城裡過年，等到明年春天再回來迎親，然後和阿妡一起回去西北。」柳清彤說著，面上有些惆悵。

孟妡和沈磐的婚期定在明年三月。

阿菀聽得暗暗點頭，看了面色緋紅的孟妡一眼，又看向柳清彤，明白她的心情。孟妡真的是一個讓人忍不住想要疼愛的孩子，活潑可愛，知禮識趣，讓人很難拒絕她。

柳清彤嫁過來後，能如此快速地適應新生活，在公主府中站穩腳跟，還是多虧了孟妡在父母和兄嫂之間充當潤滑劑。

阿菀心裡也很不捨，可是看孟妡臉蛋紅潤，仍固執地坐在這裡陪她們，又忍不住笑起來，當下攬著孟妡的肩膀道：「妳後來有見過沈三公子嗎？」

孟妡扭著身子不語。

柳清彤掩著嘴偷笑。

阿菀見孟妡害羞不語，便又繼續和孟婼、柳清彤說話。先是問了孟婼的兩個兒女，得知她的女兒宋辰雅已經跟著安國公夫人學管家，忍不住又是一笑。問完了這事，又詢問起柳清彤懷孕的狀況。

因有個未出閣的姑娘在，阿菀不好問得太明白，便含蓄地道：「怎麼事前都沒一點預兆嗎？突然聽說妳懷了兩個月的身孕，算算時間，應該是在八月初就有了。想起秋獵那會兒妳還騎馬，我真是嚇出一身的汗。」

柳清彤紅著臉，吭哧地說道：「我也不知道會這樣……我的小日子有些不正常，只是以為又推遲了，誰知道……」

阿菀心裡微動，想到柳清彤那一身武藝，暗暗嘆氣。就和柳綃一樣，女子要學會這身武功，實在是不易，很容易便會落下什麼毛病。現在她嫁過來不到一年，便能有消息，也算得上是幸運了。

說完這事，阿菀又去拉著孟妡說體己話，少不得要打趣她一下。

「妳還記得當時在圍場時的事嗎？」

「……記得。」孟妡臉蛋雖紅，卻也沒有太扭捏。看了眼笑咪咪坐著喝果茶的柳清彤和朝她微笑的大姊，終於按捺不住傾訴的欲望，將阿菀拉到隔壁的暖閣說悄悄話。

柳清彤知道小姑的話嘮本性，讓人送上茶後，逕自和大姑說起懷孕的注意事項來。

女眷們這邊聊得高興，書房裡的氣氛卻大相徑庭。

待丫鬟上了茶，孟灃將服侍的人遣退，從書櫃中取下一本古籍打開，拿出一張紙，然後將那張寫滿了細密小字的紙遞給衛烜。

「這是江南那邊的名單，你且看看。」

衛烜接過，隨意掃了一眼，接著摺起來放進衣袖裡。

孟灃和他到窗邊的太師椅上坐下說話，問道：「你有什麼打算？」

衛烜端著茶盞，用茶蓋刮著上面的茶沫子，淡然說道：「不是我有什麼打算，而是皇上有什麼打算，那些大臣有什麼打算。」

孟灃微微一頓，心裡了然，又取出一本藍皮帳冊給他，「這是近幾年江南那邊的收益，正好今天你來了，你自己看看吧。」

「交給你，我放心。」衛烜沒有接，以示自己的態度，「不過明年皇上也許要整頓江南的吏治，在五月之前，你將所有的生意都脫手，別留下把柄。」

孟灃爽快地道：「行，反正這些年也賺夠了。」

跟衛烜合作幾年，他大賺了一筆，算得上是自己私置的產業，連家人也不知道，手頭十分寬裕。這也是他佩服衛烜的地方，當時他才幾歲，就敢出這種主意，還將自己拖下水。

衛烜很滿意他這點，豁達卻不貪婪，面對如此巨大的利益，說收手就收手，沒有任何不捨，這也是他當初會選擇與孟灃合作的原因。再者，孟灃看起來隨性，實則心思細膩，不用他多吩咐，便明白什麼事該做，什麼事不該做。

說完這些，孟灃突然想起什麼，低聲問道：「那件事，廖閣老和陳家……都參與了？」

聽出他語氣裡的遲疑，衛烜笑笑，笑容冰冷。

「這種事哪裡有假？」

孟灃的臉色微微發白，如何也想像不出那些人竟然如此膽大包天，竟敢想將三皇子和太子一網打盡，好將水攪得更渾，讓下面的皇子有出頭之日。這其中還涉及當朝的幾位內閣輔臣，讓他頭皮發麻，很想說是衛烜推測錯了，但是衛烜提供給他的資料，並且讓他自己去查到的證據，又說服不了自己。

想到這裡，他很擔心在宮裡的妹妹，若是太子倒臺，身為太子妃怎麼能善終？

就在這種靜默中，書房外響起了小廝的聲音。

「少爺，定國公府的三少爺送禮過來了，公主讓您去招待他。」

孟灃的臉色稍緩，聽說沈罄來了，朝衛烜笑道：「行啦，表弟，你也去見見吧。」語氣裡有對衛烜的隨意，這是對親近之人特有的語氣。

衛烜起身說道：「他倒是有心了。」

可不是有心了嗎？

柳清彤有孕，親朋友好友聽說後，都送了禮過來祝賀，親厚些的，如康儀長公主和阿菀，是直接過來，關係遠些的，也會打發家裡有臉面的管事過來送禮。定國公府與孟家剛訂親，沈罄便是孟家的女婿，他親自來送禮，不僅不失禮，反而顯得親暱，康平長公主知道了，也會很高興他如此周全。

孟灃和他一起出去，笑道：「雖然他看起來性子很冷，卻非常細心，莫怪振威將軍在陽城能經營得如此之好。」神色間，對沈罄頗為滿意。

衛烜神色淡淡的，不免又想到上輩子陽城被破，沈罄戰死之事，也不知其中出了什麼差錯。雖然他並未見過沈罄之父，卻是聞名已久。當年瑞王在西北征戰，瑞王也和振威將軍打過交道，對他頗為讚賞，說他是個用兵的將才，親手教出來的沈磬自然也不差。

所以，沈磬戰死，怕是其中有什麼隱情？

暗忖間，到了待客的廳堂，進門便見穿著石青色寶相花袍子的少年端坐在那兒，眉目端凝，一絲不苟，見兩人進來，忙起身見禮。

「這位是瑞王世子，想來你也見過了。」孟灃為他們引見。

沈磬向衛烜行禮，秋獵時確實見過了，只是當時衛烜跟在皇帝身邊，兩人並無交集，今日才是兩人第一次面對面，而且以後還會是連襟。

衛烜不著痕跡地打量了他一眼，矜持地道：「沈三公子身手了得，我也頗為欽佩。」然後說起了西北陽城之事，揀了些那邊的民俗風情及吃食說了。

沈磬不動聲色地打量著這位即便在西北也聽過其名的瑞王世子，他可是宮裡的大紅人，朝臣頭疼的對象，連皇子也難出其右。原本未見之時，以為他是個無甚用的紈絝子弟，仗著太后和皇帝寵愛作威作福。後來進京，接觸多了，才發現他深不可測。若真是個沒用的紈綺，哪可能十幾年如一日地深得太后、皇帝的寵愛不衰？

等聽他對西北的事情張口便道來，雖然都是些瑣事，卻讓他心中微凜，一時間暗自琢磨起他的話中之意來。

孟灃在一旁笑咪咪地聽著，也不打斷他們。見沈磬神色未動，專注聆聽，不禁暗暗點頭。再看衛烜，面上帶笑，骨子裡卻透著高人一等的矜貴，若是心胸狹隘些的，怕是心裡會有幾分不舒服。沈磬倒是沒有任何不悅，故而他越發滿意了幾分。

待說得差不多了，孟灃開口道：「對了，聽說你今年不在京城過年，何時回陽城？」

「再過幾日，等雪停時。」沈磬如實說道。這也是他今日過來的目的，並不只是送禮，同時也是來稟明一聲。

孟灃愣了下，雖然先前就有聽聞，可是得知他要回西北，仍是覺得太快了。可沈罄是二房的長子，陽城的事情確實離不開他，他不能在京城久留。

知道他要離開，孟灃少不得要為他餞行，擇日不如撞日，便道：「你若是無事，不如隨我去梅林的暖閣那邊喝兩杯，如何？」他笑看著二人，卻也不說是為他餞行。

每年的初雪剛至，康平長公主府裡的暖房培育的梅花開了些，便會直接移植到梅園去，令其迎著風雪綻放，是個賞梅的好去處。

沈罄面無表情地看著他。

衛烜道了聲好，施施然道：「子仲今兒過來，是為了祝賀你當爹，自然要作陪。」見他同意，孟灃便讓人去安排，又派人去同康平長公主說一聲，然後兩人根本未問沈罄的意見，我行我素地拉著人走了。

孟灃邊和衛烜說說笑笑，邊暗中觀察沈罄，發現他沉穩地站在那兒，給人一種風雪難擋的堅韌之氣，不禁啞然失笑。他現在算是知道為何見過他的人都對他萬般欣賞了。單是他這股精神氣，便教人喜歡。

母親果然幫小妹挑了個不錯的對象。

這般想著，他對於小妹即將遠嫁西北之事，終於寬了幾分心。

另一邊，聽說沈罄代表定國公府送賀禮過來，並和孟灃、衛烜一起去梅園喝酒賞梅，阿菀心中微動。

沈罄和孟妡訂了親，算是孟家的女婿了，過來送禮，自是要好生招待，可是這麼招待到梅園去，似乎顯得太過親暱了。

「不知是誰提議的？」阿菀問道。

來稟報的丫鬟答道：「世子爺正和沈三少爺說話，大少爺便提出來了。」

阿菀心中確認了，眼珠一轉，便看到旁邊的孟妡微紅著臉，卻眼睛亮晶晶地看著她。

阿菀當下有了主意，說道：「走，咱們也去梅園瞧瞧。」

孟婼卻有些擔心，「雖說訂親了，可也不好見面……」若是讓人知曉，不免輕狂了些。

「大表姊，我只是想和阿妡去折枝梅花回來給表嫂插瓶。」阿菀故作無辜，又看向柳清彤，「表嫂，聽說梅園那邊的梅花開了，我和阿妡去折枝梅花回來給妳看。」

柳清彤笑盈盈地應好。

孟婼哭笑不得，她就知道阿菀看著文文靜靜，其實骨子裡是個促狹的。平時看不出來，等到關鍵時候便會發作。偏偏她的理由用得這般好，讓人不能直接駁了她。

「大姊姊，就讓她們去吧。」柳清彤拉住她，「阿菀是個有分寸的。」

孟婼遲疑了下，想著妹妹和沈三少爺已經訂親，又是在家裡，不用擔心被人看到說閒話，便沒再阻止，叫丫鬟給她們披上了斗篷穿上木屐，又打起傘，方讓她們出門。

兩人迎著風雪走向梅園，聽說孟灃和衛烜在暖閣賞雪，她們便拐去了另一處賞景的樓閣裡，早有丫鬟將燒好的火盆放在四周，火盆裡的銀霜炭裡甚至添了些橘皮，使得空氣不僅不乾燥窒悶，反而有幾分植物的清香。

孟妡緊張地拉著阿菀，小聲地道：「要不……算了吧？」

先前和阿菀說體己話時，還想再見見沈罄，畢竟除了秋獵那次，她一直沒機會再見沈罄。那時候她對沈罄並未關注，沒有仔細看他，直到訂親後，她收到了沈罄讓人送來的一個西域血紅石做成的盆景，仍是沒機會見他，更別說和他說話了。

這種事很尋常，男女即使訂親，也不能隨意見面，大多數時候只能在父母長輩在場時，偷偷看那麼一眼。可是孟妡被阿菀和孟妘影響，不拘小節，總想找機會和沈罄說幾句話。

阿菀拍拍她的手，叫來今日跟她過來的路雲，吩咐她幾句。

路雲領命而去，阿菀對孟妡笑道：「妳也知道，我的身子骨不好，我就在這兒等妳啦，妳自己去折技梅花回來吧。」

孟妡的臉又紅了。

阿菀看得忍不住笑起來，平時那般活潑，這種時候還是害羞了。

「快去吧，我等著妳。」阿菀握了下孟妡的手，為她打氣。

孟妡深吸了一口氣，披上大紅緙絲鑲灰鼠皮的斗篷，襯得她白皙的臉龐明豔得如六月的石榴花，讓人眼睛一亮。

等孟妡離開，阿菀便端了杯果子露慢慢喝著，一邊看向琉璃窗外的雪景，嘴邊噙著一抹若有若無的笑意，顯然心情十分愉悅。

直到門簾被人掀起，阿菀不由得吃驚道：「你怎麼來了？」

衛烜走過來，很自然地坐到她身邊，朝她笑道：「阿灃帶沈罄去賞雪景，我一個人待得無聊，便過來尋妳了。」說著，牽起她的手摸了摸，發現她的很溫暖，才放下心來。

阿菀看了周圍一眼，發現丫鬟都在外面候著，便湊到他身邊，伸手摟住他的腰，抬頭親了親他的下巴，笑呵呵地道：「是不是到時候表哥會找藉口離開，將沈三公子丟在那邊？」

衛烜但笑不語，低頭親了下她的嘴唇，舌頭頂進她的唇瓣，嘗到了果子露清甜的味道，然後馬上退了出來。

「漱個口吧。」衛烜端來剛才丫鬟給他沏的茶。

阿菀扭頭笑道：「不要！」接著，直接坐到他膝蓋上，捧住他的頭，硬是湊過去，像惡霸一樣，按住他的腦袋強吻他。

衛烜頓時露出一副想要推開她又極端不捨的矛盾神色來，讓阿菀忍不住大笑。

孟妡走在梅樹下，枝頭上點綴著點點紅梅，為這個單調的世界妝點了幾分亮麗。

然而，在來人眼裡，她那亭亭玉立的大紅身影，才是最鮮活的存在。

孟妡轉頭間，不經意撞進一雙深邃的眼眸中。她恍惚了一下，看清對方的長相，不由得臉頰發熱，手腳一時不知往哪裡擺才好，可是想到若是這次不抓緊機會將心中的疑惑問清楚，恐怕日後就沒有機會了。

「你、你好……」她結結巴巴地開口，硬著頭皮上前。

只是，走了兩步，又停了下來。

他們之間隔了幾丈的距離，她的聲音被風雪吹散，幾乎輕不可聞。

沈罄深深地注視她一眼，走了過來，距離她三步時停下，接著伸手從枝頭上折了一枝梅花遞去給她。

「……謝謝。」孟妡吶吶地道。

「不客氣。」低沉的男聲響起。

孟妡又看了他一眼，終於鼓起勇氣，輕聲問道：「你為什麼要這麼做？」

沈罄目光微動，沉默不語。

孟妡心裡有些失望，甚至以為是老定國公在開自己的玩笑。這件事情，她誰都沒說，更沒有告訴母親和阿菀，只是自己埋在心裡。

兩家訂親前兩日，老定國公來孟家與孟駙馬在書房喝酒，當時老定國公心血來潮，便叫了她過去，贈了她一個羊脂玉的蓮花簪子，然後對她眨了眨眼睛，用只有兩人能聽到的聲音告訴她，他家的臭小子為了娶她，曾在他那兒不言不語地坐了三天。

當時她差點傻掉，以為老定國公認為她是個輕狂的，未成親之前就和外男有什麼首尾，幸好老定國公神色愉悅，又藏有幾分說不明道不清的欣慰，方沒有亂想，之後便是定國公府派了媒人來提親。雖然一切順利，卻讓她心裡積了事，一直到現在。

她未想到老定國公這把年紀了，竟然像個孩子一樣，連這種事情都敢宣諸於口，讓她不知如何是好，可按捺不住好奇心，讓她總想和他見面問個清楚。

就在孟妡以為他不會開口時，他突然從懷裡拿出一條蓮子米般大的南珠手串送到她面前，輕聲說道：「我如期而來，並未失約。」

孟妡更糊塗了。

見她一臉迷茫，他的神色變得冷峻。

孟妡感覺他好像生氣了，頓時尷尬不已。

「十年前的三月初三，在枯潭寺，我答應過會娶妳為妻。」

孟妡：「……」

十年前的三月初三，枯潭寺……

孟妡驚嚇地看著他。

他的表情更冷了，氣息幾乎可以和風雪媲美。

衛烜討厭甜食，阿菀是知道的，只是沒想到他會這般不喜。將他折騰了一頓後，阿菀才坐回原位，一副什麼事都沒發生的樣子，然後開始關注起外面的事情來。

「雪好像又變大了，他們是不是該回來了？」

雖說這個時代的玻璃技術還達不到後世那般透明清晰的程度，可是用來裝在槅扇和窗上的琉璃已經能將之做得很薄，能隱隱約約看到外面的風景。坐在裡面賞雪，也挺風雅的，很多豪門貴冑都會安上這種琉璃窗。

衛烜只是盯著她微紅的嘴唇看，期盼著阿菀再對他做一次剛才的事，便心不在焉地道：「放心，阿灃在旁邊看著。那是他親妹子，他自己會注意。」

阿菀點點頭。

等到路雲進來，衛烜知道事情差不多了，他們很快便會回來，只得起身離開。

回了梅園的暖閣，不一會兒就看到孟灃和沈罄進來。孟灃面上帶笑，似乎什麼都沒有發生的樣子，而沈罄也是若無其事的模樣，看不出異狀，也讓人窺探不到他心裡的想法。

衛烜暗暗嘖了一聲，若非不想讓阿菀失望，他才懶得做這種兒女情長的事。

簾子掀開時，阿菀下意識望去，見孟妡手裡拿著一枝含苞待放的梅花款款走進來。

阿菀忙讓丫鬟幫她解下身上沾了雪的斗篷，拉著她坐下，塞了個暖手爐給她。發現她呆呆愣愣的，忍不住問道：「這是怎麼了？沒見到人？」或者是見著人，但發生什麼事了？

看到孟妡的樣子，阿菀心頭打鼓，生怕孟灃掉鏈子，沒看好他妹子，心說，孟灃應該不會這麼不靠譜吧？

孟妡沉默了下，慢吞吞地道：「見到了，只是……」她看著阿菀，欲言又止。

「怎麼了？」阿菀的聲音放得更輕柔了。

孟妡瞧了瞧四周，小小聲地和她說了。

「阿菀，他說十年前的三月初三，我和他在枯潭寺見過面，他才會要娶我的。」接著又有些赧然地將老定國公上回私下見她，贈她羊脂玉蓮花簪的事情說出來。

阿菀算了算時間，十年前她和孟妡都是六歲，那年她和父母從江南回京，在通州驛站遇到瑞王一家，在路上兩家長輩為她和衛烜定下婚約，然後在八月底時回京城。所以，十年前的三月初三那會兒，她還沒有回京。

「當時發生什麼事了？」阿菀感興趣地問道。

孟妡咬住嘴唇，蹙眉細想，不太確定地道：「我沒什麼印象了，好像是我娘帶我和姊姊們去枯潭寺上香，我比較貪玩，趁著大家不注意，跑出去玩了，讓他們找了很久。回到家後，母親大發雷霆，第一次如此生氣，將我關了禁閉。我當時非常害怕，哭得很傷心……」

說著，她有些不好意思地摸了摸臉。

當時的事情對她而言印象太過深刻，也讓她被家人寵得嬌縱的性子收斂了些，所以才會記得這般清楚。也因為記得清楚，當沈罄提出三月初三的事情時，她才會嚇了一跳。

阿菀一臉意外地看著她，覺得能讓她記得這般清楚，想來那天確實發生了一些事。

康平長公主素來疼她如命，捨不得大聲念她一句話，甚至因為女兒不喜歡那些來提親的人，也不管是不是會得罪人，仍是拒絕了，沒有因為自己覺得好就強制為她訂親，這在旁人看來實在是不可思議，認為康平長公主過分溺愛她了。所以，能讓康平長公主大發雷霆，顯然當時發生的事情是讓她又擔心又憤怒的，她才會克制不住脾氣。

「妳那時跑去哪裡玩了？」阿菀繼續問道，這才是關鍵。

孟妡想了想，遲疑地道：「不太記得了，當時我好像躲在一個很黑很暗的地方，身邊還有一個人陪著，我一直在和他說話……」

阿菀囧囧有神地看著她，突然覺得當時那個陪著她說話的人，多半就是沈罄了。沈罄雖然出生在西北，也在西北長大，但隔個幾年會回京來探望祖父母，定是那時候沈罄也隨長輩去枯潭寺上香，然後兩個小孩子不知怎麼地就湊到了一起。

先不說孟妡怎麼會跑過去，可以想像這個小姑娘自小就是個話嘮，當時指不定有個人陪她說話，聽她嘮叨，她就高興得忘記時間，忘了回去，害大人們以為他們失蹤，康平長公主才會如此生氣。

算算時間，當時沈罄大概八歲左右，已經到記事的時年紀了，他應該會有印象。或許是他們之間還發生了什麼事，所以沈罄記住了，故而在長大後來求娶她。

想到這裡，阿菀看向那個仍蹙著眉苦思冥想的小姑娘，很快便將事情串連起來。

沈罄……絕對是早就有計劃要娶孟妡了，才會在回京後，先是在秋獵時救了驚馬的孟妡，於康平長公主面前露了臉，隨後在圍場比試時大出風頭，讓康平長公主看到他的優秀，繼而生出結親的念頭。最後，他趁機去尋家中已經不管事但餘威猶在的祖父老定國公出面，為他求娶孟妡。

定國公府的老夫人雖然因為康平長公主的反覆無常，怕家中大房和二房因此生出嫌隙，不同意這門親事，可是老定國公才是一家之主，有他出面，定國公老夫人也只能退讓，再加上宮裡還有皇上突然想要為三公主挑選駙馬的事情，讓定國公老夫人最後一絲猶豫也沒了，迅速地同意兩家訂親。

如此一連串的事情聯繫在一起，阿菀暗暗心驚，如果這事不是過分巧合，那麼就說明了沈罄的心思之縝密，竟然能將所有事情都算計上，甚至連宮裡皇帝的態度也沒遺漏。

再看仍在苦苦回想當時發生什麼事情的小姑娘，阿菀默默嘆了口氣，突然又擔心起來。這般有謀算的男人，到時候孟妡應付得來嗎？會不會被他欺負了也無人知道？

帶著這種擔憂，兩人離開了梅園，回到了柳清彤的院子。

看到孟婼時，孟妡突然眼睛一亮，暗暗扯了下阿菀。

不用孟妡說，阿菀已經知道她的意思，她沒理會她的興奮，神色如常，將孟妡折回來的那枝梅花插入青花瓷瓶裡，對柳清彤道：「梅園裡的梅花開的不多，大多還是花苞，應該還要過個幾天才能真正聞到梅花香。」

孟婼見她們回來，擔心她們被凍著，忙讓兩人過來坐到炕上取暖，又叫人呈上熱湯。

柳清彤看了看那枝梅花，上面皆是半開不開的花苞，不禁笑道：「聽夫君說，這些梅花雖然是暖房裡培育的，但也只是比其他花開早些，並不能一到時間就綻放。等花全開了，天氣好一些，壽安再過來賞梅。」

阿菀微微一笑。

說了會兒話，阿菀見柳清彤面上疲憊之色，便道：「好了，我們就不打擾妳歇息了。表嫂好好養身子，我們還等著抱侄子呢！」

柳清彤臉頰微紅，大方地笑著應了一聲。

孟婼拍了拍她的手，溫柔地道：「妳若是有什麼不懂的，可以使人到國公府同我說一聲。我生過孩子，也算是有些經驗了。」說著，自己的臉也紅了。

柳清彤越發高興，她這是第一胎，什麼都不懂，有個懂的人能問，心裡也高興。

和柳清彤閒說了幾句，眾人便起身告辭。

離開了柳清彤的院子，阿菀便拉著孟婼道：「大表姊，難得見妳，妳和我們一起說說話吧？就去阿妡那兒坐坐。」

孟妡像隻小狗一樣使勁兒點頭，眼巴巴地看著她。

孟婼拿她們沒辦法，被兩人拉到孟妡的屋子去。

等丫鬟上了茶點，孟妡急躁地將她們揮退到外面，只剩下姊妹三人。

孟婼瞧這陣勢，哪有什麼不明白的，笑問道：「這是怎麼了？」

到了孟婼面前，孟妡反而扭捏起來，不知道怎麼開口，只好求助地看向阿菀。

阿菀暗笑，果然她還是在意的，也想知道到底發生了什麼事情，才會讓沈罄長大後決定來求娶她。婚姻就像女人第二次投胎，阿菀對她的心態也能理解。

「大表姊，是這樣的。」阿菀慢條斯理地道：「剛才我和阿妡去摘梅花，突然說起她小時候的事。阿妡說，她六歲那年的三月初三，姨母帶妳們去枯潭寺，後來姨母大發雷霆，不僅罰了很多伺候的下人，阿妡也被禁足，她當時哭得很傷心……」

孟婼驚訝地看著小妹，見她滿臉不自在地低頭喝茶。

「姨母素來好脾氣，也疼愛阿妡，我還未見過姨母生氣呢！當時到底發生了什麼事情，姨母怎麼會那麼生氣呢？」阿菀好奇地問道。

孟婼聽後，忍俊不禁。她當時已經大了，自然記得這事，當下便說道：「難為阿妡還記得這事，看來妳也是受到教訓了。」然後又道：「當時她太調皮，竟然趁著奶娘和丫鬟們不注意跑了出去。也不知她躲在何處，讓人遍尋不著。我們全都急壞了，到處找她，連枯潭寺的住持都被驚動，出動了好多僧人一起找，母親當時以為她被人販子抱走，哭著差點要叫人去讓京兆尹派人來封山。」

聽到這裡，孟妡更不好意思了。

自己回想是一回事，被人這般說道，又是另一回事。

「幸好，就在母親要派人拿帖子去尋京兆尹時，她這個小傢伙不知道從哪裡跑回來了，還很高興地說有個小哥哥陪她說話，他們兩人躲在寺廟後面的假山裡待了半天。」

「那個小哥哥是誰？」阿菀忙問道：「當時他們說了什麼？」

孟妡也看著自家姊姊。

孟婼笑道：「她自己都不清楚，我們哪裡知道？而且當時我們看到她的裙子上沾了些血跡，還以為她受傷了，擔心地忙著檢查，也沒見她哪裡有傷，想著可能是那個和她躲在一起說話的孩子受了傷，血蹭到她衣服上了。」說到這裡，孟婼蹙起眉頭，「母親當時以為是有什麼不法之徒躲到廟裡來，擔心出什麼事情，又急又怒，便將阿妡罵了一頓，阿妡當時嚇壞了，哭得驚天動地的。」

阿菀滿臉驚訝，難道當時是沈罄受了傷？沈罄那時八歲了，以這時代來看，也是個半大的小子，若是放在尋常百姓之家，可以當半個大人看待了。以他沈家三少爺的身分，哪裡會受了傷躲在那裡沒人問？

她忍不住看向孟妡，這個小姑娘仍是懵懵懂懂的，還未意識到當時那個受傷的小哥哥可能就是沈罄，不禁暗暗搖頭。

等孟婼起身去尋康平長公主說話，兩人又湊到一起分析來龍去脈。

「所以，妳覺得當時和我躲在一起說話的小哥哥就是沈三公子嗎？」孟妡撐著下巴，苦惱地說道：「我是真的不記得了。」

阿菀笑著抱抱她，「不記得也不要緊，只要他沒存壞心，成親以後對妳好就行了。」

孟妡的臉瞬間紅了。

阿菀笑嘻嘻地又打趣道：「指不定是妳當時幫了他，然後和他定下什麼約定，他記在心裡，所以長大後就來求娶妳了。這算不算是千里姻緣一線牽呢？」

「阿菀！」孟妡跺腳。

阿菀大笑，揉了揉她紅通通的小臉。

等阿菀和衛烜離開康平長公主府時，她的臉上仍帶著笑意。

衛烜問道：「什麼事這般高興？」然後想起今日沈罄來公主府之事，心中驀然一動。

阿菀也不瞞他，將剛才從孟婼那兒得知的事情刪減了些和他說了，最後總結道：「可能當時阿妡年幼無知，便將自己賣了。倒是沈三公子，若真是為遵守當年的約定而來，那定是個重承諾的君子。」

如果真是如此，那就表示他人品極佳，孟妡能與他成就這樁姻緣，也算是喜事一樁。

衛烜突然笑了起來。

他兩輩子的疑惑終於有了答案。

原來真是有故事在裡面，所以無論上輩子還是這輩子，情況如何不同，沈罄都會來娶孟妡，並未因為孟家的處境堪憂就後退。說不定就如阿菀猜測的那般，沈罄這次回京，在秋獵時大出風頭，連文德帝都算計上，就是為了促成這段姻緣。

可是，心思如此縝密之人，又有其父振威將軍在，如何會守不住陽城？

衛烜表情又沉了下來。

「怎麼了？」阿菀問道。每次一見他這樣，就覺得有人要遭殃。

衛烜冷厲的表情一閃而逝，又恢復溫和的模樣，讓阿菀有些吃不消。

帥哥，你就不必再裝了，馬甲都不知道掉多少次啦！

心裡想著，伸手揉了下他的臉，見他乖乖坐著讓她揉，阿菀忍不住笑了起來。

回到瑞王府，兩人先去向瑞王妃請安，又和她說了柳清彤懷孕的情況，方回隨風院。

阿菀換了衣服，就著丫鬟端來的熱水淨面，然後懶洋洋地坐在炕上，昏昏欲睡。

「累嗎？要不要回床上睡？」衛烜湊過去抱住她。

阿菀搖頭，「等會兒要用晚膳了，我就在這裡歇一會兒，到時間你再叫我。」

衛烜應了一聲，在她唇角親了下，便直起身子，隨手拿了一本兵法書翻看。

不知看了多久，他突然低頭看著蜷縮著躺在自己身邊小睡的人，心中湧上一股很溫柔的情緒，輕輕撫著她披散的青絲，表情莫辨。

❤　❤　❤

十月中旬，北方軍事重鎮安陽城傳來急報。

和平了十餘年的北方邊境狼煙再起，狄族鐵騎南下劫掠，大夏被打得措手不及，損失慘重。一時間，朝野震動。

比起京城裡的其他人，衛烜的消息來得更準確。五年前便埋在那裡的探子，早將一份完整的報告呈到他手裡。

安陽城雖然被打了個措手不及，卻沒像上輩子那般毫無防備，短短半個月便城破。衛烜雖未親眼所見，卻明白其中有皇帝的手筆。想到這裡，他露出了淡淡的笑容，果然先前的努力沒有白費，雖然不能阻止戰事再起，卻能將損失減到最小。

「世子……」路平欲言又止。

衛烜心情舒暢，臉色柔和許多，對兩輩子都忠心耿耿地追隨著自己的路平，有著比常人要多的寬容，遂問道：「什麼事？」

路平想了想，說道：「您讓屬下去辦的那些事已經辦妥了。」

衛烜表情更愉悅了。

「不知世子您接下來有何吩咐？需要他們做什麼？」路平請示道，心裡暗忖，好不容易將那些人埋到幾個軍事重地，與當地的總兵打好關係，要傳遞消息也方便。

「不用，別讓他們暴露形跡就行。」

路平應了一聲，見他沒別的吩咐，便退了下去。

衛烜從書櫃的暗格裡取出一個紅漆雕花的盒子，自裡面拿出一幅輿圖。

這是大夏疆域的輿圖，是衛烜花了數年功夫，讓人祕密畫好的。上輩子他在軍中倒是有輿圖，可惜這輩子自己年紀太小，又不在軍事兼任要職，根本無法弄到軍中的輿圖，只好自己耗費人力財力祕製一份。

他的手指劃過輿圖上面縮小的山川河流，最後定在與北方狄族草原交界的一個軍事要塞明水城，這裡是他上輩子的埋骨之地。

敲門聲響起，他回過神來，聽到外頭響起小廝路山的聲音。
「世子，世子妃送湯過來給您了。」
衛烜愣了下，趕緊道：「讓世子妃進來。」說著，自己已經起身迎出去。
阿菀披著一件灰鼠皮斗篷，站在廊下對他微笑。青雅跟在她身後，手上拎著一個食盒。
天空陰沉沉的，北風吹得厲害，時不時能聽到穿堂而過的呼嘯冷風。
衛烜心裡一緊，忙上前執起她的手，說道：「天氣冷，妳怎麼過來了？」說完，他拉著她快步回轉書房。
阿菀笑道：「我抱著手爐，就幾步路罷了，其實不冷的。」
青雅跟著進來，等兩人坐到臨窗的暖炕上，便將食盒放到炕桌上，然後退出去。
阿菀打開食盒，盛了一碗還冒著白煙的熱湯自己給衛烜，同時對他說道：「你忙了一天，先吃些東西墊墊胃吧。」
從安陽城打仗的消息傳來，衛烜便開始忙碌起來，除了在宮裡當值外，每天回來便會去找瑞王府的謀士，接著又撲到書房裡一待便到大半夜才回房。阿菀知道他的忙碌應該是和北方的戰事有關，也不打擾他，只是聽說他這幾天忙得三餐不正常，心裡著實擔心，便讓人熬了湯送過來，打算親自盯著他喝完再走。
聽到衛烜埋怨她這大冷天的還過來，阿菀不以為意地道：「這有什麼？我自己的身子自己知道，我已經不像從前那樣，一到冬天就不能出門。你瞧，我現在不是很好嗎？」
她還故意站起來，在他面前轉了兩圈。
衛烜仔仔細細打量她，總覺得她比其他姑娘瘦弱，依然不能放心。
「行啦，快點喝湯吧，別熬壞了身子。」

衛烜見她殷勤勸說，只得聽她的話喝了一碗湯，見她還要盛給自己，趕緊道：「待會兒就要用晚膳了，喝一碗就行了，等一下我和妳一起回去用膳。」

阿菀聽罷，臉上露出了幾分笑意。這些天衛烜忙碌，他們已經有好幾日沒一起吃飯了。她雖然不習慣，卻也沒有太強求，主要還是擔心他不按時用餐，得了胃病就麻煩了。

衛烜喝完湯，阿菀將碗收起來，也沒離開，就在他的書房裡打轉，不經意間被桌上那幅巨大的輿圖吸引住了目光。

看到這幅輿圖，阿菀止不住的驚訝。這幅輿圖標註得太詳細了，東到東海，南到南海夷族，北到草原狄族，西到西域，無一不包。以衛烜現在的身分，並不足以擁有一份這樣的輿圖，或許瑞王可以有，但瑞王現在不行軍作戰，輿圖應該早就被兵部回收了才對。輿圖在古代管理得甚嚴，只用於軍事，這張地圖衛烜若不是藉著瑞王的身分弄到的，便是他私下讓人繪製的。

阿菀正琢磨著，衛烜已經走到她身邊，從背後伸手攬住她的腰，親暱地將臉擱到她的頸窩中，在她側首時輕輕蹭著她柔嫩的臉蛋，接著伸手指著輿圖上一個個城鎮和山川河流的標誌，對她道：「妳瞧，這裡是京城，從京城往北走，渡過渭河，便是渭城。再沿著嘉陵關而去，這一路上會經過數個城鎮……」

阿菀沉默地聽著，視線順著他所指的方向移動，若有所思。

傍晚的時候，天空又下起了白雪。

冬日晝短夜長，剛過酉時，天色就已經變黑，丫鬟們點上了燈。

阿菀今天終於能和衛烜同桌吃飯，桌上擺的都是他愛吃的菜。阿菀笑盈盈地看著他吃飯，時不時夾菜給他，彷彿怕他吃不夠似的。旁邊候著的青雅、青環等人全都掩嘴偷笑，阿菀卻沒有太過理會。

用完膳，衛烜慵懶地靠著迎枕坐在炕上，阿菀讓人去打水給他泡腳，自己則坐在錦杌上，親自幫他脫鞋襪。

衛烜受寵若驚，只覺得阿菀對他好得讓他覺得像是在做夢一樣。

「怎麼？不想泡腳？」阿菀斜睨他。

「不是不是！」衛烜趕緊撩起衣袍下襬，自己彎身將褲管捲了起來，朝她笑道：「只是覺得這是妳第一次幫我泡腳。」

「這有什麼？以後有空，我都伺候你泡腳。」阿菀不以為然地道。若非見他這陣子太辛苦了，她也不會因為心疼他，想要為他做點什麼事。

衛烜馬上露出十分受用的神情，卻未想阿菀真的說到做到，後來的每年冬天，只要無事，她都會親自伺候他泡腳，從未假手他人。

「今晚不忙嗎？」阿菀問道。

「嗯，今晚休息。」衛烜含糊地道，不好和她說自己最近在忙什麼。不過，他覺得就算自己不說，以阿菀的聰慧，多半也是明白的。只是她不會隨便過問，也不會擅自開口詢問，影響他的決定。

阿菀聽了滿意地點頭，最近衛烜都是三更半夜回來歇息，那時候她都已經睡了，第二天起床時床邊除了還有些餘溫，已不見他的身影。這讓她不禁猜測，北方的戰事比想像中的更慘烈，怕是情況不太好。

晚上洗漱完畢，阿菀剛躺到床上，衛烜便跟著她鑽進被窩，伸手一探，輕輕鬆鬆將她擁到了自己懷裡。溫暖的大手從她衣襟下襬往裡探去，先是摸過她纖細得彷彿一折就會斷的腰肢，然後是背脊。

「還是很瘦……」

阿菀聽到他的嘀咕聲，忍不住道：「是你的錯覺！」

「不是！」衛烜很堅持，「真的太瘦了，胖點才健康。」說著，他的唇已經湊過去，隔著湖綠色牡丹花的肚兜含住那小小的一點，另一隻手則往下移，捧住了她的臀部。

難得他能放鬆，阿菀也不拒絕，自動張開雙腿迎合他。

衛烜被她的主動順從刺激得更亢奮，身上的肌肉都有些緊繃，宛若裹著絨布的鐵塊一樣。阿菀摸了一把，覺得手感真好，不由又多摸了幾下，將他刺激得不行。

折騰了幾回合，直到阿菀承受不住，衛烜方停下來，只是仍然霸占著她，擁著她，感受著激情後的餘韻，同時邊咬著她的耳朵，邊和她低聲說話。

阿菀累得睜不開眼睛，卻還是下意識地問他：「你是不是想要……去北方？」

「……」

半晌沒聽到他的回答，她也沒在意，在他懷裡換了個舒服的姿勢，沉沉入睡。

進入十一月，北方時不時有戰報傳來。

時隔十幾年，戰事再起，竟然比夏天時江南海寇上岸劫掠還讓人不安，所有人的目光都移到北方幾個戰場上，京城的娛樂也變得少了，女眷們不再無事隨便串門，導致很多戲班子的生意冷清不少。

文德帝的脾氣也隨著戰事的變化時好時壞，大臣們無不戰戰兢兢，勳貴子弟也不如過去般有事無事便出門玩樂，大多數被長輩們拘在家裡修身養性。

朝堂中的氣氛也影響到了內宅，不過卻是有限的。

阿菀自從確認了衛烜的心思，便不時恍惚起來，過了幾日才恢復正常。

在這樣緊張的氣氛中，終於到了臘月。

臘八那天，宮裡賞了臘八粥到瑞王府。

阿菀嘗了口宮裡的臘八粥，默默將之推到一旁，等到王府裡的臘八粥熬好端上來，她在粥里加了蜂蜜，方吃得眉開眼笑。

王府裡的臘八粥所用的食材是精心挑選過的，裡面還加了她喜歡吃的幾樣豆類，熬得粉粉糯糯，添了蜂蜜後更顯香甜。

就在她吃得開心時，衛烜回來了。

他見阿菀眉稍眼角帶著愉悅的笑意，看著也有胃口，便湊過來討了一口。等阿菀一臉壞笑地餵他時，他終於想起了阿菀的習慣，卻已經遲了。一時滿嘴皆是蜂蜜的甜香味，讓他差點吐出來。阿菀更壞，直接跳了起來，摟著他的脖子，張嘴就堵了過去。

衛烜再次被阿菀折騰得死去活來，覺得她簡直是要他的心肝一般。

見他青著臉，阿菀大笑，然後捧了一杯茶給他漱口，又叫外面的丫鬟去端來一碗鹹的臘八粥，笑道：「行啦，這碗是鹹的。」

衛烜猶豫地看她。

小時候都是衛烜這個熊孩子折騰阿菀，折騰得她幾乎要崩潰。如今他們成親了，彷彿確認了什麼，他的性子慢慢定下來，變得越發成熟，倒是阿菀，多了少女應有的活潑，開始反過來折騰他，時常將他鬧得有口難言。

阿菀覺得這便是風水輪流轉，果然君子報仇，十年不晚。

「放心，是鹹的。」阿菀笑咪咪地又道。

衛烜嘗了一口，發現果然是鹹的，才放心地大口吃起來。

吃完臘八粥，阿菀問道：「你今天怎麼這麼早回來？」

衛烜漱完口，和她一起窩在炕上，懶懶地道：「皇伯父今兒心情好，便讓我放半天假。我剛才去了一趟仁壽宮，這才回來。」

阿菀暗暗點頭，衛烜只要有空都會去仁壽宮探望太后，也因為有他在，太后的精神慢慢安穩下來，讓人幾乎察覺不到太后的精神異常。

這讓阿菀更加確認了太后是將衛烜當成心理支柱。

「是不是北方有了好消息？」阿菀問道。

「對。」衛烜神色愉悅，「聽說狄族那邊下了一場大雪，死了很多人和羊、馬，那邊冷得滴水成冰，不好攻城，今年我們倒是可以過個安穩的年了。」

阿菀聽罷，心情也好了起來。

只是她的好心情只保持到臘月初十，然後便聽說了靖南郡王妃小產的消息。

這是阿菀去向瑞王妃請安的時候，聽瑞王妃說的。

瑞王妃想到康儀長公主與已故的靖南郡王妃的情誼，還有阿菀與靖南郡王府的三姑娘衛珠感情非同一般，便決定將這事告訴她。

「聽說靖南郡王妃不小心摔了一跤，肚子裡的孩子已經六個月了，卻沒想到會這般沒了，而且還是個男孩。」瑞王妃噓唏不已。雖說靖南郡王嫡子有兩個，庶子也有好幾個，並不缺兒子，可是孩子這麼沒了，仍是讓人覺得可惜。

阿菀蹙眉，覺得事情頗為奇怪。

都懷胎六個月了，周圍那麼多伺候的丫鬟婆子，怎麼可能會這般不小心就摔跤了呢？

雖然她不想將人往壞處想，可是有鑑於這位年輕貌美的靖南郡王妃對繼子繼女的打壓手段，她覺得這次的事情恐怕不是意外。

瑞王妃又委婉地道：「聽說當時靖南郡王府的世子妃和三姑娘都在場。」

阿菀再次皺眉，怎麼連莫菲和衛珠都扯上了？

她特地讓人去打探消息，發現外面並沒有什麼關於靖南郡王府的流言，方心中稍安。

雖不知靖南郡王妃為何會小產，但如果涉及內宅後院的爭鬥，終歸是家醜。靖南郡王妃縱使想要繼女不好，也應該不至於特意去敗壞衛珠的名聲，畢竟她自己也有女兒。為了女兒的名聲，她是無論如何都不會抹黑衛珠的名聲，只會努力幫著維護，省得連累自己的女兒。只是，除了這些外，身為當家主母，想要磋磨一個未出閣的小姑娘，手段多的是。

就在阿菀猜測不透靖南郡王府的事情時，衛珠自己上門來了。

自阿菀嫁入瑞王府後，衛珠來尋阿菀的次數屈指可數，這其中的原因，除了衛珠是未出閣的姑娘不宜外出，還有她對衛烜有種莫名的懼怕感。阿菀也看得出來衛烜不太喜歡這個快要出五服的堂妹，只是不知道衛珠如何惹著了他，生怕他脾氣上來，給衛珠難堪，阿菀也不好時常叫衛珠到瑞王府來玩。

衛珠自己應該也是要避著衛烜的，所以這幾個月都沒有來過瑞王府，怎地今兒來了？

阿菀直覺是與靖南郡王妃小產之事有關。

等到見了衛珠，看到她蒼白瘦弱的模樣，阿菀吃了一驚。

不過是兩三個月沒見，她怎麼瘦得這般厲害？眉宇間縈繞著一股化不開的鬱色，原本微圓的臉都變尖了。沒了圓潤的嬰兒肥，五官倒是清麗不少。

「表姊……」衛珠看到阿菀，眼淚瞬間落了下來。

阿菀忙摟住她，拿帕子幫她擦臉，「妳怎麼了？是不是哪裡不舒服？和表姊說說。」

衛珠默默垂淚，然後捂著臉嗚咽地哭了起來。

阿菀見她只是哭什麼都不說，雖然著急，但想著若是能哭出來也是好的，便讓屋子裡伺候的人退到外頭守著，自己坐在旁邊陪她。

衛珠哭了很久，直到雙眼紅腫，方才止住了淚。可看到阿菀關心的眼神，又忍不住落淚，被阿菀好一陣勸哄，才停止哭泣。

阿菀讓丫鬟將準備好的熱水端進來給她淨臉，「妳有什麼事儘管和表姊說。」

衛珠用絞好的巾子敷在眼睛上，沉默了一會兒，方道：「表姊聽說我繼母的事了吧？」

阿菀應了一聲，端了一碗熱湯給她，勸道：「天氣冷，先喝點湯，省得病了。」

「病了才好，反正也沒人關心。」衛珠嘴硬地說。

阿菀看著這個才十一歲的孩子，發現她越來越憤世嫉俗，已經不是她記憶裡那個讓她抱在懷裡保護的小女孩了，不由輕聲嘆息。

「妳說這什麼話？」阿菀的聲音微冷，「難道妳哥哥不關心？我娘不關心？我不關心？」

衛珠發現她有了怒意，忙抓下眼睛上的熱巾子，紅著眼睛，聲音沙啞地道：「表姊，妳別生氣，我沒有那個意思。」

「那就先喝湯。」

衛珠乖乖地接過，慢慢喝了起來。

喝完熱湯，衛珠的心情緩和了許多，表情卻十分落漠，「我從來沒想過要害她，是她自己不小心摔倒的，她卻說是我和大嫂害她的。大嫂被她氣病了，昨日慶安大長公主過府來探望大嫂，我……」她又忍不住捂臉，「大哥竟然不相信我，還當著父親的面罵我。」

阿菀見她難受，不由將她抱住，「胡說，定是妳誤會了妳大哥的意思。」

她覺得衛珺是個君子，不善與人爭辯，怕是當時也無可奈何吧？

「真的，慶安大長公主還指責大哥沒照顧好大嫂，大哥夾在那女人和大嫂之間，不知道怎麼辦，只能沉默地接受。」說到這裡，衛珠眼裡閃現憤恨之色。

這種事情，阿菀身為一個外人，不好說什麼，只能安撫她幾句，或者是想辦法讓她能多離開那個家，防著被靖南郡王妃迫害。這點她家公主娘做得極好，時常沒事會找藉口讓人去接衛珠到府裡玩，可惜這一年來，靖南郡王妃藉口衛珠年紀大了，要在家裡學習女紅管家之事，拘著衛珠不讓她出門。

所以，今兒衛珠傷心難過時，能來尋自己，阿菀也挺意外的。可惜，她們雖然憐惜衛珠，但到底是外人，不好插手靖南郡王府的事。縱使靖南郡王妃對衛珠私底下如何不好，也占了母親的名義，她們無法插手，只能儘量給予幫助。

等衛珠情緒平和些，阿菀便問道：「妳大嫂還好吧？」說完，她多少有些不自在。那位可是曾經的情敵呢，雖然這只是因為一個誤會而成了情敵，甚至讓她覺得連情敵都稱不上。

若是莫菲當初念著的人不是衛烜，阿菀也會覺得她可憐。

因為這個誤會，阿菀一直避著莫菲的事。自從莫菲嫁入靖南郡王府後，阿菀便沒再沒再見過她了，現在再聽到她的消息，心裡感覺頗怪異。

衛珠皺了下眉，猶豫地說道：「也就是那樣，太醫說吃幾副藥就好了。」她著實不太喜歡莫菲那種柔弱的性格，但是慶安大長公主前幾日展現出來的強勢，連繼母也得避讓，又令她意識到，莫菲軟弱些也不要緊，至少她有個厲害的祖母，能讓她坐穩世子妃的位置。

至於這樁親事是如何來的，衛珠雖不太清楚其中的過程，但心裡仍是有疙瘩在，故而平時對莫菲會不自覺抗拒幾分。

阿菀見她面色有異，不禁暗自琢磨著，難道她還對莫菲嫁過去的緣由耿耿於懷？以衛珺和衛珝的性格，怕是不會將元宵節那晚的事情與她詳說，怕她衝動行事，壞了姑嫂的感情。

沒在莫菲的病上糾結什麼，阿菀不著痕跡轉移了話題，詢問她家裡人的情況。

衛珠今兒過來，只是想來尋阿菀說說話。阿菀在她心中，仍像那年母親去世時抱著她安慰的大姊姊一樣。縱使與她越行越遠，她對阿菀還是有幾分依戀，難過時總會想到她。

「繼母小產，父親大發雷霆，在繼母的挑唆下，竟然以為是我和大嫂害她的。當時父親十分生氣，將大哥叫過去斥責了一頓，還把我禁足。後來……大嫂被氣病了，慶安大長公主過來，和父親談了話，父親才放我出來。」她抿著嘴，蒼白的臉上又浮現怒意，「我知道父親已經忘記娘親了，心裡只有那個女人，可我們是他的親生兒女，他怎麼能只聽信那個女人的一面之詞，就定了我們的罪？」

說到這裡，她神色黯然。

阿菀拍拍她，徒勞地說道：「妳二哥相信妳嗎？」她不提衛珺，只提衛珝。

衛珠終於露出了笑容，「嗯，二哥說他相信我。」

阿菀也笑了笑，衛珺太過君子，雖然知道不是衛珠做的，但是在父母面前不好忤逆頂嘴，怕是當時為了保護衛珠，才會故意罵她，讓衛珠以為衛珺不相信她，她才會如此傷心難過。而衛珝卻是個刺頭，敢和父親頂嘴，也不喜那繼母，所以會直接護著妹妹。

雖未親眼所見，但聽衛珠的敘述，阿菀也將事情還原得差不多了。

可能是哭了一通，又得了阿菀的耐心安慰，衛珠心裡的鬱氣去得差不多，臉上終於有了些笑意，讓跟隨著衛珠過來的丫鬟也鬆了一口氣。

這時，青雅端著小廚房做好的銀耳蛋奶羹過來，阿菀見狀，便對她道：「我有些餓了，珠兒就和我一起用些吧。這是加了冰糖的，也不知妳喜不喜歡。」

衛珠笑道：「表姊忘記啦，我也喜歡吃甜的，但不能太甜。」

她吃了一口蛋奶羹，那香甜的味道滑入心肺間，讓她的笑意又更加深了幾分。

兩人又說了些話，不知不覺時間過去許久。

當丫鬟過來稟報衛烜回來時，衛珠差點跳起來。

看到穿著玄黑勁裝的衛烜走進來，衛珠覺得自己的心臟都要停止跳動了。

她總感覺衛烜不喜歡自己，甚至對她有淡淡的殺意，彷彿一個不小心，他便會殘忍地擰斷自己的脖子。也因為如此，她一直不敢出現在他面前，恨不得躲得遠遠的。

她有些懊悔，不該貪圖這裡的溫馨，就忘記了這個殺神的存在。

衛珠和衛烜是未出五服的堂兄妹，倒沒有那麼多的避諱，只是此時衛珠頭皮發麻，只想趕快離開，不由有些縮手縮腳的。

「你回來啦。」阿菀朝他笑道：「今兒珠兒難得過來陪我說說話。」

衛烜淡淡地應了一聲，又看了垂著頭的衛珠一眼，邁步進了內室。

衛珠見狀，趕緊道：「表姊，我先回去了，改日再來找妳。」這麼說著，她又是忐忑不安，決定以後還是少來這裡。

阿菀知道她怕衛烜，也不留她，命人裝了一匣子宮裡賞的點心，便讓青雅送她出去。

送走衛珠，阿菀進了內室，看到衛烜已經換了衣服，懶散地坐在炕上。見她進來，漫不經心地看了她一眼，然後直接側身，彷彿不願意看到她一樣。

阿菀不禁一樂，坐到他身邊，將一個她特地讓人做的懶骨頭抱枕拽到懷裡，和他說道：「今天怎麼回來得這麼早？」

「沒事就回來了。」

「不高興啊？」

「嗯。」

「為什麼？」

「不喜歡他們，大的偽君子，中間的奸猾，小的心眼多。」他毒舌地點評衛珺兄妹。

偽君子是指衛珺，奸猾是指衛琊，心眼多是指衛珠嗎？阿菀心裡琢磨著，嘴上卻道：「你嘴巴真壞，他們哪有你說得這般不堪？衛珺是真君子，衛琊和珠兒不過是沒娘庇護，不多些心眼，早就被人害死了。」

衛烜不以為然，繼續不理她。

山不就她，只好自己去就山了。

阿菀趴到他身後，摟著他的腰，笑道：「不過，他們如何，確實與我們無關，畢竟各人有各人的生活。」

衛烜的臉色稍霽，知道她說的不錯。

現在除了康儀長公主和已逝的靖南郡王妃的情誼，阿菀和衛珺兄妹幾個確實沒有什麼太大的交集，反正各有各的生活，也處不到一塊兒去。只是看到衛珠依偎在阿菀身邊笑語宴宴，他還是忍不住介意衛珠上輩子的舉動，不說雪中送炭，卻也不該落井下石。

「我不喜歡他們，以後離他們遠一點。」衛烜說著，將她摟入懷裡，「靖南郡王府和我們的立場不同。」

「怎麼不同？」阿菀問道。

衛烜眼珠轉了轉，說道：「靖南郡王最近私下與幾個皇子頻頻接觸，他以為人人都是傻瓜嗎？現在皇上只關注著北方的戰事，懶得搭理他，等皇上得了閒，他少不得要吃掛落。」

阿菀聽後，忍不住嘆氣，實在不知道怎麼評價靖南郡王。

「好了，不要再說他們了。」衛烜轉移話題，「快過年了，等開了春，北方又要開戰了，屆時妳……」他猶豫了一會兒，看著阿菀白皙的臉龐，終究沒再說什麼，只是靜靜地抱著她。

兩人一起躺在炕上，分享著彼此的體溫。

臘月二十六，宮裡封筆，各衙部也封印，過年的氣息更濃了。

雖然今年冬天北邊有戰事，但是對於京城裡的百姓來說，那些事情太過遙遠了，該過年仍是要過年，該辦的東西仍是要辦，京城的大街小巷裡一片喜慶。

與那些只關心自己的生活的百姓相比，受到文德帝的影響，公卿貴族及大臣都收斂了許多，沒敢怎麼喧鬧，行事也很低調。

三十那日，瑞王府全部的主子都進宮與宴。

宮宴依然擺在交泰殿，但是文德帝神色淡淡的，使得這個年夜宴吃得極為苦逼，比去年少了許多歡笑聲，連已經會走會說話的皇長孫出來賣萌，都只是逗得皇帝多了幾分笑影。

阿菀依然如去年般，沒有碰宴上的食物。偷偷瞄了一眼，恰好對上遠處靖南郡王的座席那裡莫菲望來的眼神，當下忍不住伸手在衛烜腰間掐了一把。

衛烜肌肉微繃，面上卻無異色，只是轉頭看了她一眼，似在詢問她做什麼。

阿菀淡定地不說話，等再看過去，便見莫菲已經收回目光，垂著頭坐在衛珺身邊。衛珺正低頭和她說話，看起來氣氛還不錯，讓她忍不住眨了眨眼睛。

這兩人結為夫妻，或許沒有想像中的那般糟糕。

宮宴便在一片低迷的氣氛中結束了。

接著是年初一忙碌的朝賀及宮宴，年初二回娘家探望岳父和岳母，年初三則是各種酒宴戲樂，這種熱鬧一直持續到了元宵。

過了元宵，這個年算是結束了，阿菀終於可以輕鬆睡個懶覺了。

只是，還未出正月，在某一天的朝會上，文德帝忽然當場欽點衛烜為先鋒官，將他派往北邊軍事要塞之一的明水城。

聖旨一出，滿朝皆驚。

柒之章 各奔東西

正月末，天空下起了綿綿細雨。

大街小巷的青石路面上濕漉漉的，路上的行人不是撐著油紙傘，便是披著蓑衣，踏著地上的積水而過，給出行者帶來了些許不便。

「真是討厭，下了這麼多天了，也不知道什麼時候會停。」守門的小子不高興地道。

老門房正抽著旱煙，聽罷，拍了他一巴掌，「你這小子懂什麼？春雨貴如油！那些靠天吃飯的百姓不知道有多高興，春雨來得及時，今年咱們王府的莊子才會有好收成。莊子有了出息，咱們也才不會餓。」看著綿綿的春雨，老門房笑得臉上的皺紋深刻了許多。

正說著，大門忽然被人拍響，得知是王爺回來了，老門房趕緊讓人去通知管家。

馬蹄聲在門前停下，然後是穿著蓑衣的瑞王和幾名侍衛翻身下馬。

瑞王大步走進來，神色冷峻，看得沿途的下人無不心驚。

在管家迎上來時，瑞王冷著臉問道：「世子呢？」

「世子還未回來。」

瑞王的臉色又難看了幾分。

今日午時，他在西郊大營裡便聽說了皇帝在今天的朝會上突然下旨派他的熊兒子前往明水城，驚得他想直接進宮去問個明白。

進宮的路上，他反覆琢磨著，想知道皇上為何會下這樣的旨意。雖然他知道兒子十三歲起便在暗地裡幫皇上做事，但若是說將他派往邊陲重鎮抗敵，以他的年紀是萬萬不行的。

沒有經驗，沒有資歷，將他派去那裡，若是無法服眾，不是成了笑話嗎？

衛烜今年才十七歲，自幼在京城這種錦繡鄉長大，未經歷過戰事，沒有任何作戰經驗，瑞王可不覺得他有多厲害，讀幾本兵法就能勝過那些老兵，甚至不以為他足以擔當得起守城抗敵的重任。昔年他曾在西北參戰過，對那群北方草原的騎兵的強悍多少有些了解，他實在是不願意讓兒子去那邊受苦。

只是等他進宮時，雖然皇上接見了他，卻不接他的話，也未曾改變聖意，讓瑞王多少有些失望。皇上雖然沒有明說，態度卻十分強硬，熊兒子是去定明水城了。

皇上那裡行不通，瑞王只好找兒子問個清楚，誰知原本今日他應該在宮裡值勤，卻在接了聖旨，得了皇上的允許，直接離開了皇宮，不知去向。

「世子回來，讓他來明景軒找我。」瑞王吩咐道，一邊將蓑衣解下，一邊往裡面走去。

管家忙接過那被春雨打濕的蓑衣，心知那明景軒住著王府裡的謀士王先生。王爺一回來便去明景軒，應該是去尋謀士商量今兒朝會時的事情吧？

今早的聖旨一下，不到半天時間，這件事便傳遍了京城，該知道的人都知道了，然後不僅是威遠侯府打發了人來詢問，還有兩個公主府及一些和瑞王平時交好的勳貴朝臣都讓人過來關切。管家對此也很無奈，女眷們都引去了王妃那兒，其他的管事或幾位大人還得自己出面應付，他差點就扛不住了。

管家也不明白皇上怎麼會突然將他們世子派去明水城，事前是一點消息也沒有傳出來，讓他同樣沒底，不知如何是好，只能耐著性子應對那些上門來打探消息的人。

衛烜直到天黑才回府。

管家忙迎上來，一邊觀察他的臉色，一邊道：「世子，王爺讓您回來就去明景軒。」

衛烜正邁向隨風院的步子微頓，想了想，便決定往明景軒走一趟。

管家暗暗鬆了一口氣，比起王爺回來時難看的臉色，世子的神色還算是平淡。雖然冷淡中帶些戾氣，卻比王爺的表情好多了。

傍晚時，雨小了很多，管家仍是細心地發現衛烜衣袍下襬濕了一塊，腳上的鞋沾了泥漬，不禁若有所思，覺得世子爺今日若不在宮裡，便是出了城。

衛烜大步往明景軒行去，路平盡職地幫他打傘，隨風飄來的細雨仍是落到了他的頭髮上，像點點白霜，將他的鬢髮打濕了，襯得他那雙眼睛黑亮得驚人。

來到明景軒外，路平停下腳步，和王爺的小廝一起站在廊下候著。

衛烜進了明景軒的書房，見父親和王槐相對而坐，桌上擺放了一個棋盤，黑白棋子縱橫，上面的白子顯然已經陷入了死局。

「你回來啦！」瑞王示意他坐到旁邊的太師椅上。

衛烜從容地坐下，待小廝奉來乾淨的熱巾子，擦乾臉上的水漬，然後端起一杯熱茶抿了口，才看向兩人，問道：「不知父王叫我來有何事？」

瑞王看他一副無所謂的樣子，氣得就想抄起桌上的茶盞砸過去，還是王槐早有準備，將那些茶盞等物都挪到角落，讓瑞王只能拍桌子罵了幾句。直到罵完，宣洩了心中的鬱氣後，方才問起了正事。

「說吧，到底是怎麼回事？怎麼事前一點徵兆也沒有？本王不信皇上是一時心血來潮下了這樣的旨意，將你派往明水城。」瑞王沉聲問道。

衛烜垂下眼簾，慢慢喝著茶，說道：「哦，這事啊，其實年前皇伯父應該就有想法了。有一回我當值時，他問我還記不記得我小時候和他說的話。我說記得，待我長大後，要為皇伯父鎮守邊境，解皇伯父之憂。於是，皇伯父說，明水城就交給我了。」

瑞王：「……」

王槐：「……」

簡直是兒戲，聽得瑞王臉色鐵青，恨不得進宮掰開那位皇帝兄長的腦袋瞧瞧裡面裝的是什麼東西。哪有人將小孩子的話當真，就這麼決定了派往明水城的先鋒官？

他們皆知北方戰事既起，草原騎兵一時半刻是不會甘休的。這次戰爭不知會持續多久，因為去年冬天的戰事失利，所以皇帝有心重新派人過去。瑞王原本以為自己會被派去西北，誰知卻是熊兒子被點了名。

這一去，恐怕戰事未平是不會回來了。卻不知一去是幾年，又會發生什麼事。

瑞王既擔憂又無奈，甚至想要將熊兒子爆打一頓，誰讓他當著皇帝的面信口開河。

衛烜看了眼父親變換不停的臉色，還有王槐沉吟的模樣，將手裡微冷的茶一口喝盡，說道：「父王，皇伯父要我半個月後出發，若是無事，我先回隨風院了。」

瑞王還有許多不明白的地方，但是看他髮尾和衣襬都濕了，只得揮揮手讓他先回去。

衛烜迎著斜風細雨回到了隨風院。

丫鬟婆子們各司其職，院子裡安靜無聲。

外室的桌上點了盞羊角宮燈，阿菀坐在燈下縫著一件狐皮披風，瑩瑩的燈光灑在她臉上，溫柔了她的臉龐。他靜靜地凝視著她，心裡所有的喧囂塵埃盡去。

阿菀心有所感地抬起頭望過來，那雙如辰星般的眼眸如有漣漪層層蕩開，攪亂了他的心湖，讓他驀然覺得又酸又軟，眼睛不由自主發熱。

「阿菀……」衛烜的聲音有些沙啞，不知道是不是在外面忙了一天太過疲憊，還是被其他的事情煩擾所致。

阿菀放下手中做了一半的狐皮披風，朝他笑道：「你回來啦，可是用膳了？」

衛烜也對她笑了下，「沒有。」

聽罷，阿菀便讓路雲去傳膳，又拉著他去淨房換下身上的濕衣服。

衛烜牽著她的手，仔細看她的臉色，「妳幫我換。」

阿菀看了他一眼，依言伺候他更衣，等被他毛手毛腳的時候，她便如往常那般不客氣地一巴掌拍了過去，衛烜反而笑得開懷。

只是，在用膳的時候，衛烜又沉默下來，目光頻頻在她臉上轉著。

阿菀只當不知，夾了他愛吃的紅燒獅子頭給他，催他快點吃飯。

用完膳，阿菀拿起那件做了一半的狐皮斗篷繼續奮鬥。

衛烜拉著看了一下，納悶地道：「都春天了，妳怎麼還做這種東西？應該做春衫才對。」然後嬉皮笑臉地湊過來，在她臉上親了幾下，用一種近乎撒嬌的語氣道：「還有我的春衫、春襪、褻衣和褻褲，妳也幫我做幾件吧。」

阿菀笑道：「我最近和嫤妹妹學刺繡，這件狐皮披風是拿來試水的，哪管他是什麼時候？至於那些春衫，有針線房的人幫你做，我就不沾手了。」

阿菀沒說的是，衛烜是要出門見人的，穿衣打扮方面極為挑剔，自己做的東西真的比不上專業的繡娘，還是別丟人現眼了，自己給他做些穿在裡面的貼身衣物就行了。

等到就寢時間，阿菀洗漱過後便上了床。

衛烜也跟著躺下，將她擁到懷裡，溫暖的大手習慣性地撫著她腰背的線條，這是一種不帶任何情慾的溫情動作。這樣能讓他可以留意她是不是瘦了，雖然阿菀每次都會說是他的錯覺，他依然樂此不彼，固執地用這種動作來感覺她的胖瘦。

兩人安靜地躺了一會兒，衛烜終於開口：「阿菀，妳今天應該聽到消息了吧？」

阿菀的聲音很平靜：「什麼消息？」

「今天朝會時，皇上下令要我去明水城。」衛烜語氣頗壓抑，似乎很怕她的反應。

阿菀沒有說話。

衛烜更不安了，下意識收緊手臂，將她按在胸前。

「放開，很疼。」阿菀的聲音悶悶的。

衛烜稍微放鬆了力道，但仍以一種讓她無法掙脫的力氣抱著她。兩人的身體緊密貼合著，他的臉貼在她的臉頰上，兩人的氣息交纏在一起。

「阿菀……」

「別叫了。」阿菀伸手搭在他腰上，平靜地說道：「我早就知道你會走上這條路，所以並不覺得意外。」

不僅不意外，還很心平氣和地接受了。

從前年成親時，她便自衛烜的隻言片語裡猜測出北邊遲早會再起戰事，然後是衛烜私底下的一些舉動，還有那幅大夏疆域輿圖，無不在告訴她，他的野心及決定。因此，得知皇帝封衛烜為先鋒，派駐明水城時，阿菀一點都不奇怪，也很平靜地接受這件事。

她心裡再不舒服，再難過，再不捨，也早有了心理準備。

衛烜又忍不住擁緊她，捧著她的臉，親吻她的臉。

「阿菀，我不知道會去多久，所以……妳和我一起去吧！」

阿菀吃驚地看著他。

她一直以為衛烜會如同這個時代的男人一般，嚮往著征戰沙場，建功立業，卻沒想到他竟然會要讓她隨行，這是不是太兒女情長了？

「我……我捨不得妳，我不想讓妳在我看不到的地方。」衛烜的聲音很低，「我努力了那麼久，做了那麼多安排，就是為了無論我去何處，妳能隨時陪在我身邊，也讓妳無論在哪裡，都能過得更好……」

阿菀感覺得到他急促的語氣裡有著莫名的不安，一時間沒有出聲。

第二天，衛烜依然是天沒亮就出門了。

臨走前，他站在床前俯視著阿菀半掩在被窩裡的睡顏，她的臉蛋紅撲撲的，比白日時多了些健康的模樣，看得他有幾分高興。只是這高興轉眼便沒了，他伸手輕輕撫過她的眉眼，眉頭擰了起來，臉上掠過幾許矛盾。

他凝視著她的睡顏，坐了很久，方才離開。

阿菀如往常一般的時辰醒來，用過早膳，便和瑞王妃一起進宮向太后請安。

雖說太后精神不太穩定，衛烜幾次示意她，若是無事別進宮，就算是進宮向太后請安，也要挑有太子妃在場的時候，但阿菀哪能真的只顧著自己？幸好還有瑞王妃需要按時進宮請安，阿菀這個做孫媳婦的，只要跟在婆婆身後不出差錯就行，不必往太后面前湊。

今天的太后話特別多，也特別的嘮叨，原因同樣是出在昨日那個聖旨上。

現下所有人都知道衛烜被皇上派往明水城了，眾人的反應各異，不過很多人都像瑞王一樣，不太看好衛烜。

也不怪他們不看好，誰讓衛烜從小到大就愛惹事，打架鬥毆樣樣來，行事無法無天。在大家的眼中，他就是個不事生產的紈絝子弟，拉到戰場去溜一圈，怕腿都要軟回來。

這麼個紈絝，縱使去年在秋獵上出了風頭，也只是在騎射方面出彩罷了。行軍打仗可不只是看你的騎射功夫，哪有這般容易就能上戰場的？若非知道文德帝寵愛衛烜，大夥兒都要以為皇帝這是要讓衛烜去送死了。

太后自然也知道衛烜將要出征的事，雖然文德帝昨天晚上特地過來同她說了，順便寬慰了她的心，但是老人家哪能因此而安心？所以今兒在皇后、太子妃和瑞王妃都在場的時候，便拉著眾人一起嘮叨了。

阿菀坐在最後面，拉著皇長孫的小手，和他一起玩手指遊戲。

皇長孫是個坐得住的孩子，雖然才兩歲，但大人若是有事，他會很懂事地陪坐在一旁，不像其他孩子一般，坐了一會兒就開始鬧騰。

她覺得皇長孫如此乖巧聽話，應該是受了孟妘的影響。

太后念叨了很久，阿菀仔細觀察了下，發現太后此時神色清明，想來這幾個月衛烜的努力沒有白費。有衛烜時常安撫太后，方讓她的病情沒有加重。只是衛烜出征後，不在京裡，也不知道到時候會是個怎樣的情景。

等太后累了，眾人才告辭離開。

阿菀和瑞王妃說了一聲，便和孟妘一起去了東宮。

孟妘揮手讓宮女退下，只留貼身丫鬟夏裳在旁邊伺候。

「烜弟要出征了，妳是怎麼想的？」孟妘也不囉嗦或繞圈子，直截了當地問道。

阿菀笑笑，說道：「自然是出嫁從夫。」

孟妘唔了一聲，便沒再多問，逕自端著玫瑰清露慢慢喝了起來。

阿菀從袖子裡拿出一個繡了唐老鴨的荷包逗皇長孫，「灝兒，喜不喜歡鴨鴨？」

「喜歡……」

皇長孫伸出白嫩嫩的手就要去搶，阿菀突然伸高手，皇長孫撲了個空。他也不惱，乾脆趴到阿菀懷裡，像爬山一樣，往阿菀身上爬，然後扯下她的手，兩隻眼睛被那隻繡著唐老鴨的荷包給吸引住。

也不知道是不是在皇長孫還不會說話起，阿菀就喜歡用繡了唐老鴨的荷包逗他，使得皇長孫對唐老鴨的荷包情有獨鍾。每次阿菀拿出來，他必定要來搶，一大一小玩得不亦樂乎。

唯有這個時候，皇長孫是最活潑的。

孟妘看著兒子和阿菀玩鬧，眼底浮現笑意，又喝了幾口玫瑰清露，才用帕子掩住嘴。

不知道最近是不是太累了，她總是莫名其妙有乾嘔的感覺，吃什麼都不香，晚上還容易驚醒，為此幾次驚動了同床共枕的太子，她卻控制不住身體的反應。只是太醫來請脈，又無什麼異常，或許只是沒有睡好。

孟妘忍不住將手覆在平坦的腹部上，若有所思。

最後阿菀虛晃了兩下，讓皇長孫搶走荷包後，方牽著他的手回椅子上坐好。兩人的臉蛋都紅通通的，眼睛晶亮，看著就喜人。

夏裳親自端了水伺候兩人淨臉，笑著對阿菀道：「每次世子妃來這裡，皇長孫殿下總是特別活潑，說來，世子妃很討孩子喜愛呢！」

阿菀擺了擺手，「夏裳姊姊，妳快別這麼說，我都不好意思了。不知情的人還以為我長不大，像孩子一樣愛玩愛鬧呢！」

夏裳抿嘴一笑，知道她誤會自己的意思了。在她看來，孩子是世界上最乾淨最敏感的存在，也最容易感受到別人的善惡，她覺得皇長孫如此喜歡阿菀，定是阿菀心靈澄淨，不帶任何的惡意及目的，才會那麼愛親近她。

在東宮待了些時間，眼看午時將至，阿菀被孟妘留了用午膳，方出宮回府。

回到瑞王府，阿菀剛回隨風院準備睡午覺，便聽說公主娘過府來了。

阿菀趕緊換了衣服往正院行去。

康儀長公主和瑞王妃相談甚歡，兩個女人湊在一起談論著京城流行的春裝和首飾，衛嫤陪坐在一旁，雖然插不上話，但是聽到康儀長公主說起服飾的搭配時，便會眼睛發亮。

阿菀抿嘴一笑，上前見禮。

「行啦，妳們母女倆定是有體己話要說，我就不留妳了。改日有空，咱們再好生聊聊。」瑞王妃笑著同康儀長公主說道。

康儀長公主也不推辭，和女兒一起回隨風院。

進到屋裡，阿菀親自端茶給康儀長公主，問道：「娘，您怎麼來了？可是有什麼事？」

康儀長公主神色複雜地看著女兒，說道：「我聽說烜兒要出征的事了……」

阿菀沒想到公主娘是特地為了這事情登門，不過很快便明白了她的意思，頓時有些哭笑不得，心裡卻暖暖的。

「嗯，聖旨上說了，半個月後，阿烜就要出發前往明水城。」

康儀長公主看著女兒如同往常般的笑臉，忍不住嘆了口氣，「聽說這次北方那些蠻族來勢洶洶，這次的戰事不知要經歷多少時日，一時半刻是不會結束的。烜兒去了明水城，若是能守住還好，若是不能……」她覺得這話不吉利，忙住了嘴，又道：「烜兒還年輕，皇上派他去，他可能暫時接觸不到調兵遣將之事，他在那裡應該只是一種震懾，而且打仗的事，歷來不是一兩次便有結果，他此次去明水城，多半要駐守在那裡，指不定要個幾年才能回來。」

阿菀想起了昨晚衛烜同她說的話，衛烜也知道自己此次一走，應該會在那兒待幾年，所以才會想要讓她隨軍。

依明水城的情況，若衛烜真要在那裡待個幾年，帶家眷隨軍也是使得的。

康儀長公主說完，拉著女兒的手，問道：「你們可有商量好了？家眷可要隨行？」

公主娘一問就問到了點上，讓阿菀忍不住臉紅，不知她是個什麼想法，便斟酌著道：「阿烜昨晚確實和我說過，想要讓我隨軍前往。」

康儀長公主愣住。

見她不說話，阿菀覺得更玄了，忍不住叫了聲：「娘……」

康儀長公主回神，眼神複雜地看著她，「那妳有什麼想法？」

阿菀笑了笑，說道：「如果可以，我自然是願意隨軍的。」說著，又想起了昨晚衛烜在她耳邊用微顫的聲音說的那些話，心頭不禁有些軟。

她知道夫妻間的感情最經不得時間考驗，也經不得長時間分隔兩地，能在一起是最好的，所以她並不反對隨他去明水城，縱使那裡生活貧脊，比不得京城的繁華富裕，可是只要和他在一起，便也是一種生活。

反正在哪裡不是過日子？在京城這等富貴之地固然好，但在邊境也不算得太清苦，不過是麻煩些罷了。有人伺候不用自己動手，阿菀真心覺得在哪裡都一樣。

康儀長公主聽罷，既鬆了一口氣，又堵得厲害。

她是過來人，最是明白少年夫妻傷離別，能在一起自然好。若是她自己選擇，她也會選擇隨軍。縱使邊境小城清苦，但夫妻能在一起，就算粗茶淡飯也是甜的。可是她又擔心女兒嬌弱，真去了那樣環境惡劣的地方，會不會不適應？會不會生病？會不會出什麼意外？

她自然相信衛烜能照顧好女兒，只是條件擺在那裡，她難以安心，總怕捧在手心裡沒有吃過苦的女兒到了那邊會吃苦頭。

「娘，您覺得呢？」阿菀湊到她身邊，抱著她的手搖了搖，「您可得說實話喔！」

康儀長公主被她的舉動弄得哭笑不得，剛生出的擔憂也去了幾分，「我自是願意妳和烜兒在一起，只是妳也知道明水城不像京城，那裡的衣食住行比不得京城，就怕妳的身子受不住。」說著，忍不住摸了摸女兒養得紅潤的臉頰。

阿菀笑道：「這個不用擔心，若是我需要什麼，讓人送過來就行，我一個人能吃多少用多少？根本不礙事。就算那裡的天氣不好，我成天在屋子裡，不常出門，下人們都伺候得好，和京城裡無甚區別。」

看她飛揚的神色，康儀長公主心知女兒這次是定要跟著去了，不由難受起來。

阿菀見狀，連忙又道：「娘，您不必擔心，況且我若是要去，也得等阿妡出閣才會過去，時間還早呢！」

康儀長公主心裡不平靜，嘴上卻道：「阿妡三月便出閣了，最多也就是四月妳便要過去，不過才兩個月左右罷了。」

阿菀沒法子，只好豁出老臉，使勁兒撒嬌，說自己以後去了明水城，要讓公主娘時不時送東西給她，又提這提那的，終於轉移了她的注意力。

等康儀長公主離開後，阿菀擦擦額頭上的虛汗，心裡卻十分開心。

她以為若是自己要和衛烜去明水城，最難搞定的是公主娘，卻未想到公主娘那麼開明，只擔心她的身體能不能適應明水城罷了。不過，公主娘雖然答應了，卻和她約法三章，如果她不適應明水城的生活，身子稍感不適，便得回來。

阿菀自是滿口應下，決定等到了那時候再說。

得了公主娘的允許，阿菀覺得已經沒人能阻止她去明水城了，忍不住興奮起來，躺在床上想要歇個午覺，卻因為腦子太過活絡，翻來覆去的睡不著，只好坐起身來，拿了昨日那件做了一半的狐皮披風繼續幹活。

衛烜在天擦黑的時候回來了。

丫鬟打了水過來給他淨臉，他邊擦著臉邊問阿菀：「聽說今兒姑母過來了。」

「對啊！」

聽出她聲音裡的輕快，衛烜懸了一整天的心安穩了幾分，洗完臉便坐到她身邊，用一種連自己都不自知的緊張神色問道：「姑母來做什麼？」

「還不是為了你出征的事。」

「這樣啊……」衛烜喃喃地應著，目光仍是不離她的臉，「姑母怎麼說？」

「沒怎麼說。」

「……」

見他一時間無語，神色黯淡地坐著，阿菀心頭發緊，決定不逗他了，將手中的活放下，湊到他面前，在他的臉蛋上親了親，笑道：「娘親來問我是不是要隨軍去明水城。」

衛烜急急地轉頭看她，不由自主地傾身問道：「妳怎麼說？」

「我說，自然是希望能和你在一起。」阿菀語氣輕快，彷彿只是在說今天天氣很好。

衛烜猛地抱住她，將她緊緊擁在懷裡，臉埋在她的頸窩中，掩飾自己發熱的眼眶。

他放不下明水城，但是更放不下她。

為了給她一個安穩無憂的未來，他必須去明水城，可是這個決定便註定著他們要分離，若是不分離，唯有她隨他去明水城，可他如何忍心讓她去到塞外那樣清苦的小鎮陪自己？他怕自己做得不夠好，不能給她更好的生活，怕她因為自己的一點點疏忽，便陰陽相隔。

上輩子有那麼一次就夠了，這輩子他無論如何也不讓她早早離自己而去。

阿菀不知道摟著自己的少年是個什麼表情，可是自從昨晚感覺到他那種小心翼翼及矛盾的情緒後，她的心裡便有了答案。

他們都擔心她的身子弱，受不住北地的酷寒，但在她看來卻不值一提。她自己的身體自己知道，這根本不算什麼事。她的身體再不好，能有她上輩子的心臟病可怕嗎？

只要持之以恆便能養好身體，在她看來這完全不是什麼事兒。

所以她決定和他一起去明水城，不僅是想要和他在一起，更是為了安撫他驚惶的心。

「我……我會給妳最好的生活，妳放心！」衛烜聲音沙啞地道。

阿菀笑著應了一聲。

然後被他抱了起來，直接抱進內室，甚至還來不及回到床上，便被他放到窗邊的炕上，覆壓上來。在她準備好時，將她填滿，撐得她瞬間失語。

好不容易適應他的存在，阿菀忍不住捶打他的肩膀，不明白他需要這般激動嗎？

衛烜放輕了動作，卻仍是扶著她的腰，給了她一個極盡纏綿的吻。

自從聖旨下來後，衛烜便開始忙碌出行事宜，每天早出晚歸，特別是他確定了阿菀的心意，知道她願意陪他去明水城後，他的行動間不免帶了幾分春風得意的歡快。

除此之外，瑞王府的賓客也是絡繹不絕，為的不過是想走通瑞王這邊的關係，將自己人安插進明水城的軍中。

瑞王對此不置可否，每個前來拜訪的人都出面應付了，但是一轉身又將這些事情丟給衛烜，由他自己去挑人。既然兒子幾年內都要待在明水城，瑞王少不得要考驗他。

出乎意料的是，衛烜竟是遊刃有餘，雖然不是所有找來的人都能如意，可是比起以前只知道橫衝直撞得罪人，現在他倒是有幾分政客的狡猾了，甚至所挑選之人皆不是順著心意只挑自己看得順眼的，有些還是彼此有嫌隙的。

對這些事情，衛烜心中自也有一桿天秤。他知道自己不可能一味藏拙，偶爾也要拿出幾分真本事來，這樣不僅讓上面看著的皇帝放心，也可以敲打那些有異心的人，省得他們到時候給他扯後腿。

上一世衛烜什麼都不懂便被迫遠走邊關，從一個普通的兵士慢慢學習，直到能獨當一面，成為殺伐果斷的鐵血修羅，讓北方蠻族聞風喪膽。而這輩子他有了前世的經驗，自是行事從容，這才是他的倚仗。

重生不是萬能的，因為未來不是一成不變的，知道未來並不能給予他更多的幫助，能幫助他的，唯有上輩子他在邊境中歷經種種艱險後學習到的手段。

瑞王冷眼旁邊數日，終於不得不承認，這個兒子在他不知道的時候慢慢地長大了，不再是記憶中那個只知道闖禍讓他收拾爛攤子的熊孩子。為此，他特地跑去亡妻的牌位前說了很久的話，也和謀士感嘆幾句。

「本王以前只盼著他安安分分地襲爵，以後新帝看在本王的面子上，保他榮華富貴過一輩子，對他的要求並不高，可他卻不想按本王安排的路子走，原本以為他過剛易折，只怕做得多，以後無論哪位皇子登基，都不能容他。現在本王觀他行事，雖不知未來會如何，卻知道他已經有足夠的實力保全自己，進退可攻可守。」

王槐倒茶給他，面上同樣欣慰，覺得比起不著調的瑞王，未來的主公是瑞王世子這般的才好，也不用擔心自己晚節不保，無處可依。

「本王實在是不懂，明明是親眼看著長大的孩子，是什麼時候變成這般模樣？若是他要走這條路，以後恐怕會很辛苦。淼兒只留了這麼個孩子給本王，本王實在是捨不得讓他吃苦，才會想著自己辛苦一些，哪想到會這般……」

聽著這位父親絮絮叨叨，王槐在心裡翻了個白眼，心說，若是世子不自己振作努力，以瑞王這種養法，縱使有他護著，仍免不了有萬一。老子再厲害，兒子沒出息，又有什麼用呢？指不定未等新帝上位，就要出事了。

王槐卻不知，上輩子的衛烜便是如此，新帝未上位，就已經在那場激烈的奪嫡中被逼得遠走邊關，吃了大苦頭才走出困境，可惜還未來得及回京讓世人震驚，便戰死沙場。

待到二月中旬，諸事準備妥當，衛烜即將要出發。

出發前一天晚上，衛烜早早地回來了。

阿菀正清點著幫衛烜準備的行李，行李在幾天前就備妥，她怕缺了什麼東西，所以又讓路雲拿來行李單子清點一遍，最後又讓人加了些藥材進去。

不同於以往衛烜祕密出京行事，這回他是奉旨出征，行李便沒了限制，可以多帶一些。阿菀終於滿足了幫他收拾幾車行李的嚮往，樣樣齊備，讓衛烜在明水城時，短時間內不會缺衣少食，生活品質和京城無甚差別。

衛烜笑盈盈地看著她忙碌，親自端了一杯香甜的果子露給她解渴，又拉著她道：「我覺得差不多了，若是少什麼，以後再讓人送來便是。倒是妳，三月底出發，那時候天氣剛剛好，不冷不熱，也方便妳上路，不至於太難受。到時候妳的行李要多帶一些，我會派侍衛回來護送妳去明水城。」

那位世子爺昨晚彷彿要將分別三個月的分量做足，努力地折騰她。偏偏他年輕，精力旺盛，差點磨得她下不了床。

只是等衛烜走後第二天，阿菀便開始想念他了，做什麼事都懨懨的提不起精神來。

所幸她的注意力很快被孟妡的親事轉移。

孟妡的婚禮定在三月，從年前開始，康平長公主便著手為她準備嫁妝。孟妡是家裡最小的女兒，孟家對孟妡的親事無比慎重，嫁妝也極其豐厚。每每想到她出嫁後便要遠赴西北，康平長公主心疼之餘，又忍不住多搭了一些嫁妝進去。

阿菀回公主府探望公主娘時，便聽公主娘說起了這件事。

「雖然妳姨母疼妡兒，但是妡兒的嫁妝總不能越過太子妃去，所以妳姨母便將一些物事折成銀子田莊私下給她，以後每年莊子的出息都運到西北去，這樣吃食豐厚些，也不必太辛苦。妳姨母想著，除了京城和江南的良田，從京城到西北那一帶也多置些田地……」

聽公主娘說著孟妡的嫁妝，阿菀暗暗咋舌，明面上確實不多，可是折合成現銀，便是一筆極大的數目。不僅如此，孟妘私下也偷偷讓人送了個田莊給妹妹添妝。

阿菀不得不感慨孟妘果然是最疼愛這妹妹的，雖然從小到大看似脾氣古怪愛欺負孟妡，可是關鍵時候給的多的也是她，甚至知道母親為妹妹準備的嫁妝已經超過自己，也沒有什麼不樂意，反而自己還搭了個田莊過去。

阿菀又抽了一天去康平長公主府探望懷孕七個月的柳清彤。

見到柳清彤挺著顯懷的肚子時，阿菀不禁猜測著她肚子裡孩子的性別，「酸兒辣女，不知道表嫂懷孕以來是喜歡吃酸的多還是辣的多？」

柳清彤猶豫地道：「酸的辣的都愛吃，剛開始時酸的多些，後來便是辣的多些。」

「哎喲，不會是這肚子裡有一男一女吧？」孟妡驚奇地道。

柳清彤反而笑起來，「不可能的，太醫和嬤嬤們都看過，說只有一個。」

阿菀說道：「那嬤嬤有沒有說，肚皮尖的是男孩，肚皮圓的是女孩？」

柳清彤被她逗得笑不可抑，「這種話妳是聽誰說的？嬤嬤說這種事歷來沒個準，而且咱們這樣的人家，無論是生男生女，都是一樣寶貴。」

「對，我娘也說了，我們家就是姑娘也一樣尊貴。」孟妡笑嘻嘻地附和。

阿菀看了看同樣歡快的姑嫂二人，不得不承認，無論是做母親還是做婆婆，康平長公主都是很合格的。柳清彤能嫁進來，實在是她的福氣。

在柳清彤這裡坐了一會兒，阿菀便隨孟妡到她院子裡，兩人一起說些體己話。

「妳快要出閣了，東西準備得怎麼樣？沈三公子什麼時候從西北回來娶妳？」

孟妡俏臉微紅，說道：「應該準備得差不多了吧，我娘不讓人告訴我，說讓我自己專心給沈三公子做幾件衣服和荷包掛件。我前些天剛收到西北寄來的信，說因為北邊戰事吃緊，振威將軍要留在陽城主持，沈三公子自己一個人回來迎親，振威將軍和夫人就不回來了，到時候在定國公府拜完堂後，去西北再向公婆敬茶行禮便可。」

聽她說得井井有條，一臉即將成為新嫁娘的羞澀模樣，阿菀暗暗點頭。

兩人在屋裡說著話，康平長公主身邊伺候的嬤嬤滿臉喜氣地進來稟報道：「剛才宮裡來了消息，說是太子妃有身孕了。」

阿菀和孟妡聽了都又驚又喜。

雖然太子妃目前已經有一個兒子傍身，可太子是儲君，以後的皇帝哪能只有一個兒子？現在皇帝在時還好，等太子以後登基，那些大臣少不得會拿子嗣單薄為由，要太子廣納後宮，太子妃也少不得要被指責。

因此，孟妘這胎來得真是太好了，也太及時了。

聽到這個好消息，阿菀和孟妘兩人忙去正院尋康平長公主。只見她紅光滿面，臉上洋溢著濃濃的喜悅之情，正吩咐嬤嬤給府裡的下人打賞。

「娘，二姊姊又有孩子了是不是？」孟妡高興地跳過去抱住母親的手臂。

康平長公主心情舒暢，也不斥責女兒這種不淑女的行為，「是啊，剛才宮裡傳來消息，今兒太醫為太子妃請平安脈，確認了妳二姊姊懷了兩個月的身孕。」

太子子嗣艱難，雖然大家都知道太子體弱，並非女子的原因，可是大多數不知情的人仍是會將原因怪到太子妃身上。當然，若太子妃能多幾個孩子傍身，無論將來發生什麼事情，也能站得穩一些。

只要這胎再生一個兒子，康平長公主這顆心便是真正放下來了。

而聽說太子妃再次有孕，阿菀自是要進宮探望的。

翌日，康平、康儀兩位長公主也去了，連即將出閣的孟妡也被帶進宮。

孟妘的臉色有些白，懨懨地坐在炕上，背靠著大迎枕，人顯得清瘦許多。

「怎麼瘦成了這樣？」康平長公主看著心疼得難受，然後詢問旁邊伺候的夏裳，問脈象穩不穩，太子妃吃了什麼東西之類的。

夏裳答道：「太醫說了，太子妃的脈象還算平穩，就是和懷皇長孫一樣，都有些鬧騰，不僅晚上睡不好，也不太有食慾。」說著，她也很擔心，「奴婢已經讓廚房儘量多做些清淡可口的吃食，食材用的都是最新鮮的，太子妃今兒早上吃了碗胭脂米熬的米粥配著幾樣小菜，只是吃的並不多。」

康平長公主心中一動，覺得女兒這孕中反應和懷皇長孫時一樣，莫非這胎也是兒子？

康儀長公主笑道：「上回我進宮時便發現太子妃的情緒不高，當時還以為是宮務繁忙，沒有休息好，該不是那時候已經懷上了？」

聽到她這麼說，在場的人都忍俊不禁。

旁人都是確定了懷孕才會有害喜的反應，而太子妃是還沒到一個月，脈象沒顯露出來，肚子裡的孩子就開始折騰了。

阿菀不由莞爾。孟妘兩次懷孕，反應都提早出現，太醫還沒把出喜脈來，她便害喜了。

眾人說了會兒孕中注意事項，阿菀和孟妡這兩人一個未生養，一個還未出閣，自是插不上話，便坐在旁邊安靜地聆聽。

正說著，殿外響起了輕呼聲，然後是宮人小聲喚著皇長孫殿下的聲音。殿內的說話聲戛然而止，眾人轉頭望去，只見一個小包子俐落地攀著高高的門檻爬進來，動作十分熟練。翻過了門檻，便朝裡面衝過來。

「娘……」含糊的聲音響起，皇長孫朝著孟妘撲了過去。

「哎喲，殿下，不能撲！」夏裳上前攔阻，怕皇長孫沒個輕重，撞到太子妃的肚子。

阿菀及時伸手抓住從眼前奔過的小包子，將他摟到了懷中。

皇長孫抬頭，發現是阿菀，露出了歡快的笑容，奶聲奶氣地叫了一聲「姨」，然後伸出兩條粉嫩嫩的小胳膊抱住她的脖子。

「灝兒，小姨在這裡，還記得小姨嗎？」孟妡探頭過來，用誇張的表情逗著皇長孫。

皇長孫朝著孟妡笑笑，叫了一聲「姨姨」。

見到皇長孫進來，康平和康儀兩位長公主十分高興，康平長公主將皇長孫抱過去，逗他說話。小傢伙不負眾望，將自己會的疊字詞說了一遍。

兩位長公主暗暗點頭，皇長孫聰明伶俐對太子更有好處，有些事情做兒子的不能出面，孫子卻沒有那麼多忌諱。看在皇長孫的面子上，文德帝多少會顧忌些。縱使以後對太子有什麼不滿，明面上也會給他幾分面子。

等宮人進來抱皇長孫下去吃東西後，孟妘便開始問起孟妡的親事準備得怎麼樣。

康平長公主笑道：「妳放心，都準備得差不多了。妳爹接到定國公府送來的消息，說過些日子仲那孩子就要從西北回來迎親了。等他們拜完堂，便一起出發回西北。」

孟妘唔了一聲，又看向阿菀，問道：「那阿菀是要在阿妡成親後便出發去明水城？」

阿菀點頭，「是這麼打算的，三月底的天氣不冷不熱，路上行走方便些。」

孟妘臉上浮現些許笑意，說道：「聽說明水城到陽城不過四五天的路程，快則三天左右，到時候阿妡就要麻煩妳了。」

聽到她的話，阿菀便知道孟妘面上雖然不顯，心裡卻什麼都知道，也做足了功課，方能這般明確地將兩城之間的路程說得那般清楚。轉頭再見孟妡高興得直點頭，阿菀也露出了些許笑意，對她說道：「二表姊放心，我曉得的。」

康平長公主聽罷也高興，她對女兒以後遠嫁西北相當不捨，可也知道沈罄是個好女婿，特別是丈夫考查沈罄時，能從他那裡得到娶妻後將不納妾的誓言，更願意將女兒嫁給他了。唯一不好的是距離太遠，若是女兒在那邊出了什麼事，他們鞭長莫及。

幸好現在阿菀和衛烜也會在那邊，將來彼此有個照應，女兒暫時算是有了伴。

接下來，眾人便就著孟妡的親事和阿菀將出發去明水城的事情說了一遍，見孟妘精神不濟，生怕打擾她安胎，便起身告辭。

她們走後，孟妘終於忍不住就著宮女端上來的盂盆吐了一回，精神越發萎靡。

太子回來時，見到殿內的動靜，忙走過來，親自接過宮女呈上來的茶給妻子漱口，然後坐到她身邊，也不管旁邊宮人還在，小心地擁住她，讓她依到自己懷裡。

「仍是難受得厲害嗎？今天可有吃了什麼東西？」

孟妘無力地靠在太子的肩膀上，默然不語，夏裳便小聲地答了，順便將康平長公主等人進宮探望太子妃的事情說了。

太子點了點頭，沒有說什麼。

正在這時，徐安捧了罐蜜梅進來，稟報道：「殿下，瑞王世子妃打發人送了一罐蜜梅過來，說是給太子妃嘗嘗鮮。」

夏裳趕緊去接了。

太子笑道：「瑞王世子妃有心了。」

「給我吃一顆。」孟妘突然開口道。

夏裳聽罷，連忙拿了乾淨的銀叉過來，叉了一顆蜜梅。

在眾人的注視下，孟妘含著蜜梅好一會兒，方才吐出梅核，臉上未有什麼不適的神色，讓大家鬆了一口氣，終於有一樣東西吃著不是吐的了。

太子仔細看了下那裝蜜梅的琉璃瓶，笑道：「孤記得，這是烜弟讓他名下莊子裡的一位管事娘子特地醃的蜜梅，聽說瑞王世子妃和阿妡她們都很愛吃。」

孟妘面上多了些笑意，說道：「嗯，味道很不錯，酸甜適中，不會太膩。」說著，終於感覺有了食慾，不由想吃鮮蝦水晶包。

太子非常高興，趕緊讓廚房的人去做，心裡決定，待會兒要派人去和瑞王世子妃說一聲，讓他們多送一些蜜梅進宮來。

等孟妘順順利利吃了十個嬰兒拳頭大的鮮蝦水晶包，殿內所有的人包括太子在內，都忍不住吐出長氣，終於不再吃了就吐了。

孟妘捧著溫開水慢慢喝著，然後屏退左右，和太子說話。

「烜弟讓壽安同我說了，過陣子你便派人去小常山的莊子那兒，將那位洛姑娘接進宮來，放到太后身邊伺候。」孟妘對他說道。

太子聽罷，心中明悟。小常山的莊子是衛烜的地盤，那裡關著的洛姑娘便是前年五皇子特地讓人準備來對付衛烜的。據聞她長得和衛烜有些相似，想要將之弄進宮來，放到太后身邊，用來轉移太后對衛烜的疼愛。

比起身為男子的衛烜，五皇子相信，太后應該會覺得身為女子的洛姑娘更像死去的康嘉公主才對。五皇子此舉雖然有些冒險，卻能利用這個洛姑娘轉移太后對衛烜的寵愛，將衛烜打落到塵埃裡。

前段日子，衛烜讓宮裡的嬤嬤去教導那個洛姑娘宮中的禮儀規矩，便想在自己離開後，太后的情緒不穩定時，將之放到太后身邊伺候。只要控制住她，就不擔心有人在太后身邊搞鬼。太后情緒穩定，說的話對文德帝也有影響。

太子心裡琢磨起來，洛姑娘是枚好棋子，若是用得好，以後便不用擔心太后這邊會有什麼變數。只是若用不好，被人用這事反咬一口，那便得不償失了。

想罷，他對孟妘道：「阿妘，到時便要辛苦妳讓人盯緊她了。」

孟妘嫣然一笑，「你放心，這事就交給我。」

太子聽得不禁一樂，心裡就是喜歡她這樣的自信及聰慧。

過了三月初三，春光明媚之時，到了孟妡出閣之日。

孟妡出嫁那天，阿菀一早便去了康平長公主府，親眼看著孟妡披上嫁衣，被人送上花轎，心裡忍不住有些傷感。

她們都長大了，各自有了家庭，有了攜手共度一生的人。

三朝回門時，阿菀沒有去公主府看孟妡，不過從打發去公主府裡探望回來的嬤嬤口中得知，三朝回門那天，沈罄親自扶著孟妡下車，夫妻倆眉宇間縈繞著一種化不開的幸福，想來是相處愉快的，孟妡也應該已經解開疑惑，決定和他好好過日子。

按照原來的計畫，孟妡和沈罄在京城拜堂成親的第十日，便要出發回西北。

孟妡剛成親就要離開熟悉的京城，遠嫁西北，定國公府的人對她也頗為憐惜，出發前兩天，便讓他們夫妻倆一起回公主府，同親朋好友道別。

阿菀也去了，卻見公主府相當熱鬧，孟家很多親戚都過來了，還有京中那些自小便同孟妡有交情又嫁在京裡的夫人們也都上門來送程儀。

孟妡應付完了親戚，便拉著阿菀去了自己出閣前住的院子喝茶，順便和她嘮嗑。

「阿菀，妳知道嗎？子仲他簡直是悶死了！我說了半個時辰，也沒得他一句話，可是我問他我先前說了什麼時，他又能答得出來，只是答得簡短，好像多說一個字就要他的銀子一樣！」孟妡朝阿菀大吐苦水。

阿菀淡定地喝茶，雖然聽她抱怨著沈罄如何悶騷，但是從她眉稍眼角流露出來的笑意便可以知道她是十分喜歡沈罄的，不然不會句句不離沈罄如何如何了，指不定夫妻倆就像周瑜和黃蓋一般，一個願打一個願挨。

「更過分的是，我說著說著，他竟然睡著了！」孟妡握緊了拳頭，一臉憤慨，「他竟然說聽著我說話的聲音很好入睡，要我儘量說！」

阿菀：「……」

阿菀很想笑，但是看她一副自尊心受傷的模樣，只好忍著。從她的話語中，她很快便勾勒出這對新婚夫妻的日常生活來。孟妡是個自來熟的，怕是沈罄只要流露些許溫和隨意，這姑娘便會打蛇隨棍上，露出話嘮本性。

而沈罄呢，是半天憋不出一句話來的人，不會像其他人那樣，孟妡若是多說幾句便不耐煩。而且他竟然能將孟妡的聲音當成催眠曲，也不知他是天賦異稟，還是真心喜歡孟妡。就算是缺點，在他眼裡也成了優點。

這對夫妻，一個話嘮一個悶騷，一個說一個聽，一個好動一個喜靜，真是相得益彰。

阿菀越聽，眼中的笑意越盛，也越發為孟妡高興。

果然，沈罄處心積慮地想娶她，是真心實意的。

等孟妡說得口渴，阿菀默默遞了杯茶給她，目光不著痕跡地打量著小姑娘，見她仰起脖子時，領口內露出了些深淺不一的紅痕。

阿菀已經成親，自是知道那是什麼，不禁啞然失笑。

夫妻倆的感情果然很好！

「對了，妳有問他當年你們在枯潭寺裡發生什麼事嗎？」阿菀好奇地問道。

孟妡的聲音戛然而止，頓時扭捏起來，半晌方吭哧地道：「問了，他說了。其實事情挺簡單的，當年他回京探望定國公老夫人時，陪老夫人去枯潭寺上香，沈家兄弟幾個都去了，他們去後山玩，他被一個兄弟推了一把，不小心摔了一跤。那些兄弟都跑了，害得他受了傷又走不掉，只好在那裡等。然後，恰好我也去了那裡……」

當時才六歲的小孟妡正是好動的時候，跑去玩時迷了路，見到孤伶伶站在那兒的沈罄，也不怕生，就這麼跑過去和他搭話。原本是想要讓他送自己回娘親身邊，哪知話嘮的本性犯了，竟抓著人家說起話來，最後兩個孩子不知怎地窩到了假山裡聊起天。

所以，當年孟妡衣服上的血漬，便是沈罄摔傷的手流下的血蹭上去的。

「……他說，我當時特別愛說話，說了好多，還用手帕幫他包紮傷口，然後因為他能聽我說話，所以我特別高興地跟他說，長大後要嫁給他，要他聽我說一輩子的話。」說到這裡，孟妡的聲音乾巴巴的，趕緊補充道：「不過，我覺得這些話是他胡掰的，我那麼小，怎麼可能懂得什麼叫嫁人，是吧？」

「那可說不一定。」阿菀心裡笑得半死，面上卻不以為然，「我六歲那年回京時，妳去我家看我，也同樣說了很多話，其實妳挺聰明的，什麼都懂一些。」

孟妡眼睛瞪圓了，吃驚地看著她，接著忍不住捂臉呻吟，不能接受自己小時候便這般不知羞恥，竟然嚷嚷著要嫁人。雖說最終嫁了個小時候就有淵源的人，可總是不好意思。

阿菀忍不住大笑，笑得孟妡不依，方止住了笑，拉著她的手道：「我上次就說過，這就叫做千里姻緣一線牽。他既然能因為當年小時候的一句話，便遵守諾言娶妳為妻，可見是個重然諾有擔當之人，這樣我就放心了。」

孟妡咬著唇，紅著臉笑了起來。

兩人在這一天說了半天的話，說到最後想起就要分別，皆依依不捨，惆悵難受。

過了兩日，沈罄還是帶著孟妡離開了京城。

送走孟圻後，阿菀也要著手準備出發前往明水城了。

親朋友好友紛紛過來同她道別，康儀長公主和康平長公主也打發人送東西過來，送的都是一些藥材補品，彷彿怕她去了明水城就少了這些東西似的。不過，明水城確實缺少藥材，能帶去一些是一些，而且這都是長輩的心意。

自從阿菀決定隨衛烜去明水城後，雖未廣而告知，可是康儀長公主知道了，便和丈夫及懷恩侯府說了，然後一傳十，十傳百，大家都知道了，不由為她擔憂嘆息。

在眾人眼裡，明水城是個環境惡劣的邊陲小城，聽說不僅天氣寒冷，更是什麼都缺。去到那裡的人，時間一長，都會受不住清苦而想回京。阿菀貴為郡主，錦衣玉食地長大，又是個病秧子，到底是怎麼會想要隨丈夫去明水城的？

衛烜此次去明水城，所有人都知道他是去監軍打仗的，沒個幾年不會回京。阿菀和他才成親兩年不到，又沒有孩子，若是要隨軍也是可以理解。只是阿菀要是身體健康，像孟圻一樣，眾人並不奇怪，偏偏她自小身子不好，拖著這種小身板過去，只怕待不到一個月，她就會垂頭喪氣地回來了。

阿菀知道眾人不看好自己，卻也沒說什麼，依然故我地準備著。

而阿菀發現，最不看好自己的，還是她家愛操心的駙馬爹。

阿菀回娘家感謝公主娘送的東西時，羅曄特地等在家裡，一臉苦逼地拉著她的手。

「阿菀，咱們不去明水城好不好？聽說那兒一到冬天就冷得耳朵都要被凍掉了，風沙特別大，吃的、用的、穿的什麼都缺，妳想吃個蔬菜還不一定有，而且那裡的人很野蠻，時不時還要打仗，哪裡比得上京城……」

阿菀微笑地聆聽父親的叨叨絮絮，沒有絲毫的不耐煩。

見她這模樣，羅曄有些洩氣。

女兒的脾氣他也知道，對什麼事都有耐心，縱使他這個做父親的有時候不太合格，她也會像個小大人一樣包容自己，而且她一旦做了決定，便不會更改。

見他面上浮現失落的神色，阿菀忙道：「阿爹，您不用擔心，我已經和娘說好，如果在那裡待不下去，我就會回京城。我不會有事情，為了你們，我也會保重自己的身體，可不能讓阿爹阿娘為我擔心。」

這話說得肉麻兮兮的，但羅曄年紀越大就越感性，越愛聽這些肉麻話。聽到女兒這般貼心的話，羅曄心裡軟成一團水，拉著女兒的手拍了又拍，然後紅著眼睛躲回了書房。

可能是躲到書房裡哭了。

阿菀頓時很愧疚，覺得出發那天，駙馬爹指不定真的會哭得稀里嘩啦的。

康儀長公主沒有取笑丈夫，她自己也很不捨，知道丈夫躲去書房是怕在人前失態，便當作沒發現，逕自拉著女兒的手詢問她行李收拾得怎麼樣，然後幫她看看有什麼東西缺的，最後又少不了各種叮囑。

和父母相處了半日，阿菀帶著父母又塞給她的一堆東西回了王府。

接下來，阿菀還回了懷恩伯府與祖父母和姊妹們道別，然後去了康平長公主府、威遠侯府等地方，每天忙個不停。

出發前兩日，阿菀更是特地進宮，選了太子妃也在場的時候，和太后說起了自己要去明水城的事。

早在衛烜離開前，太后便從衛烜那兒得知阿菀會隨軍去明水城，她心裡有數，也不阻止。在這時代的女人心裡，覺得男人出門在外，確實需要個知冷知熱的人在旁照顧。一般是妻子留在家裡侍奉長輩，男人多半會帶小妾在身邊照顧衣食住行。

太后原先也是想要給衛烜納個體貼溫柔的侍妾隨他去明水城，可是衛烜怎麼可能接受，當然是斷然拒絕，拒絕得太后沒有任何回轉餘地，最後只得隨了他，讓他將阿菀帶過去。為此太后有好幾日心裡不是滋味，直到衛烜離開後，現在方才恢復過來。

既然衛烜不肯帶侍妾，那麼只好讓阿菀跟著過去。太后想到他們成親快兩個年頭，卻還沒有孩子，覺得阿菀跟過去，指不定很快便能有好消息，便也不再阻止。

這會兒，阿菀進宮來向太后報告自己出行之事，太后便嘮叨了幾句。

「烜兒就交給妳了，妳可要照顧好他，盡好自己的本分……」

阿菀面帶微笑，耐心地聽著太后的念叨，彷彿再認真不過，只有自己知道，她對太后的話根本沒入耳，反而不著痕跡地打量仁壽宮正殿，注意到仁壽宮裡除了原來伺候太后的幾個宮女和嬤嬤外，還多了個陌生的小宮女。

那個小宮女恭敬地站在旁邊，她的臉龐讓人有種熟悉感。

直到阿菀隨著太子妃起身拜別太后離開，小宮女小心翼翼地看過來時，她才知道為何她會覺得熟悉了。

那張臉……和衛烜很像，卻比衛烜多了一種屬於女性的柔軟美好。不過，也只有五官相像，氣質卻是相差十萬八千里。衛烜是張揚而熱烈的，如同肆意燃燒的火焰，讓靠近他的人不小心就會被灼傷。而這個小宮女卻有些卑微懦弱，怯生生的神態，使得她與衛烜相似的容顏失色許多，等再次看過去，又覺得不像了。

常聽說衛烜和瑞王元配長得很像，無論是容貌還是那張揚的氣質。也聽說以前的明妃崔氏像瑞王嫡妃，但是那分像並不是在容貌上，而是在氣質上。

阿菀隨著孟妘離開仁壽宮，路上孟妘突然對阿菀小聲道：「那位就是洛英姑娘。」

阿菀瞬間了悟，看來太子已經將人送到太后身邊了。雖然不知道穩不穩妥，不過想到有孟妘在，她便安心幾分，孟妘不會讓她失望的。

「去了明水城，妳要好好保重身子，缺了什麼東西，就寫信回來告訴我，我讓人送去給妳。」孟妘又道。

今日的天氣不錯，阿菀和孟妘走在陽光照耀下的迴廊中，聽到她的話，心情非常好，不由朝她笑了起來，點頭說好。

孟妘挽著她的手，帶她一起回東宮。

等在那兒張望的皇長孫見到母親和表姨回來，高興地撲了過來。

回到瑞王府，阿菀便聽說衛珠送東西過來了。

「表姊……」衛珠眼睛紅紅地看著她，嘟囔了幾句，方道：「妳一路保重。」

阿菀拉著她的手坐下，笑著道：「謝謝。我此行一去，也不知何時回來，妳以後有什麼事，可以寫信給我，或者去尋我娘親，可不要自己強撐著。」她多少還是有些心疼她。

衛珠如何聽不出她話裡的意思，鼻子一酸，差點掉下淚來。她忙拿帕子按住眼睛，低低地應了一聲，卻知道自己再也回不到從前那樣天真無邪的樣子了，怕是要讓她們失望。

說了會兒話，衛珠想了想，說道：「前幾日五皇子妃來家裡尋大嫂，我隱約聽了幾句話，好像是五皇子妃想讓大嫂去和三皇子妃說什麼事。我也聽得不太清楚，可是……」猶豫了會兒，她咬了咬牙道：「五皇子好像想要在明水城的軍餉上動手腳。」

阿菀臉色一沉，心裡突然多了幾分怒意。

可能是三皇子在去年秋獵時落馬受傷，這傷一直養到現在都還沒好。也不知是不是文德帝心疼這個兒子，便將一直晾著的五皇子派到兵部去，明擺著要提拔五皇子，讓人知道他現在仍然看重三皇子。現在兵部的人多少和五皇子有些交情，如果他想要在軍餉上動手腳，倒不是什麼太困難的事。

阿菀沉吟起來，五皇子縱使不在軍餉上動手腳，怕是也會在其他地方搗亂。與其讓他奸猾地搞別的小動作，不如就先讓他動軍餉這塊。等拿捏到他的把柄，再一併收拾他。

想罷，阿菀有了主意，然後拍拍衛珠的手，感謝她將這事告訴自己。

衛珠說完後，心裡頗不自在，可是看到阿菀沉穩的模樣，彷彿不管發生什麼事都有她在，讓人十分安心，不禁鬆了一口氣。她不知道自己這麼做對不對，可是想到以往阿菀對自己的好，只好咬牙決定做一回。

送走了衛珠，阿菀便讓人磨墨，開始寫信。

寫了兩封信，阿菀叫來路平。

衛烜出發去明水城時，只帶了自己的幾個親衛，將路平留下來供她差遣。有路平這個可以自由在外頭行動的侍從，阿菀做起事來倒是方便許多，也大膽了許多。

「你讓人將這兩封信分別送到明水城和陽城。」阿菀吩咐道。

路平忍不住抬頭看了她一眼，見阿菀安然微笑，莫名地不敢直視，連忙低頭應了一聲，然後雙手接過那兩封信，退了出去。

就著丫鬟端來的水洗淨了手，阿菀看了看天色，便去正院向瑞王妃請安。

瑞王妃正和管事嬤嬤商量今年的夏衣，衛嫤乖巧地坐在旁邊，見到阿菀過來，瑞王妃笑著朝她點了下頭，示意她坐下稍等一會兒。

阿菀也不打擾她，坐到雙眼亮晶晶看著她的衛嫤旁邊。

丫鬟沏了阿菀常喝的果茶上來。

「大嫂。」衛嫤雙手絞在一起，對著阿菀欲言又止。

「怎麼了？」阿菀微笑地看著她。

阿菀微笑的時候，總是很容易能安撫人浮躁的心，至少無論是孟家三姊妹還是衛珠、衛嫤、衛烜，都喜歡看她的笑容。

衛嫤在阿菀的鼓勵中說道：「大嫂，妳真的要去明水城嗎？什麼時候回來？」然後低下頭，結結巴巴地道：「母親說五月要給我辦笄禮……」

阿菀聽罷，愧疚地摸摸她的臉，柔聲道：「對不起，我不能參加了，不過，我早就準備好了妳的笄禮禮物。」

衛嫤有些失落，勉強朝她笑了笑。

這時，瑞王妃終於忙完了，端著丫鬟呈上來的茶抿了口，問道：「行李收拾得怎麼樣了？有什麼缺的？若是缺什麼就告訴管家，讓人開庫房去取。」

阿菀忙道：「都收拾得差不多了，沒有缺什麼。」說著，她不好意思地道：「而且，我的行李似乎也太多了一些。」

「那有什麼？妳以後是要去那裡長住的，又不是兩三個月就回來，多帶些準沒錯。」瑞王妃不以為意地道。

瑞王和衛焯正好回來，聽到這話，瑞王插口道：「王妃說的對，不要怕行李太多，到時候本王會調派一些將士護送妳去明水城，需要什麼儘管帶去，不必怕麻煩。」

有這般豪爽的公公和婆婆，阿菀少不得要起身感謝一番。

等阿菀離開後，瑞王看著她的背影，不禁嘆了一口氣，心裡也像外面的那些人一樣，擔心這個嬌弱的兒媳婦受不住明水城的天氣，要是有個什麼萬一，他家那熊兒子不知道會幹出什麼事情來，真是讓人操心。

操心的瑞王，決定明日進宮一趟，看看能不能去向太后求個恩典，請太后指派一個太醫一起跟去明水城。

諸事準備妥當，阿菀終於出發了。

不過，出發那日的早晨，阿菀的車隊還沒有出京城，便得到了消息，三皇子妃於今晨誕下一個女嬰，也是三皇子的嫡次女。

聽罷，阿菀只是點點頭表示知道了，並沒有多說什麼。

趁著早上太陽未出來之前，阿菀的車隊便啟程了，而她未想到的是，到了城外專門為遠行之人送別的遠心亭時，意外發現康儀長公主和羅曄已經到了那兒，分明是來送行的。

阿菀鼻子微酸，差點忍不住哭了出來。

她在路雲和青雅的驚呼聲中，從馬車上跳下來，幾步上前便撲到康儀長公主懷裡，緊緊地摟著她，過了好一會兒才控制住情緒。

康儀長公主眼角微濕，面上卻露出笑容。縱使心裡不捨，但既然支持女兒去明水城，她自不會在此刻作小女兒姿態，讓女兒為難。

阿菀聽著公主娘的囑咐，看了眼沉默地站在旁邊的駙馬爹，見他眼眶微紅，便知他果然是哭過了，此時之所以安靜，應該是怕一開口就壓抑不住難捨之情。

阿菀朝他笑了笑，當作不知情，對兩人道：「爹、娘，你們放心吧，到了那裡，我會時常寫信回來給你們。」然後歪了下頭，又道：「外面不太平，你們不要隨便出京。如果你們實在是寂寞，可以給我收養個弟弟。」

康儀長公主和羅曄被她說得一愣，然後羅曄笑了起來，「不了，養孩子太耗神了，我們有妳一個孩子就夠了。」

讓一個接受封建教育長大的古代男人說出這樣的話來，讓阿菀一時間不知道說什麼好。一時忍不住，她終於做了件自七歲後就不再做的事。她撲到父親懷裡，給了他一個擁抱。

羅曄趕緊低頭，掩飾眼裡突然浮出的淚光。

雖然有說不完的話，最後還是康儀長公主擔心出發得遲，晚上錯過宿頭，當機立斷地將丈夫扯開，把女兒趕上了車。

阿菀坐在馬車裡，從車窗探出半個身子，也不管這舉動是不是不合宜，朝著站在遠心亭中目送她離開的康儀長公主夫妻揮手。

路平見狀，忙驅馬上前，利用角度稍稍遮擋了下其他人的視線。雖然難得見到一向從容的世子妃做出這種出格的舉動，可也體諒她遠離父母的心情，所以並未阻攔她。

當父母的身影漸漸變小，直到看不到，阿菀才縮回了身子。

那一刻，她真的希望父母能再有個孩子，省得他們年紀輕輕便無人陪伴。她突然明白，其實孩子的存在，對於一些夫妻來說，其實是一種情感的寄託，就如同她對於父母而言。

青雅和路雲見阿菀悶悶不樂，兩人互看一眼，少不得要寬慰她。

青雅從暗格拿出一匣子點心，又從固定在馬車裡的小桌子上的一個小嘴銅壺裡倒出一杯熱奶茶給阿菀。

「世子妃，距離午時用膳還有些時間，您先用些點心，省得餓了。」

阿菀慽慽地捧著奶茶喝，濃郁的奶香在嘴裡瀰漫開，讓她難受的心情舒緩了些。她喜歡吃帶些甜味的東西，和衛烜那個討厭甜食的人截然相反，而這奶茶也是根據阿菀的口味調的，用的是羊奶，還特意加了杏仁粉去腥味。

見她神色舒緩，青雅笑道：「聽說明水城那兒的主要肉食是羊，世子知道您喜歡喝奶茶，定然會讓人養好幾頭母羊備著。」

阿菀心說，衛烜在某些方面確實細心，指不定真的有準備。

和兩個丫鬟隨意聊著天，過了一個時辰，阿菀忍不住打哈欠，在青雅和路雲的服侍下，躺到了鋪著層層墊子的車廂裡。昨晚因為想到今天要出發，興奮得睡不著，所以早上起來時精神不太好，正好趁此時補眠。

青雅拿起毯子蓋在阿菀身上，便和路雲坐在旁邊靠著車壁，開始做起繡活來，做的是一雙夏襪。路雲看了一眼，上面繡了一朵小小的紫菀花，便知道是為阿菀繡的。

阿菀這一睡，睡到了午時，直到被人叫起來，腦袋還迷糊著。

中午用膳的地方是在官道旁的一個茶寮，侍衛豎起紗屏隔出私密的空間，讓阿菀和幾個貼身丫鬟在此用膳，並且另設了解決生理需要的方便之處。

可能是睡了大半天，阿菀沒什麼食慾，吃了幾口便放下，問著路雲：「以我們這種速度趕路，到明水城需要多久的時間？」

「可能要一個月左右。」路雲答道：「若是軍隊，倒是不用那麼久，二十日便可。」

所以說，這是為了照顧她。在阿菀看來，這樣實在是浪費時間，只是這個時代的交通工具只有馬車，也只能這樣了。

幸好路途雖是枯燥了些，但阿菀是個耐得住寂寞的，並不覺得一整天窩在馬車裡難受，而且她沒有暈車，也沒有不良反應，適應得很好，讓大家放下心來。

捌之章

初抵邊塞

離開京城三天後，阿菀已經完全習慣了趕路的日子，她開始尋事情來做，無聊時看看書，幫衛烜做衣服，或者叫上幾個丫鬟打葉子牌。如此過了十幾日，依然淡定如昔。

阿菀的淡定很能安撫旁人，路雲和青雅幾個丫鬟每日和她在一起，絲毫不覺得路途漫長而辛苦，甚至有時候阿菀會讓人撩起窗簾，隔著薄薄的碧紗窗看沿途的風景。縱使枯燥，她也看得津津有味。

路平每日打尖休息時，都會去阿菀面前彙報，阿菀的態度也在無形中影響了他，讓他行事越發從容不迫。等路平發現自己的改變時，心裡不禁浮現古怪的感覺。

他似乎有些明白為何世子雖然暴烈，但只要回到府裡便會很快恢復平靜。

可能是北邊幾個軍事要塞都在打仗，車隊越往北邊行，路上越不安全，流寇、盜賊橫行，出發的第五天，他們便遇到了第一批流寇，不過他們只是一群烏合之眾，還沒接近，就被保護在車隊前後的侍衛們嚇走。

阿菀的行李很多，隨行的護衛也多，甚至有一百人是瑞王特地從軍中撥過來的，都是身經百戰的將士，身上自有凜然煞氣，一看就不好惹。

除了瑞王撥過來的士兵，還有衛烜留在王府裡的侍衛，隊伍十分龐大，有點常識的人都不會主動招惹，倒是讓他們一路平安無事地到達了渭河。

到了渭河，需要乘船行兩個日夜。抵達渭城後，繼續往北走個三四天，方進入嘉陵關，然後很快便能到明水城。

晚上在渭河邊的一個城鎮裡打尖，路平來請示阿菀明日渡河之事。

「我是第一次出門，也不曉得有什麼要注意的，路管事自行拿主意吧。」阿菀說道。

路平忍不住笑道：「世子妃難道忘記文德十二年那會兒，您同公主、駙馬一起回京之事了嗎？也算不得第一次出門。」

阿菀淡定地道：「當年我才六歲，早就忘記是什麼情況了。」

這句話有些耍賴，將一屋子的下人逗得笑了起來，旅途的疲憊消減了些。

不過，路平不敢大意，雖然一路走來很太平，可是他的神經繃得極緊，擔心自己一個疏忽，會出什麼事。也是他這份謹慎和仔細，方讓他們在接下來的路途中度過一次危機。

這事是發生在渡河的第二天晚上。

從渭河乘船北上，只需要兩天便能到渭城。若是不渡河，選擇繞路，那麼將要多行上五天方到渭城。一般人都會選擇從渭河乘船北上，好節省時間，阿菀他們也不例外。

只是，去年邊境戰爭爆發，使得往北一帶不太平靜，不僅路上流寇盜賊肆虐，這水中也是水匪橫行。在陸上時看起來彪悍的將士，到了船上倒是不太顯眼，那些水匪自然也沒有那麼多的顧忌了。

還是路平擔心水匪，在租船渡河時在當地聘請了一些識水性的船夫一同上路。

晚上阿菀睡在船艙裡，突然被爆炸聲響及船身巨大的搖晃給驚醒。

睡在旁邊小榻上的路雲一躍而起，撲過去將阿菀連人帶被抱住，讓她免於摔到地上。

阿菀驚魂未定，卻沒有慌亂失措，而是第一時間聆聽外面的聲音。

「是水匪。」路雲沉聲道，將她送回床上。

阿菀裹著被子，只露出一顆腦袋。雖然已經四月，可是越是往北，天氣不見得多熱，晚上也冷得厲害，需要蓋厚棉被。

「妳要不要過去幫忙？」阿菀問得猶豫，她知道路雲的功夫很好，也因為如此，這一路上每晚歇息時，都是路雲和她同睡一個房間。

燈光下，阿菀看到路雲難得露出笑容，彷彿連聲音都柔和了幾分，她說：「奴婢的職責是保護您，外面有路管事，不需要奴婢出面。」說著，她起身去倒了杯溫開水給阿菀。

阿菀捧著茶杯並不喝，而是豎起了耳朵繼續聽外面的動靜。

打殺聲響了兩刻鐘後，終於慢慢平靜下來。

很快艙門被敲響，住在隔壁艙房的青雅等丫鬟進來了。

從船受到襲擊開始，幾個丫鬟就出來，不過沒有進來，而是守在艙門處注意情況。

「世子妃，路管事來了。」

阿菀直接道：「讓他進來。」

青雅猶豫了一下，最後仍是去請路平進來。

非常時刻，也不必計較男女大防了。

路平是進來向阿菀稟報剛才的戰事及損失，他看起來像是經歷了一場殺戮，神色肅穆，衣服好幾處都被打濕了，顯然是先前戰鬥時被河水濺到的。

阿菀聽完路平的彙報，對他道：「辛苦你們了，死去的人好生安置，等上了岸再為他們安葬，受傷的人也讓郁大夫和白太醫去看看，好好處理傷口。」

路平應了一聲，見阿菀這裡沒事，便趕緊去安排善後之事。

阿菀又讓丫鬟命廚房的人多備些熱水，順便熬煮薑湯。

後半夜阿菀睡不著，一邊讓人去打探外面的善後進度，一邊想著衛烜現在在做什麼，胡思亂想著，然後忍不住問路雲：「先前將船炸得搖晃的東西是什麼？」

路雲猶豫了下，說道：「奴婢也不太懂，聽說是漕幫掌握的一種水雷，價格十分昂貴，除了供給朝廷的水軍外，並不會對外流通。」

阿菀沉思起來。

既然不對外流通，可是今晚怎麼會有水匪用來對付他們？至於水雷這種東西，路雲說得含含糊糊的，阿菀也聽不出它是什麼東西，是不是與火藥有關？不過她倒是知道，這時代的火藥技術很落後，只是用來製作煙花炮竹等物，根本沒用在軍事上。

想到這裡，她心中一跳，又穩下了心神。

快到天亮時，船終於開始前行，整個世界彷彿恢復了平靜。

阿菀打了個哈欠，進入了夢鄉。

夢裡她似乎回到了京城，和平常一樣，被衛烜的氣息包裹住。他喜歡霸道地摟著她，摸著她腰背的地方，用低沉醇厚的聲音在她耳畔輕聲絮語，甚至對她做一些夫妻間親密的事。有時候極盡溫柔，有時候卻又極盡惡劣，非要讓她哭出來不可。

可是只要想到他，她便只剩下了安心。

當她再次睜開眼睛時，人還在船上，衛烜卻不在身邊。

阿菀愣愣地坐了一會兒，按住胸口，終於意識到自己對衛烜的感情已經在不知不覺中發生了變化，曾經以為的親情終於變成了男女之間的愛情。

青雅端著食盒進來，見她醒了，臉上露出笑容，說道：「世子妃，船已經到渭城的碼頭了，您先吃些東西填填肚子。路管事說，等行李搬到碼頭上，我們再進渭城，今天就在渭城先休息一宿，明日再出發。」

阿菀點點頭，對路平的安排無異議，也不會指手畫腳。

阿菀天方亮才入睡，現在已經近午時了，等她用了午膳後不久，行李已經都搬下了船。路平雇了一頂青帷小轎上來，將她迎下船，進了渭城。

渭城頗熱鬧，阿菀坐在轎子裡，一路上聽著街上的各種聲音，讓她忍不住會心一笑。

他們今天在渭城的一家客棧歇下，路平直接包了客棧裡最大的院子。

雖然是在趕路，但阿菀適應良好又休息得好，所以沒有太勞累，反而是丫鬟和嬤嬤們，個個神色間都透著幾分疲倦。

不僅如此，阿菀來到渭城後，還很有精神地讓人去買了渭城特有的小吃回來嘗鮮。柳清彤的老家在渭城，阿菀曾和她聊過天，對渭城的人文風俗有幾分了解。嘗到了柳清彤所說的泡饃濃湯和千葉大餅，雖然不算得美味，可是第一次吃到，仍是讓她感覺新奇。

「這些天大家都辛苦了，不如明天在渭城多歇息一天，緩緩勁兒，後天再出發吧。」阿菀十分體貼地說，很體諒幾個嬌花一樣的丫鬟。

阿菀一吩咐下去，所有人都高興起來，尤其是幾個丫鬟，想到明天能在城裡歇息一天，臉上都浮現出幾分笑意。

到了晚上，大家終於可以睡個安穩覺了。

阿菀抱著被子和以往那般睡得很踏實，只是又做夢了，夢到了衛烜。他如同往常那樣，將她摟在懷裡，親暱地把臉埋在她的頸窩間，低聲在她耳畔說著什麼，又輕輕吮吻著她的唇角，然後他的大手沿著她的身體曲線來回撫弄著。

當阿菀被身體湧上的一種異樣感覺逼得醒來時，終於發現自己好像不是在做夢。等到她完全清醒，她二話不說，抓著壓在身上的人就咬了一口。

這種時候只有用牙齒咬，才能表達她激動又惱火的心情。

衛烜低喘了一聲，擁著她換了個姿勢，繼續堅定地做著自己喜歡的事情，力道也因為她的甦醒而加重了幾分。直到她再次咬了自己一口，方放緩速度。只是在事後他又拉起她的腿，在她大腿內側咬了好幾下。

四月下旬的渭城夜晚，並沒有初夏時的燥熱，反而添了絲絲涼意。她伏在他汗濕的胸膛上，手放在上面摸了一下，突然發現少年單薄的胸膛慢慢變得寬厚而結實了。

衛烜放鬆地仰躺在床上，一隻手擱在她腰間，很喜歡她這般趴在自己身上，承受著她的重量，會讓他覺得他們很親密，也是他在歡愛過後，最喜歡的溫存舉動。

「你怎麼來了？」阿菀打了個哈欠，瞇著眼睛昏昏欲睡。

「來接妳。」沙啞的男聲毫不遲疑地道。

阿菀摸著他的胸膛，只覺得彷彿在摸著一塊裹著絨布的鐵塊，手感很好，可見他這段日子一直堅持不懈地鍛鍊體能，也不知是不是很辛苦，看起來倒是瘦了些。

「你這樣過來……明水城怎麼辦？」阿菀擔心地問道。

「沒事，最近沒有戰事。無論是我們，還是北方草原的那些部落，春天是最好的休養生息季節，總不能一年到頭都在打仗。」衛烜輕輕撫過她赤裸的背部，懷抱著她時，心房會被一種溫柔又強烈的情感填滿，讓他既想要溫柔待她，又想要將她撕毀揉進身體裡。

幸好她總是能平靜地包容他的一切，無論是好的或不好的，讓他浮躁的心安定下來。

阿菀聽他說從渭城到嘉陵關，若只是騎馬疾行，不過兩日路程。進入嘉陵關後，距離明水城也越來越近，不過是兩三日的時間，往返則十日左右便可，並不耽誤時間。

自阿菀從京城出發後，衛烜便開始算著日子。因明水城現下還算太平，他索性來渭城接阿菀。在他們快要抵達時，他也恰好提前幾日從明水城出發，在入夜之時終於到達渭城。

這便是衛烜又三更半夜出現的原因，阿菀對他十分無語，總覺得這位世子爺很喜歡幹三更半夜冒出來爬床的事，讓她每每都被他吵醒。

「我這邊挺好的，也不需要你專程過來……」阿菀睡意上來，聲音有些含糊。

衛烜卻不肯讓她入睡，再次就著姿勢頂入她的體內，按著她柔軟的身子，湊到她耳邊說：「阿菀，我真的好想妳……」

宛若情人間最動人的私語，阿菀的厚臉皮終於繃不住地紅了，忍不住把頭埋到他懷裡，不肯抬起來。直到他努力不懈地追問，她才回了他一句她也很想他，卻不想這句話不知哪裡戳中了他的神經，讓他激動得不行，結果一個深頂，讓她雙瞳都渙散起來。

翌日，阿菀不意外地晚起了。

幸好今天不用趕路，守夜的丫鬟也知道衛烜過來了，沒人來打擾她，她也不用再面對其他人曖昧的眼神。

還未睜開眼睛，便感覺到身旁的人依然緊緊抱著她。

「早……」阿菀嘀咕了一聲，扶著酸軟的腰肢起床，暗暗地道，她果然是天賦異稟，昨晚那樣胡鬧，卻只是腰有酸，沒有累得下不了床。

衛烜笑盈盈地看她，問道：「腰酸嗎？」

阿菀瞥了他一眼，決定不回答的好。

衛烜頓時滿意了，雖然事後總要多費些時間幫她按揉身子，可是能讓她第二日沒那般辛苦也是值得的。說到底，他仍是捨不得讓她太累，特別是那纖細得彷彿用點力就會折斷的細腰，總讓他愛不釋手。

等丫鬟進來伺候他們洗漱後，衛烜對過來詢問要不要擺膳的青雅擺了擺手，然後拉著阿菀起身說道：「難得來渭城，我們今兒到外面吃，順便去逛逛。」

阿菀沒意見，既然都來這裡了，又不忙著趕路，何不四處看看，開開眼界？可能是兩輩子都拖著病弱的身子，所以她對外面的世界非常嚮往，每到一個地方，縱使沒什麼風景好看，她仍是看得津津有味。

她太淡定了，以致於忽略了青雅糾結的眼神。愛操心的丫鬟欲言又止，可是看阿菀面上平淡，衛烜也興致勃勃的，她只能自我安慰，世子妃的身子應該還能承受得住吧？

渭城的建築比起京城來，顯得比較古拙粗糙，另有一番蒼涼的味道，而且這裡沒有皇城那麼多的束縛，阿菀一路走來，還看到很多沒有覆面紗走在街上的未婚姑娘，連轎子馬車也沒有掩得那麼嚴實，以致於這裡的姑娘個個有種颯爽的神采。

阿菀很喜歡這裡的氣氛。

她眉眼含笑，安靜地看著兩旁的街景。

衛烜看著她，心滿意足。

他們的早餐是在一家賣羊肉湯的店裡吃的，一籃燒餅、一碗羊肉湯，管飽。

衛烜拿起大燒餅撕開，將小半張遞給阿菀，自己吃大的那一半。酥脆的燒餅配著味道濃郁的羊肉湯，相當的開胃。

路平和路雲坐在旁邊，兩人也跟著蹭了一頓風味獨特的燒餅泡羊肉湯的早餐。義兄妹二人都吃得開心，心情一反過去二十來天的緊繃。可以說，只要有衛烜在，於他們而言，便像吃了定心丸一般。

用過早膳，衛烜牽著阿菀繼續逛，待她走累了，才讓路平去雇了頂小轎，帶她去渭城的幾處名勝走走看看，讓阿菀十分開心。

直到傍晚，他們才準備打道回府。

在經過一條鋪著些許不平整的方石塊的巷子時，聞到了一股食物的香味，衛烜朝阿菀笑了笑，帶她走了進去。

阿菀吃驚地看著他，發現衛烜對這裡似乎很熟悉，如此偏僻的巷子都讓他找著。等被她帶進巷子裡的一家食鋪後，阿菀仔細看了下，雖然門面很小，裡頭卻相當乾淨。

「來三斤羊頭肉、一個菜丸子、一個鹵皮筋、兩碗羊肉麵……」衛烜朝老闆叫道。

點完菜，他對阿菀笑道：「這裡的羊頭肉不錯，妳可以嘗嘗。」

阿菀笑笑，繼續好奇地打量四周。

不僅阿菀奇怪衛烜對渭城很熟的樣子，連路平也十分納罕，最後這位忠心的管事兼侍衛聳聳肩，心想，肯定是世子爺為了在世子妃面前表現，所以提前做好了功課。

用過別具渭城風味的晚膳，眾人踏著將暮的天色回到客棧。

阿菀扶著衛烜的手下轎子時，眼角餘光瞥到有個女子站在街道另一頭，她的表情很複雜，察覺阿菀的目光後，突然轉身離開。

她一走，身旁的兩個丫鬟也跟了上去。

阿菀有些詫異。

「怎麼了？」衛烜發現她的異樣，也忍不住看了過去，卻只看到三個女人的背影，其中走在最前面的那個綰著婦人的髮髻，衣服也較為華貴，看起來就是富貴人家的夫人。

「沒什麼。」阿菀搖了搖頭。

進了客棧，青雅、青環等丫鬟早就準備好熱水給她沐浴。

阿菀趴在木桶裡泡著加了精油的熱水，任由青雅幫她搓背，邊和她說起回來時的事。

「我剛才好像看見柳侍郎府的二小姐了，也不知她嫁了什麼人，看起來過得不錯。」

當初柳清霞做下那樣的事，雖然還未成功就被揭發，最後被送回來渭城，再也沒有聽過她的消息。想來柳夫人雖怒其不爭，但到底是自己懷胎十月生下來的，如何能不心疼？縱使在渭城嫁了人，憑著柳家的勢力，應該也會給她挑個好對象。

「到底是柳府的嫡女，無論在哪裡都會嫁得不錯。」青雅隨意地道。她並不清楚柳清霞被送回渭城的真相，只是心裡有幾分噓唏，覺得柳夫人真狠得下心，將女兒嫁回老家。

在阿菀泡澡時，衛烜將路平叫了過來，詢問他一路上的情況。

路平逐一回稟，等說到了在渭河渡河時發生的事，他的表情有幾分凝重。

「確定他們使用的是漕幫製造的水雷？」衛烜冷聲問道。

路平垂著頭道：「屬下讓人去檢查了水中遺留的東西，確認是漕幫所用的水雷。」

衛烜抿唇，坐在那裡沉思起來。

過了一會兒，他終於道：「這事我會讓人徹查。」

衛烜回到臥室，阿菀正坐在榻上，青雅端來銀霜炭的炭籠幫她烘頭髮。炭籠裡放了乾燥的香草橘皮，讓烘乾的頭髮留下植物特有的清香。

衛烜執起一縷深深地嗅了嗅，然後臉上露出了難以言喻的神色。

阿菀：「……」感覺他就像個神經病似的……

將頭髮搶回來，不著痕跡挪離他遠些，阿菀說道：「明日還要趕路，今晚早點歇息。」

衛烜唔了一聲，脫了鞋坐到她身邊，將她抱到懷裡，撫著她的腰背處，說道：「路上發生什麼事情？可有累著？」

現在才來問，是不是有點晚了？

阿菀想到昨晚他三更半夜跑過來，不是忙著妖精打架，便是逛街，確實不適合說話。

阿菀揀了一些事輕描淡寫地說了，並且說了在渭河乘船時被襲擊的事，突然問道：「我出發前讓人送過來的信你收到了嗎？」

衛烜點頭，「收到了，妳不用擔心，這事情有我。」他親了親她的臉蛋，「改日得了空，我再派人過來直接剿了那群水匪，為妳出氣。」

阿菀很無言，突然覺得自己有點紅顏禍水的感覺，竟然讓他越界出手……

「行了，睡覺吧。」阿菀拍拍他的胸膛，趁機偷摸了一下。

衛烜抓住她的手，輕輕鬆鬆把她抱到床上，壓上來時，臉有些紅地說道：「妳若是喜歡，可以隨便摸。」

阿菀：「……」

接下來的路途，也不知是不是有衛烜在，一路順風順水，沒見到半個流寇或山賊。過了嘉陵關，阿菀敏感地發現，氣溫又低了許多，極目望去，景致蒼涼。這種蒼涼，不僅是因為氣候對環境造成的影響，也是因為戰爭遷移了很多百姓，使得這裡的田地皆荒廢了。沒有人力開發，自然也就荒涼了。

真正的地廣人稀。

在四月末的一個傍晚，阿菀經歷了一個月的旅行，終於拖著一堆行李來到明水城。

夕陽西下，明水城斑駁的城門既滄桑而莊重，充滿了歷史的痕跡，遠遠看去，那厚重的石頭砌成的高大城門，如同沉默而堅毅的戰士，安靜地站在那裡，任憑風吹雨打，巍然不動，守護著大夏的疆域。

隔著碧紗簾子，阿菀能感覺到空氣中不同於京城的煙塵味道，讓她不由得半掩住臉，眉頭卻未如同青雅等人般皺起，只是很平靜地看著。

傍晚的明水城並不熱鬧，寬闊的街道是用不平坦的巨大石塊鋪就，彷彿直接敲打在地面般，淩亂又有種厚重感。時不時能看到街道兩邊正要收攤的鋪子，還有穿著粗布葛衣在街上跑來跑去的孩子。遠處炊煙裊裊，看起來祥和而寧靜，讓人想像這個城市正在經歷戰爭。

進入明水城後，馬車駛得很慢。

只是，馬車還未抵達目的地便停下來了。

「世子爺這是去何處？下官有好些天沒見到您了。」一個中年男子的聲音響起。

「原來是朱城守，你怎麼在這裡？」衛烜的聲音頗清冷。

「呵呵，自然是為了世子爺您而來了。哦，對了，聽趙將軍說，您有事情離開一陣子，莫不是……哎喲，我知道了，是您的世子妃要來明水城，您這是去迎世子妃吧？不知這馬車裡的可是世子妃？這可就是您的不對了，世子妃來了，您也不告訴我們一聲，我們也好安排人到城門外迎接……」

「朱城守，你的夫人來了。」衛烜冷淡地打斷他的話。

那位喋喋不休的朱城守突然啊了一聲，那聲音在阿菀聽來，像是一隻被人掐住脖子的鴨子，接著便聽到雜亂的腳步聲響起，最後是那位朱城守的聲音遠遠飄來：「世子大人，您可要悠著點，別告訴我夫人我在這裡啊！」

他的話音剛落，遠遠傳來了河東獅吼：「朱儉，你給老娘回來！」

阿菀忍不住撩開車簾，隔著碧紗窗往外看去，只見遠處跑來一個纖細的人影，可惜還未看清楚，馬車便轉入一條巷子裡。

這時，馬車繼續前行，最後在一棟宅子的垂花門前停下。

衛烜利索地翻身下馬，推開車門，親自將阿菀扶了下來。

宅子的管家帶著一群僕役恭敬地出來迎接。

「這是明水城最好的宅子了，妳看看缺了什麼，儘管讓人去置辦。如果人手不夠，明日再去買幾個回來伺候。」衛烜說著，目光掠過隨著阿菀過來的丫鬟婆子，心裡有些不悅，覺得伺候的人太少了，果然要再買幾個回來。

阿菀看了看周遭的環境，對他的話不置可否。

明水城多風沙，宅子卻很乾淨，應該是每日都有僕人仔細灑掃過。經過庭院時，她看了下院中種的幾株耐寒的花卉，眼裡有了幾分笑意。等進了屋子，又發現門窗外都安了輕薄的紗簾，想來是為了隔絕沙塵，而且楠木家具十分齊全又乾淨。

比想像中的還要好。

阿菀其實不是個挑剔的人，有條件時她會被養得很嬌氣，若是沒有條件，她便會努力適應環境，不會因此而怨天尤人，或者無法適應而自毀。

衛烜牽著她的手一路走來，心裡十分忐忑，就怕這樣簡陋的地方會讓阿菀不喜歡，也怕她的身子承受不住，不願意待在明水城。可是看到她眼裡浮現笑意後，懸著的心漸漸落了下來，整個人都洋溢著歡快的氣息。

待丫鬟端來熱水伺候他們洗漱後，衛烜直接抱住阿菀，在她的驚呼聲中，一把將她舉高，然後讓她的臀部坐在自己的臂彎裡。阿菀不得不彎腰抱住他的脖子，低頭的時候，正好對上他黑亮的目光。

「你做什麼？」阿菀佯怒地捶他的肩膀。

衛烜朝她露出大大的笑容，輕聲道：「我很高興。」

阿菀聽懂他話裡的意思，不禁有些赧然，又有些不好意思。想了想，低頭在他唇上親了一下，發現他激動得臉紅時，趕緊按住他，「等等，我肚子餓了，有什麼事等吃完飯再說。」

衛烜盯著她，目光灼熱得像要將她吞吃入腹，看得阿菀膽顫心驚。幸好，最後他只是將她按到懷裡仔仔細細揉弄了一回。在阿菀感覺到那頂在雙腿間的玩意兒硬得可怕時，他終於依依不捨地放開她，然後讓人去準備晚膳。

阿菀鬆了一口氣，越來越覺得這位世子爺有時候激動起來，簡直就是個神經病。

在用晚膳時，衛烜時不時飄來的眼神，讓她的寒毛又豎了起來。

神經病犯起病來真可怕！

她到底做了什麼讓他激動的事？

可能是因為阿菀會過來，所以這裡早早準備好了，宅子收拾得乾乾淨淨，一應物事齊備，伺候的人也不缺。雖然在那位世子爺眼裡，這麼丁點下人，簡直是寒磣人，可是阿菀還是覺得很足夠了。

用過膳，阿菀趁著膳後消食的時間，了解了下明水城的情況，心裡大致有了概念後，便對衛烜笑道：「剛才那位朱城守似乎很怕他的夫人。」

衛烜不以為意地道：「他夫人雖然是個河東獅，他卻是個色中惡鬼，若非還有點能力，我早就讓他滾蛋了。」

看來他很不喜歡那位朱城守的行事。

阿菀笑盈盈地看著他，故意說著反話：「你們男人不就是好這口嗎？」

衛烜有些不可思議地瞪大眼睛，然後瞇起眼睛，用一種讓阿菀心驚膽顫的眼神盯著她，陰陰地說：「難道在妳心裡我也是這樣？」

見過他乖巧的樣子、霸道的樣子、狡猾的樣子、害羞的樣子、熊破天的樣子，這還是他第一次在自己面前如此陰沉，阿菀愣了愣，卻不害怕，仍是平靜地道：「當然不是。」

衛烜臉色不豫，彷彿阿菀剛才的話傷了他的少男心，他便用讓阿菀發寒的目光盯著她。

阿菀受不住，覺得消食得差不多了，趕緊讓人備熱水沐浴。

阿菀讓其他人退下，只留下青環在淨房伺候。

當她脫下褻褲，發現底褲中有一點點紅跡時，便知道小日子又來拜訪了。

暗暗鬆了一口氣。

幸好是到了地才來，不然在路上著實麻煩，也很影響心情。

青環整理她換下來的衣服，自然也發現了，忙去叫青雅過來，給阿菀準備月事帶等物。也因為惱人的大姨媽來訪，阿菀便不能泡澡，只得草草地淋浴了事。

從淨房出來，阿菀喝了半碗青雅端來的紅糖水，便上床歇息了。她十分愛惜自己的身子，非常時期會注意保暖，且保證能有充足的睡眠。如此等過幾日後，她又是一條好漢。

在另外一個淨房將自己清洗乾淨回來的衛烜，見阿菀早早躺在床上，臉色稍緩，上床抱住她，手摸進她的衣襟裡，握住她胸前的豐盈。

「別……」發現他的意圖，阿菀忙制止他，小聲地道：「我的小日子來了。」

衛烜的動作一頓，仍是沒有放開手，而是往下探去。摸到她雙腿間的月事帶時，發現她不是騙人的，不禁鬱悶地將她按到懷裡，然後咬了她一口。

阿菀瞄了他一眼，發現他仍處於神經病的狀態中，忍不住慶幸大姨媽來得真是時候。只是，她很快發現自己高興得太早了，當被他拉住手按放在一個粗硬的東西上時，阿菀察覺到這位世子爺果然是恨不得要吃了她。

連小日子來了都不放過，簡直是喪心病狂啊！

事畢，空氣中瀰漫著男人射精後特有的麝香味，阿菀縮了縮酸軟的手，又瞄了眼那位世子爺的臉色，決定以後不能再撩撥他，和他開那種玩笑了。

來到明水城的第二天，阿菀的精神不太好。

大姨媽不是病，疼起來要人命。

坐在臨窗的炕上，阿菀懨懨地喝著紅糖水，精神相當萎靡。

衛烜坐在旁邊，等她喝完了紅糖水，便對她道：「這幾日妳在家裡好生歇息，等身子好些，再看看要不要見那些官夫人，不必勉強自己。」

阿菀瞥了他一眼，發現過了一夜，這位世子爺終於恢復成了往日在她面前體貼裝乖的模樣，暗暗鬆了口氣，面上卻不以為意地道：「哪能說不見就不見？到時那些人要怎麼看你？你不必擔心，過兩日我便下帖子給她們，請她們到府裡來作客。」

衛烜不置可否，握著她微涼的手置於掌心，發現她只要在這種時候，無論是冬夏身子都會變涼，讓他忍不住將她揉到懷裡，想讓她暖和些。

「明水城裡的人都比較不拘小節，而且有些不懂禮數，若是到時候誰給妳氣受，妳告訴我，我來辦。」衛烜漫不經心地道。

你辦什麼啊？去將人家殺了剮了嗎？

阿菀對這位世子爺粗暴的作風無語至極，決定當作沒聽到。

衛烜發現她的不以為意，並不解釋什麼。雖然他來到明水城才幾個月，可是他上輩子在這裡待了幾年，甚至戰死於此地，早就摸透了明水城的情況，甚至只要他想，就可以迅速將明水城神不知鬼不覺掌控在手裡。

他這輩子如此努力，唯一的目的便是保護她，讓她過上隨心所欲的生活。

誰敢給她臉色看，他就弄死那個人！

夫妻倆隨意聊著天，一個管事嬤嬤拿了幾張帖子過來，稟報道：「世子妃，朱夫人、趙夫人、錢夫人……她們遞帖子來了。」

青雅接了過來，打開遞給阿菀看。

阿菀笑著說道：「青雅，妳幫我回覆她們，就說我初來乍到，身子不適，待過幾日好些，再請她們到府裡來作客。」

青雅應了聲是，便捧著那些帖子下去了。

青雅走後，阿菀靠在衛烜懷裡，和他說道：「你瞧，這一大早的就有人送帖子來，想來昨天傍晚進城時，不僅那位朱城守看到，很多人都看到了。」

衛烜不甚在意，他來到明水城後，便讓人置辦宅子買家具奴僕，有心人看在眼裡自然明白。而昨天進城，那一車車的行李及護送的將士，在在都昭示著阿菀的身分，旁人自然要第一時間有所表示。

「我面都還沒露，就出風頭了。」阿菀調侃道。

衛烜撫著她披散的長髮，微笑不語。

等到午時，見衛烜仍沒出門，阿菀奇怪地問道：「你不用去軍營嗎？」

「現在軍中無事，有趙將軍坐鎮，我去不去都無所謂。」衛烜依然黏著她不離開。

阿菀被他弄得有些羞恥，總覺得自己身上的血腥味很濃，他靠得這般近，定能聞到，於是莫名地想讓他離遠些，又怕他神經病犯了，以為她嫌棄他，而做出什麼掉節操的事情來。

昨晚衛烜的表現讓阿菀意識到，這位世子爺來到明水城後似乎放開了許多，情緒也比較會表現出來，不像在京城裡，就是笑時也是假笑和壓抑。

或許他更喜歡這裡廣闊的天地？

阿菀不禁若有所思。

❤ ❤ ❤

阿菀為了大姨媽一事而窩在屋子裡哪裡都不能去時，明水城的官夫人們拿到了她的回函，心裡忍不住泛嘀咕。

身為明水城裡身分數一數二的城守夫人，朱夫人素來是文官裡的領頭人物，她拿著那張用澄心紙製成的回函，與今日難得沒有出門尋歡作樂的朱城守嘀咕起來。

「聽說瑞王世子妃是個病秧子，以前還有太醫斷言她活不過二十歲，你說，她一個嬌滴滴又病懨懨的郡主，跑到邊境來做什麼？縱使新婚捨不得離開丈夫，也得瞧瞧自己是什麼情況。你瞧，這不，才到明水城就病倒了，也不知是不是過幾日就病得只能回京……」

這麼說著，朱夫人也有幾分輕鬆。

瑞王世子妃不僅有郡主的品級，還是親王世子妃，身分上就壓了她們這些官夫人一大頭，若是個脾氣好，容易相處的還好，若是脾氣壞的，以後她們的日子就難過了。

因此，朱夫人在知道瑞王世子妃會來明水城時，便早早打發人去打探這位世子妃的背景，可惜明水城距離京城太遠，這位世子妃又不常出門，名聲不顯，還真是沒什麼好探聽的。

朱儉不耐煩地道：「妳嘀咕個什麼勁兒？既然是世子妃，妳們好生奉承著就是。她一個毛丫頭片子，能有什麼心計，隨便奉承著讓那位世子爺心情舒暢就好。」說著，便要起身離開，寧願去找個小丫鬟聽她們唱小曲。

朱夫人見他這德行，氣不打一處來，猛地伸手一扯，將長得白白胖胖像饅頭似的朱城守拽住，拖進了屋子裡。

不一會兒，屋裡就傳來殺豬般的慘叫聲。

在槅扇前坐著做繡活的丫鬟們很淡定地看了眼明水城的天空，繼續手中的事情。

而阿菀聽到青霜說朱城守被其夫人家暴的事時，差點噴出一口茶水。

「這種事情……妳怎麼知道的？」阿菀糾結地問道。雖然她知道青霜擅長打聽消息，可是他們初來乍到，對明水城的情況還處於觀望摸索和適應中，這姑娘只是出門買些東西，連這般隱密的事情就能打聽到了嗎？

阿菀瞬間對自家這個丫鬟肅然起敬。

青霜笑了笑，伶俐地回答道：「明水城裡的人都在說啊！奴婢到街上轉了一圈，就聽了一耳朵了！」她聳聳肩，「聽說城守府後院那裡有一條巷子，只要城守府裡有些什麼動靜，經過的人就能聽個一二。據聞當時的動靜很大，明水城的人都說，城守夫人一定是又暴打城守大人了。這次暴打的原因，定是朱城守又去摸哪個丫鬟的手。」

所以說，朱城守只要一到外頭風流快活就會被家中的河東獅家暴，明水城的人對這事已經習以為常了嗎？不像阿菀這些初來乍到的人，都聽得一愣一愣的。

青雅、青環等丫鬟皆杏眼圓瞪，半晌方驚嘆道：「沒想到城守夫人這般厲害……」

她們還未聽說過有女人敢打丈夫的，若是在京城裡出現這種事，那個女人縱使沒被休，也會被流言蜚語擊垮。哪像這裡，朱夫人不爽丈夫風流就直接揍人，揍完了還能安然無事繼續當她的城守夫人。

真是痛快！

阿菀有些想笑，覺得這對夫妻很有意思。當時聽衛烜說那位朱夫人是個河東獅時，只以為是厲害了點，沒想到竟是這般彪悍。朱城守是色鬼，遇到朱夫人倒也能治上一治。不過，朱夫人能如此泰然地當她的城守夫人，有些耐人尋味啊！

如此一想，阿菀拍手讚道：「城守夫人真乃女英雄也！」

幾個丫鬟紛紛看向她，心說，世子妃如此讚賞，不會是想學那朱夫人的彪悍，以後世子若做出對不起她的事情，也直接動手吧？應該……不會吧？

聽著朱城守的倒楣事和城守夫人的彪悍史，等阿菀的小日子結束後，她親自給明水城裡的朱夫人和趙將軍夫人及屬官夫人們下帖子，請她們到府裡來賞花。

明水城最好的府邸不是城守府，而是衛烜過來後讓人抓緊時間重新修葺的宅子，占地廣，特別是宅子裡的花園，更是衛烜不惜耗費人力和物力，讓人從渭城將培養好的花木移植過來，又請了人專門打理的。

極目望去，花園裡花團錦簇，但只要再細心觀察，便會發現這些開得正燦爛的夏花，其實都是種植在盆栽裡。因為堆在一起，布局精細，方給人一種滿園子種了鮮花的錯覺。

於是，當朱夫人和趙夫人等人連袂而來，被請到花園裡的花廳喝茶，看到眼前的景致時，眼睛都發直了。

明水城的環境實在不適合養花，最多只是種些耐寒的花木作為添色之物，但也都開得稀稀落落的，看多了就沒什麼感覺，所以她們收到帖子，說瑞王世子妃請她們去賞花時，嘴裡還咕噥著，說能賞出什麼東西，看的也不過是個光禿禿的花園，卻未想到會看到這般情景。

「薔薇、萍婆、曼陀羅、君子蘭……天啊，光是蘭花就有好幾種，蝴蝶蘭、墨蘭……這位世子妃定是個愛花之人。」趙夫人喃喃自語，清麗的臉龐上浮現幾許狂熱。

朱夫人和錢夫人幾個坐在一起，原本還饒有興致地坐在花廳裡賞花園裡的花，猜測著要布置出這個花園需要耗費的財力物力，等看到趙夫人的樣子，兩人皆忍不住撇嘴。

趙夫人是駐守在明水城的趙將軍的續弦，三年前來到明水城後，時常作出高貴冷豔的姿態，不屑與她們這些沒文化的野蠻人混在一起，平時若沒什麼事，不是躲在家裡傷春悲秋，就是談詩作畫，夫人間有什麼聚會，更是三催四請才會來。每次出席時，也總是清高冷淡地坐在角落，從不主動與人交談，甚至在眾人玩得高興時還會皺眉，作出難以忍受的模樣。

想到趙夫人平日的德行，再聽到她的話，朱夫人幾個心裡一個咯噔，心說，那位世子妃不會也是像趙夫人這樣的人吧？原本輕鬆的心情頓時變得沉甸甸起來。

趙將軍與朱城守雖然同在明水城中共事，卻處於制衡的關係，平時相安無事地處著，等到戰起時，還要共同禦敵，關係相當微妙，連帶的兩家女眷的關係也不同尋常，趙夫人和朱夫人誰也壓不了誰一頭。

可是這位新來的瑞王世子妃不一樣，莫說瑞王世子是皇上欽點的先鋒官，這瑞王世子妃光品級就壓她們一頭。若是她也像趙夫人這般清高，朱夫人可以想像以後的日子會很難熬。

就在趙夫人欣喜地想要見一見瑞王世子妃，趙夫人、錢夫人幾個心懷忐忑時，阿菀在丫鬟們的簇擁下款款走進來。

看到阿菀的剎那，眾人心裡突然平靜了。

趙夫人雙眼放光地盯著阿菀講究的衣服首飾，還有圍著她的丫鬟們的穿著打扮，心裡覺得這位才是她該來往的貴婦。來自京城、身分高貴、懂得打扮，她們一定有共同的話題。

而朱夫人她們也覺得這位世子妃雖然行動間處處透著一種來自錦繡之鄉的高雅氣質，但是看起來極為和氣，說話不緊不慢，聲音平和，行事周全，讓人有如沐春風之感。

「這是什麼茶，真是好喝。」朱夫人啜飲著丫鬟呈上來的茶，讚嘆不已。

趙夫人馬上露出一副看土包子的神色，說道：「這是南夷紅茶，味道醇厚溫香，養胃健脾，最是適合女子喝，而且這紅茶中在烘焙時應該加了月桂，有月桂的香甜，更顯甘美。」

朱夫人的笑容微僵，瞥了趙夫人一眼，轉頭看向阿菀時又露出笑影。

不過一盞茶的功夫，阿菀已經將眾夫人的身分和資料對上，不由抿嘴一笑。那位傳說中很彪悍會家暴的朱夫人長得纖瘦，三十歲左右，不算是美人，五官堪稱清秀，但是舉手投足很豪氣，想來是個爽快人。

至於趙夫人，像個大門不出二門不邁的大家閨秀，說話細聲細氣的。放在京城裡倒也合適，只是在這民風彪悍的邊陲之地，和一群性格直率的夫人湊到一起，便顯得格格不入了。

自進入渭城後，阿菀偶然見到的婦人都是爽朗的女子，讓人很容易產生好感。明水城臨近北方的草原部族，民風自也受到影響，女人在非常時期甚至可以拿起武器戰鬥。

而且，她們心裡有什麼想法，面上會直接表現出來，不會積著壓著讓人猜來猜去。

阿菀笑盈盈地說道：「趙夫人果然是個懂茶的，這確實是南夷的紅茶。朱夫人，妳們來嘗嘗蓮藕蜜糖糕和奶油松釀卷酥，聽說朱夫人和錢夫人都喜歡新鮮點心，我特地讓廚房做的，也不知合不合妳們的胃口。」

朱夫人和錢夫人聽到阿菀的話，心裡頓時像六月的天氣喝了冰鎮酸梅湯一樣舒爽，笑容越發真切了，甚至將先前的擔心丟到腦後，很是高興地和阿菀邊聊天邊賞花。

直到將客人送走，阿菀雖然覺得有些累，心情卻很愉悅。

青雅和青環伺候阿菀更衣卸妝，不解地道：「世子妃，奴婢看今日來作客的那些夫人，衣著打扮、脾氣和咱們很是不同，說話也直，您怎麼……」一副很欣賞她們的樣子？

青環未將話說完，阿菀卻聽明白了，不由笑道：「妳們不覺得她們的性子直爽，很好相處嗎？再說，以後我們要在明水城生活好幾年，和她們打好關係準沒錯。」

青環點點頭，又道：「那位趙將軍夫人又是另一種性子，似乎不太好相處。」

阿菀噗哧笑了出來，「沒什麼，我覺得挺不錯的。」

聽了她的話，幾個丫鬟大為不解。那位趙夫人一直端著架子，每當有人說話時總會插上一句來顯擺自己，用一種「爾等都是土包子」的高傲眼神看人，讓人著實無語。

阿菀也沒解釋，換了衣服，便懶散地坐到榻上，開始琢磨起今日那群夫人。

晚上衛烜從軍營回來，見阿菀神色有些疲憊，便將她抱到懷裡，貼著她的臉，不悅地道：「以後這種事情妳不用親力親為，自個兒養好身子為要，省得累著了。」

「不過是一個賞花宴罷了，有什麼可累的？」阿菀不在意地說道。等他坐到身邊，便和他說起了今天發生的事。

趙夫人和朱夫人等人回去後，也各自和自己的丈夫談論賞花宴的情景。

趙夫人對趙將軍說：「那位世子妃是個難得的文雅人，妾身覺得她是可相交之人。」

滿臉大鬍子的趙將軍渾不在意地道：「那位是京城裡來的世子妃，自然是文雅人。」見自家夫人這般欣賞，心裡自動將瑞王世子妃歸到和夫人一樣矯滴滴不堪大用的婦人上去。

趙夫人不知道丈夫對自己的看法，不然準會一爪子撓過去。她喜孜孜地回房，準備下次也在自己的宅子舉辦宴會，請瑞王世子妃過來品茶。

至於朱夫人則對朱城守道：「模樣好、性情好，什麼都好，是個難得的和氣人，我很喜歡，覺得可以相處看看。改日我要請她過府來作客，順便讓梅心、蘭心她們和她多處處，沾些她的好性情。」

朱儉想起衛烜那張俊美的臉，再聽到自家夫人的話，心裡已經自動勾勒出一個絕色佳人的形象。能配得上衛烜那樣的人，這位世子妃應該是個大美人，而且能讓自家這個挑剔的虎姑婆覺得好，那一定是性情好了。指不定也是因為她性情好，才能嫁給衛烜那個鬼見愁。

於是，他很贊成自家夫人的話，「極好極好，讓梅心、蘭心和世子妃多處處，讓她們變得文雅一些，將來好說親。」

梅心和蘭心是朱城守的兩個閨女，夫妻倆還有一個兒子，今年五歲，正是淘氣的時候。

朱夫人見丈夫難得附和自己，心情很好，也不打他了，挽著他親親熱熱地回房。

（未完待續）

漾小說 179

寵妻如令 4

國家圖書館出版品預行編目資料

寵妻如令 / 霧矢翊著. -- 初版. -- 臺北市：
晴空, 城邦文化出版：家庭傳媒城邦分公司發行,
2017.04
冊； 公分. --（漾小說；179）
ISBN 978-986-94467-2-3（第4冊：平裝）

857.7 105024890

作　　者　霧矢翊
封面繪圖　畫　措
責任編輯　施雅棠
國際版權　吳玲瑋　蔡傳宜
行　　銷　艾青荷　蘇莞婷　黃家瑜
業　　務　李再星　陳玫潾　陳美燕　枅幸君
編輯總監　劉麗真
總 經 理　陳逸瑛
發 行 人　涂玉雲
出　　版　晴空
城邦文化事業股份有限公司
104台北市中山區民生東路二段141號5樓
電話：（886）2-2500-7696　傳真：（886）2-2500-1967
發　　行　英屬蓋曼群島商家庭傳媒股份有限公司城邦分公司
104台北市中山區民生東路二段141號2樓
客服服務專線：（886）2-25007718；25007719
24小時傳真專線：（886）2-25001990；25001991
服務時間：週一至週五上午09:00~12:00；下午13:00~17:00
劃撥帳號：19863813；戶名：書虫股份有限公司
讀者服務信箱：service@readingclub.com.tw
晴空部落格　http://blog.yam.com/readsky
香港發行所　城邦（香港）出版集團有限公司
香港灣仔駱克道193號東超商業中心1樓
電話：852-25086231　傳真：852-25789337
E-mail：hkcite@biznetvigator.com
馬新發行所　城邦（馬新）出版集團【Cite (M) Sdn Bhd】
41, Jalan Radin Anum, Bandar Baru Sri Petaling,
57000 Kuala Lumpur, Malaysia.
電話：(603) 9057-8822　傳真：(603) 9057-6622
Email：cite@cite.com.my
美術設計　洸譜創意設計股份有限公司
印　　刷　沐春行銷創意有限公司
初版一刷　2017年04月06日
定　　價　250元
I S B N　978-986-94467-2-3